삶이,
그곳에 있었다

강성욱 지음

삶이,
그곳에
있었다

생각의창

차례

1부

무조건 떠나기 _ 다시 시작이라 했다

2부

무조건 견디기 _ 참고 견디면 좋은 날 온다 했다

3부

무조건 즐기기 _ 피할 수 없으면 즐기라 했다

무조건 적응하기 _ 닥치면 닥치는 대로 사는 거라 했다

도망칠 수 있는 용기

시간은 쉼 없이 흐르고, 우리는 시작과 끝이라는 분절을 만들며 산다. 교사 생활을 시작하고 30년이 지났을 때, 그러니까 정년을 맞이했을 때, 마음은 변함이 없는데 시작과 끝이 있다는 게 억울하다면 억울했다. 그리고 누구나 다 그렇듯, 역시 나도 끝이 보이는 순간에 가서야 온갖 계획을 어루만지며 고민하고 있었다.

어느 날 퇴직 후의 삶에 더럭 겁이 났다. 명예퇴직을 했든 정년퇴직을 했든, 먼저 나가서 새로운 삶을 살고 있는 동료나 선배를 바라봤다. 지리산에서 약초 키우며 사는 누구, 정든 학교 떠나지 못해 지킴이로 다시 눌러앉은 누구, 손주들 건사하느라 정신없이 바쁜 누구 등. 나는 뭐 하며 살까. 이제 어떻게 살까. 구체적인 계획은 잡지 못한 채 그저 머릿속으로만 앞으로의 생활을 궁금해했다. 그러다가 연금도 나오는데 그냥 여기저기 놀러 다니며 살까에 이르렀다. 하지만 이런 생활도 하루 이틀이지 재미없을 것 같았다. 뭐 하지? 뭐 하면 좋을까? 스스로에게 별의별 것을 다 물었다. 그만큼 나는 은퇴 후의 계획이 전혀 없었다. 순간순간 몰려오는 불안함에 주눅만 잔뜩 들었다.

사람이 어떤 일을 오래 하면, 그만큼의 짐이 쌓이게 마련이다. 기술자는 일할 때마다 사들인 연장들이 쌓이고, 학생들을 가르치는 교사는 책이나 자료 들이 쌓인다. 퇴직을 앞두고 학교에서 자리 정리하면서 행여 쓸 데가 있을지 몰라 이것저것 다 챙겼다. 그런데 얼마 지나지 않아 방 안 가득했던 책과 자료 들은 천덕꾸러기가 되고 말았다. 아파트 베란다 구석으로 밀려나더니 급기야는 하나씩 재활용 처리장으로 향했다. 이때 마음 한쪽이 무너지는 것을 느꼈다. 내 자신이 재활용 처리장으로 내동댕이쳐지는 것 같았다.

어떻게든 '나'를 찾아 다시 시작하고 싶었다. 그렇게 하려면 일단 현실에서 도망쳐야 했다. 이때였다. 도망칠 곳을 찾아 기웃거리고 있던 내게 코이카KOICA라는 구세주가 나타난 것이.

코이카는 한국국제협력단Korea International Cooperation Agency의 영문 약칭으로, 대한민국의 대외무상협력사업을 주관하는 정부 출연기관이다. 대개 영문 약칭인 코이카로 불린다.

우리나라도 OECD에 속하는 국가로서 저개발국에 돈과 기술을 원조한다. 전문 기술자는 정보통신산업진흥원National IT Industry Promotion Agency, NIPA에서, 교육 봉사자는 코이카에서 모집한다. 분야는 한국어에서 컴퓨터, 과학, 태권도 등 다양하다. 나는 컴퓨터 교육 봉사단원으로 지원했다. 나는 중학교 과학 교사였지만, 그동안 학교의 교육 전산화 작업에 참여하면서 갈고 닦은 컴퓨터 실력도 갖추고 있었다. 그리고 명색이 컴퓨터 교과서를 집필한 저자이기도 했다. 파견국은 몽골로 선택했다. 예전에 미국에서 온 평화봉사단 단원에게서 영어를 배우면서 그들을 부러워했었다. 그들처럼 되고 싶었었다. 그때의 그 부러움과 꿈이 먼 세월을 돌고 돌아 이루어지려 하고 있었다.

코이카에서는 봉사단원을 파견하기 전에 국내에서 사전 교육을 실시한다. 중남미, 중동, 동남아, 동북아 등 여러 나라에 파견되는 단원을 모아 영월에 있는 교육원에서 현지어와 상식을 가르친다.

100명 정도의 단원이 교육을 받았는데, 20대 초중반이 대부분이고 나와 같은 시니어가 약간 섞여 있었다. 그동안 학교에서는 10대들을 가르치며 그들과 부대끼며 살았는데, 이제는 자식뻘이 되는 젊은이들과 같은 신분이 돼야 했다. 젊은 청춘들에게 뒤처지거나 지고 싶지 않았다. 정말이지 머리털 나고 최고로 열심히 했다.

새로운 것을 배우는 자체가 활력이 됐다. 몽골은 문자를 러시아 문자인 키릴문자를 사용한다. 영어와는 다른 모양과 발음을 내는 글자가 재미있었다. 컴퓨터 교육 봉사단원에 걸맞게 키릴 문자 컴퓨터 자판도 외웠다. 새로운 것을 배우면 사람이 새로워진다고 했던가. 정말 그랬다.

현지 적응에 대한 걱정도 별로 하지 않았다. 오히려 '나'를 찾아 도망칠 수 있어서 좋았다. 도망쳐서 다시 올 땐 정말 새로운 사람으로 새롭게 시작하고 싶었다. 내게 이렇게 도망칠 수 있는 용기가 있는 줄 나도 잘 몰랐다.

코이카 봉사단원이 되고부터 미친놈처럼 중얼거리며 다녔다.

"그래, 다시 시작이다."

1부

무조건 떠나기

─ 다시 시작이라 했다

Living in Mongolia.

'나'를 찾아 떠나고 싶다
_ 영월의 마지막 밤

아침에 일어나니 눈이 소복이 쌓여 있었다.

교육 동기생이지만 아들뻘 정도밖에 안 되는 준수와 같이 눈을 치웠다. 준수한테 비를 잡으라 하고, 나는 고무래로 한 줄 밀고 나갔다.

요즘 고무래는 성능이 좋아서 그런지 잡고 죽 밀고 나가자 딱 한 사람 다니는 길이 새로 생겼다. 어릴 때 살았던 시골 동네에선 고무래를 '당그래'라고 불렀다.

목표 지점인 교육관 앞까지 얼추 눈을 치우고 길을 만드니 홍 선생과 양 선생이 나왔다. 홍 선생은 '청소년개발'로 페루에 갈 예정이었다. 보이스카우트 간부를 지냈다고 한다. 양 선생은 대학의 교육공무원 출신으로, '한국어교육'으로 파견될 예정이었다

하루도 빠짐없이 해오던 아침 운동을 눈 쌓인 날이라고 안 할 수는 없었다. 오늘은 특별히 여성 단원에게 운동 모습을 동영상으로 찍어 달라고 부탁했다. 동영상을 틀어 놓고 꾸준히 운동하면 체력 관리가 제법 될 듯해서였다. 준비운동과 하체 스트레칭, 스쾃 3세트, 런지 2세트, 허리 스트레칭과 스쾃 3세트, 푸시업과 플랭크 3세트, 다리 벌리고 가슴 닫기 스트레칭을 하고 나니 30분이 훅 지나갔다.

여성 단원이 촬영한 동영상을 잘 편집해서 메일로 보내주기로 했다.

교육 마지막 날인 만큼 이것저것 세심하게 정리하고 있는데, 야간에 다짐의 시간을 갖는다는 연락이 왔다. 아마 학생들이 캠프파이어를 할 때처럼 사람 마음 울리는 시간을 가지려는 모양이라고 생각했다. 아니나 다를까, 1년 후 자신의 모습을 생각하며 '나'에게 보내는 편지를 쓰라고 했다.

막상 1년 후 모습을 떠올리려니 쉽지 않았다. 고민하다가 지금 내 모습을 쓰는 것이 좋겠다 싶어 현재의 내 심정을 써 봤다.

꽃이 꽃잎을 떨구는 것은
열매를 가졌음인데

너는 무슨 열매 잉태해

이리도 힘들게 꽃잎을 떨구려 하는가

혼자 돼야 비로소 알게 되는 소중함
멀리 있어야 절절해지는 사랑

무작정 달려온 세월, 이제 와 돌아보니
참 많이도 센 척, 잘난 척 살았구나

쓰다가 북받쳐 터지는 눈물을 어쩌지 못하고 얼굴을 푹 숙인
채 쏟고 말았다. 겨우 감정을 추스른 후 마지막 글을 마무리했다.

사랑한다
미안하다
'나'를 찾아 꼭 돌아온다

잔소리를 들으며
_ 떠날 준비

영월에서의 8주 교육은 매사 마음 졸이는 일의 연속이었다. 무사히 8주 교육을 마치고 서울 집으로 돌아오니, 새삼 교육의 엄격함을 실감할 수 있었다.

교육생 규율은 모든 면에서 엄격한 편인데, 그중 절대 금기 사항이 있다. 바로 술, 폭언, 추행이다. 이건 절대 안 되는 세 가지 금기 사항이다. 조금만 어겨도 바로 퇴출이다. 폭언, 추행 같은 것들은 일상생활에서도 금기시하며 살아야 하지만, 술 좋아하는 나로선 금주는 정말 힘들었다.

어쨌든 금주도 잘하고 버릇없는 룸메이트의 비아냥도 잘 참아가며 8주를 무사히 보내고 집에 왔는데, 반갑게 맞이할 줄 알았던 아내 얼굴에 찬바람이 돌았다. 다짜고짜 멀리 떠나려는 남편이 곱게 보일 리 없겠지만, 뭔가를 결심한 사람 좀 좋게 봐주면 안 되나 하는 이기적인 생각에 서운했다. 힘든 교육의 여파로 오는 잠시의 감정이겠지만 그래도 좀 서운했다.

하지만 모로 보는 아내 모습은 너무 안쓰러웠다. 웃음기 사라진 얼굴, 좀 처져 보이는 어깨, 오랜만에 봐서 그런지 유난히 두드러져 보이는 주름…… 머뭇거리며 보고 있자니 눈물이 났다. 왜 사람은 나이를 먹으면 눈물이 많아질까. 청승맞은 것 같아 고개를 돌리며 말했다.

"오랜만에 삼겹살에 소주 한잔할까?"

다음 날 아침부터 부산을 떨었다. 떠나기 전에 이것저것 집안일을 봐야 했기 때문이다. 둘러보니 일이 산더미였다. 화장실 세면대부터 손보기로 하고, 유자관과 부속을 사와 갈아 끼웠다. 시간이 생각보다 많이 걸렸다. 퇴근하고 저녁 늦게 들어온 아내에게 칭찬 한마디 기대했는데, 칭찬은커녕 볼멘소리만 야멸차게 흘러나왔다.

"내가 말한 게 언젠데 이제야 난리야!"

아내의 속을 알 것도 같아 아무 대꾸도 못 하고 슬쩍 자리를 피했다.

다음 날 정수기를 비롯해 아내 혼자서 할 수 없는 것들을 이것저것 손보기 시작했다. 이틀 정도 정리하니 어느 정도 마음이 놓였다. 이제 밖의 일을 봐야 했다. 은행 일부터 시작했다. 한국 땅을 떠나 산다는 게 만만찮다는 생각이 들었다. 매달 직접 드리던 부모님 용돈을 자동이체 신청하고, '부름의 전화'까지 마무리하니 얼추 은행 일이 끝났다. 이번엔 치과에 가야 했다. 친구처럼 지내는 치과 원장 전 선생이 치료를 끝내고는 찰흙 같은 것으로 본을 뜨려 했다.

"뭐 하는 거요?"

"치아를 보호하는 마우스피스를 만들 거요."

"물어보지도 않고?"

"공짜니까 잔말 맙시다."

며칠 뒤 오라 해서 갔더니 플라스틱으로 만든 마우스피스를 끼워 주며, 먹을 때만 빼고 언제나 끼고 있으란다. 적응되면 편하니 잔말 말고 한 몸처럼 끼고 생활하란다. 그런데 마우스피스를 낀 채 얘기하려니 도통 말이 새는 것 같고, 또 구역질도 났다. 하지만 어쩌랴, 전문가가 시키면 시키는 대로 해야지. 그래도 멀리 떠나지만 않는다면 안 하고 싶은 물건이었다.

마지막으로 짐 꾸리는 일을 시작했다. 3박 4일 여행 짐을 꾸려도 만만찮은데, 2년 동안 생활할 짐을 꾸리려니 머릿속이 하얘졌다.

먹을 것들, 입을 것들을 다 챙기고 나니 꼭 이민 가는 사람 같았다. 물끄러미 짐들을 보고 있는데, 아내의 잔소리가 들렸다.

"이런 건 뭐하러 가져간대? 무게 좀 줄여야지, 이게 뭐야? 이건 포장 벗겨내고 알맹이만 넣어야지. 하여튼 당신은 뭘 해도 어설퍼!"

　하루 종일 잔소리가 이어졌다.

　잔소리를 들으며, 아픈 마음 달래려고 그러려니 생각했다.

　산더미 같은 짐 앞에서, 아내의 잔소리 앞에서, 가슴이 또 먹먹
해졌다.

잘해보자
_낯선 곳으로의 여행

아침부터 아내의 핸드폰 소리가 요란했다.

"그러잖아도 연차 냈어요!"

장모님이 공항까지 배웅하라고 다그치는 모양이다. "혼자 가든가 말든가"를 입버릇처럼 해댔으니 오죽하랴 싶었다. 며칠 전부터 장모님의 성화가 이만저만이 아닌 건 알고 있었지만, 속내를 숨기고 직장에 휴가까지 낸 줄은 몰랐다.

아내는 아침상으로 내가 좋아하는 고등어구이를 준비하며, 그릴에서 구이가 붙어서 떨어지지 않는다고 투덜거렸다. 투덜거리는 그녀의 눈에 눈물이 보였다. 모른 척했다. 하지만 고등어구이의 살점을 집는 젓가락질이 잘되지 않았다.

자양동에서 인천공항까지는 공항버스로 1시간 반에서 2시간 정도가 걸린다. 13시 울란바토르행 비행기를 타야 하니, 넉넉잡고 3시간 전인 10시까지는 공항 B라운지에 도착해야 한다.

7시 45분에 출발하는 공항버스를 타고 1시간 반 정도 걸려 인천공항에 도착했다. 몽골 파견 단원 일행은 B라운지 반대편에 모여 있었다. 어렵사리 출국 수속을 마치고 32번 탑승구로 향했다. 참 묘한 기분이 들었다. 고국을 떠나는 애국지사의 심정이라고 해야 하나, 제 살길 찾아 떠나는 이민자의 심정이라고 해야 하나…… 비행기에 탑승했지만, 무슨 일인지 비행기가 뜰 생각을 안 했다. 그러잖아도 심란한 가슴에 찬물을 끼얹고 있었다. 항공 노선 배정을 받지 못해서 그렇다고 했다. 거의 1시간 정도를 미적거리다 비행기는 이륙했다.

울란바토르 칭기즈칸공항에 도착해서 짐을 찾고 나가려는데, 짐 하나가 보이지 않는다고 나와 같이 몽골에 파견된 최 선생이 말했다. 문제가 있는 짐은 안쪽에 들어가 찾아야 한다고 해서, 현지 직원과 최 선생이 안쪽 구역에 들어가 한참 만에 짐을 찾아 나왔다.

밖에 나오니 매캐한 냄새가 코를 찔렀다. 울란바토르의 겨울 공기 냄새였다. 앞으로 이런 공기를 마시며 살아야 한다고 생각하니 난감하기가 이를 데 없었다. 현지 선배 단원 둘이 '환영한다'는 현수막을 든 채 기다리고 있었다. 짐을 차에 실은 다음, 집게손가락과 가운뎃손가락으로 V자를 만들며 현수막 앞에서 인증샷을 찍었다

교통 체증으로 막히는 도로를 뚫고 1시간 만에 숙소에 도착했다. 이곳에서 자취하며 두 달을 지내야 했다. 8주의 현지 적응 교육을 받은 후 임지에 파견되기 때문이다.

드디어 칭기즈칸의 나라 몽골에 왔다.

지금 난 인생의 또 다른 새 출발을 몽골에서 시작하려 하고 있다.

같이 지내게 될 동료는 20대 여성 둘과 나이를 정확히 가늠할 수 없는 여성, 이렇게 셋이다.

모두 까칠하고 자기주장을 잘한다.

좀 부담스럽지만 어쩌랴! 나이 먹은 내가 참고 견뎌야지.

백번 양보하면 되겠지.

잘해보자.

새로운 시작이다!

낯선 타국에서의 첫날 밤, 일기를 쓰고 누웠지만 쉬 잠이 오지 않았다.

전화기가 필요해
_ 첫날 해야 할 일

아침에 일어나 숙소 현관문을 밀고 나가려니 잘되지 않았다.
몽골에서는 집이나 가게의 바깥 출입문은 밖으로 열게 돼 있다.
1년의 절반 이상이 겨울인 이곳은 바깥 기온이 실내보다 낮을
때가 많다. 공기는 기온이 낮은 곳에서 높은 곳으로 이동한다. 문
이 안쪽으로 열리게 되면, 실내로 찬 바람이 밀려 들어오기 마련
이다. 그래서 출입문을 밖으로 열도록 한 것이다. 한겨울 실내외
의 온도 차가 보통 50도가 넘을 정도다. 밖은 영하 25도 이하인
데 실내는 영상 25도 이상이 되는 셈이다.

문을 밀고 나가니 매캐한 공기가 코를 찔렀다. 황급히 마스크
를 썼지만, 버릇이 안 돼 있어서 그런지 숨쉬기가 몹시 불편했다.
이런 데서 적어도 두 달은 버텨야 한다고 생각하니 한숨이 절로

나왔다.

몽골에서의 첫날이라 11시쯤 코이카 몽골 사무소에 가서 입소식을 했다. 그리고 다 같이 점심을 먹고, 타국 생활의 최우선 준비 사항인 몽골 유심 핸드폰을 개통하러 갔다.

유니텔 직원과 상담하기 전에 대기실 한편에 있는 검색 컴퓨터를 이용해 사용 가능한 번호를 검색했다. 몽골에서는 유심을 구입하기 전에 사용자가 희망하는 전화번호를 검색해 선택하도록 돼 있다. 몽골의 전화번호는 여덟 자리를 사용하는데, 7로 시작하는 번호가 전화국 유선전화다. 그리고 유니텔은 8로 시작하고, 스카이텔은 9로 시작한다. 예전에는 스카이텔의 점유율이 높았는데 요즘은 유니텔이 인기라고 한다.

번호를 선택하면 상담 창구에 가서 유심을 구입하고 등록하는데, 이때 여권이 있어야 한다. 그리고 30일간 사용할 수 있는 쿠폰을 구입해야 한다. 어찌 보면 선불로 요금을 내는 셈이다. 15,000투그릭짜리 쿠폰은 30일간 5,000니그찌, 문자 150개를 사용할 수 있다. '니그찌'는 단위라는 몽골어인데 통화량을 의미한다. 니그찌를 데이터로 전환해 사용할 수 있고, 니그찌가 떨어지면 충전해야 한다. 두 달 동안 충전하지 않으면 유심의 효력이 정지되고 번호가 없어지니 한 달에 한 번은 꼭 니그찌 충전을 하는 것이 좋다. 보통 8,000투그릭 쿠폰이면 한 달 통신으로 충분하다. 8,000투그릭이면 우리 돈 4,000원도 안 되는 돈이다.

더구나 유니텔은 같은 유니텔끼리의 통화는 요금을 받지 않는다. 그리고 시골에서는 스카이텔이 잘되고, 도시에서는 유니텔이 잘된다. 그래서 장사하는 사람들의 간판에는 유니텔과 스카이텔 2개의 전화번호가 나란히 기입돼 있다.

몽골인들은 전화번호를 알려줄 때, 여덟 자리 번호를 두 자리씩 끊어서 말한다. 예를 들어 88094180이면 '팔십팔, 공구, 사십일, 팔십' 한다. 우리처럼 010이나 일반전화의 지역 번호는 없다. 인구가 적으니 여덟 자리 번호만 가지고도 충분한 모양이다.

걱정하지 말아요
_ 영하 30도 추위

울란바토르의 12월 낮 기온은 보통 영하 20도 아래로 내려간다. 한밤중이나 새벽에는 영하 30도 아래로 내려가기도 한다. 기절할 정도의 혹한에서 어떻게 사나 걱정했는데, 겪어보니 그런대로 견딜 만했다.

고원 분지에 자리 잡은 울란바토르는 한겨울에 바람이 거의 없다. 어쩌다 눈이 내리는 날 아니면 공기도 잠잠하다. 그리고 건조한 공기는 열전도율이 낮다. 그래서 옷만 두툼하게 입고 잘 싸매고 나가면 견딜 만한 것이다.

아무리 추워도 서울에서 가져온 패딩으로 상반신은 어느 정도 커버가 됐다. 하지만 내복을 껴입고 두툼한 바지를 그 위에 덧껴입어도 다리와 발에 밀려오는 한기는 감당하기 힘들었다. 몽골인들이 긴 코트를 입고, 무릎까지 올라오는 부츠를 신는 이유를 알 것 같았다. 몽골인들은 말가죽으로 만든 부츠를 좋아하는데, 가격이 상당히 비싸다. 38만 투그릭 정도 하니 거의 노동자 한 달 벌이에 해당하는 셈이다.

그리고 머리에는 반드시 모자를 써야 했다. 나는 아무리 추워도 모자를 쓰고 다닌 적이 한 번도 없을 정도로 모자 쓰는 걸 싫어했다. 그런데 영하 30도 추위 앞에선 어쩔 도리가 없었다. 여기 몽골의 남자들 대부분은 첩보 액션 영화 속 러시아 마피아들이 쓰는 것과 같은 비니를 쓰고 다닌다. 로마에 가면 로마법을 따르는 심정으로 어쩔 수 없이 이들과 같은 비니를 쓰고 다녔다.

잠깐이라도 외출하려면 패딩에 모자, 장갑을 반드시 착용해야 해서 차츰 외출을 꺼리게 됐다. 아무리 가까운 곳이라도 가벼운 차림으로 다니러 나갔다가는 큰코다치기 십상이다. 한번은 서울에서처럼 아무 생각 없이 나갔다가 절반도 못 가서 되돌아왔다. 그래서 숙소에 한 번 들어오면 웬만한 일로는 나가지 않았다. 조금만 움직이려고 해도 완전무장을 해야 하니 어지간하면 참고 지냈다.

몽골의 약국은 우리나라 약국과 비슷하고, 주택가 가까운 곳에 있다. 병원은 '엠넬리그', 약국은 '이민상'이라 한다. '임'은 약이고, 여기에 '인'을 붙이면 소유격이 된다. 그리고 '상'은 보관 장소를 나타낸다. 그러니까 이민상은 약을 보관하고 있는 곳이다. 물건을 파는 가게를 '델구르'라 하는데, 약국을 약을 파는 가게가 아닌 보관 장소로 부르는 것이다. 유목 생활을 할 때 약을 한곳에 보관해놓고 공동으로 사용하던 것 때문에 이런 이름이 붙지 않았나 싶다.

비염 때문에 약국에 식염수를 사러 갔다. 구글 번역기에 '살린 오스말'이라고 나와 있어서 그대로 말했더니, 약사가 "살린" 하면서 정제된 소금 한 봉지를 줬다. 물에 녹인 거 없냐고 했더니 여기는 그런 것은 없다고 했다. 할 수 없이 정제된 소금 한 봉지를 900투그릭 주고 사 왔다. 그런데 물을 어느 정도로 해서 녹여야 할지 몰라, 대충 물 200밀리리터에 녹였더니 간은 어느 정도 맞는 것 같았다. 작은 감기약 병에 담아 아침저녁으로 코에 들이부으며 지냈다.

어느 날 아침에 일어나니 목이 아팠다. 추위 때문에 창문을 열어 놓지 못해 그런 것 같았다. 환기를 하지 않으면 실내 공기가 건조하고 탁해질 수밖에 없다. 그래서 목이 견디지 못해 탈이 난 것이다. 누런 코와 가래가 심하게 나왔다.

코이카 사무소에서 협력 의사인 한 선생과 약속을 잡아 줬다. 한 선생은 몽골국립의과대학교 이빈인후과 교수다. 한 선생은 진찰을 끝내고 웃으며 말했다.

"며칠 약 먹으면 괜찮아질 겁니다. 몸이 여기 몽골 공기에 적응하고 있는 중입니다."

대학병원에는 약국이 없어서 처방전을 들고 옆의 송도병원 약국에 가야 했다. 송도병원은 서울의 송도병원에서 지은 병원으로, 7층 건물의 제법 규모가 있는 종합병원이다. 약사도 한국말을 잘해서 편했다. 이 정도 환경이면 서울이나 마찬가지라는 생각이 들었다. 그런데 처방받은 약 종류가 다섯 가지나 됐다. 여기 환경에 특화된 약이겠거니 생각하고 이틀 정도 복용하니 좋아졌다.

울란바토르에는 한국 병원도 있고 한국 의사도 있어, 탈이 나도 그리 걱정할 필요가 없다. 타국에 나와 있으면 별것 아닌 일에 한국인이라는 자부심을 느낄 때가 많다는데, 내가 이때 그랬다.

낯선 곳에 정착하기
_ 현지 적응 교육

울란바토르에는 외국인을 대상으로 하는 어학 학교가 몇 군데 있다. 우리는 '구루 소르고일'이라는 곳에서 두 달간 몽골어 공부를 했다. 구루 소르고일은 명색이 학교지, 교실 몇 칸에 학생 몇 명 정도가 공부하는 학원 같은 곳이었다.

몽골에서는 교육 기관을 모두 '소르고일'이라 한다. 우리처럼 공교육 기관을 학교, 사교육 기관을 학원으로 구분하지 않는다. 보통 소르고일 하면 초·중·고가 합쳐져 있는 12학년제 학교를 말한다. 대학은 '이흐 소르고일'이라 하는데, '이흐'는 크다는 의미다. 2년제든 4년제든 구분하지 않는다.

몽골은 7세에 취학해서 12년간 기초 교육을 받는다. 우리나라와 과정을 비교해서 구분하면, 1~6학년을 '바그 소르고일'이라 한다. '바그'는 작다는 의미다. 중학교 과정을 '돈드 소르고일'이라 하는데, 7학년에서 9학년까지다. 고등학교 과정인 10학년에서 12학년은 '아흐라흐 소르고일'이라 한다. 몽골의 대부분 지역에서 국가가 운영하는 학교는 이와 같다. 국립 소르고일은 생긴 순서에 따라 1번부터 번호를 붙인다. 울란바토르에 소르고일이 몇 개인지는 정확하게 모르지만, 버스터미널 근처의 국방부 앞에 172번 소르고일이 있는 것을 봤다.

구루 소르고일은 도심 외곽 13번 구역의 '산사르'라는 동네에 있었다. 여기는 아파트들이 많은 주거 밀집 지역으로, 동네 입구에 이마트 2호점이 있었다. 구루 소르고일은 언덕 중턱의 주택가 7층 건물의 1층과 2층을 사용했는데 1층은 유치원이고, 몇 개 과정의 학교가 2층에 같이 있었다. 2층에는 가운데 복도를 두고 10여 명 정도 들어가는 작은 교실 10여 개가 미음 자로 이어져 있었다. 추운 겨울의 보온 때문에 이런 구조를 한 것으로 보였다.

우리를 가르치는 교사는 2명으로 이름은 오요나와 딘세였다. 책임 교사가 따로 있어서 우리와 교사들을 관리했다. 오요나는 40대 후반의 여성으로 여느 몽골 중년 여성처럼 몸집이 좋았다. 딘세는 20대 후반으로 만삭의 몸이었다. 둘이 요일별로 분담해서 하루씩 수업을 했다.

딘세는 신세대답게 한국어를 잘했다. 수업 중에 한국어로 설명을 잘해줘서 수업받기가 편했다. 반면 오요나는 수업 중에 한국어를 할 줄 몰라 "오찌랄래(미안하다)"하며 양해를 자주 구했다. 영어로 몽골어 단어 의미를 설명하곤 했는데 그마저도 러시아식 영어 발음이어서 이해하기가 쉽지 않았다. 여러 번 반복해서 이해시키려고 애쓰는 모습이 안쓰러웠다.

이들은 항상 우리와 눈을 마주치며 수업했다. 그리고 하나하나 확인하면서 반복시켰다. 예전에 교실에서 30여 명 앉혀 놓고, 아는 거 자랑하듯 화려한 프레젠테이션으로 아이들을 주눅 들게 만들었던 내 모습이 떠올라 부끄러웠다. 그리고 단번에 설명을 마치고, 수업 목표를 다 달성한 듯 착각했던 모습도 오버랩되면서 얼굴이 붉어졌다. 타국에서의 현지어 수업 시간은 그야말로 과거의 '나'를 돌아볼 수 있는 참교육 시간이었다.

이 학교의 점심시간은 12시 20분부터 1시까지로 짧은 편이었다. 학교 뒤에 'cafe' 간판을 한 음식점이 있었는데, 우리나라에서의 카페 개념과는 조금 달랐다. 커피나 간단한 간식을 파는 곳이 아니라, 몽골 음식을 파는 음식점이었다. '샤오반'이라는 음식을 시켰더니 고기와 양배추, 납작한 국수를 볶은 음식이 나왔다. 국수는 그런대로 먹을 만한데, 고기는 소금 간이 세서 그런지 입에 맞지 않았다. 양도 많고 짜기도 해서 다 먹지 못했다. 음식을 주문할 때 "다브스 바그"라고 말하면서 손으로 적게 넣으라는 시늉을 하면 되는데 처음엔 그걸 몰랐다. '다브스'가 소금이고, '바그'는 작다는 뜻이다.

대부분의 몽골 식당 음식값은 5,000~7,000투그릭 정도 한다.

환율 생각하면 한 끼 식사로 그런대로 괜찮은 편이다. 이보다 좀 더 저렴하게 먹으려면 '체니 가자르'로 가면 된다. 몽골어로 '체'는 차를 의미한다. '가자르'는 사람들이 교류하는 공간이다. 그러니까 체니 가자르는 찻집인 셈이다. 대부분 작은 규모인데 우리나라 분식집처럼 몽골 전통 음식을 싸게 판다. 일반적인 식당보다 1,000투그릭 정도 저렴해서 학생과 노동자 들이 많이 이용한다. 몽골인들의 삶과 먹거리를 이해하는 데 이만한 곳도 없어 보였다.

현지 적응 교육 중 파견 예정지에 일주일간 다녀오는 일정을 OJT라 한다. 나도 이 일정에 따라 생샨드에 가서 일주일을 보내고 와야 했다. OJT의 목적은 파견 예정 기관 사전 점검과 숙소 물색이다. 이 기간 동안 파견 기관에 들러 인사하고, 2년 동안 지낼 숙소도 구해야 한다.

나를 태운 SUV 차량이 생샨드를 향해 뿌연 울란바토르의 공기를 뚫고 달리기 시작하자, 오랜만에 느끼는 시원함으로 가슴이 뻥 뚫리는 것 같았다. 고속도로라는 이름이 무색하게 왕복 2차선이었다. 그래도 도시 외곽으로 빠져나오니 오가는 차량이 적어 시속 70킬로미터 정도로 달릴 수 있었다. 왕복 2차선이라 저속 차량이 앞에 있으면 반대편 차선으로 넘어가 추월을 해야 했고, 아스팔트가 파손된 곳이 많아 차량이 덜컹거리기 일쑤였다. 몽골은 도로를 외국 차관으로 건설했는데, 경제 사정이 여의치 않아 도로 유지에 어려움을 겪었다.

시 외곽을 벗어나 1시간 정도 갔을까 싶을 때 누런 땅이 그대로 드러난 들판이 나타났다. 겨울인데도 눈이 거의 내리지 않은 것 같았다. 여기서부터가 1년 내내 하늘에서 물 몇 방울 떨어지지 않는다는 사막이었다.

2시간 정도 더 달렸을 때 멀리 도시가 보였다. 울란바토르와 생샨드 중간쯤에 있는 '초이르'라는 도시였다. 생샨드는 울란바토르에서 남쪽으로 500킬로미터 정도 떨어져 있다. 생샨드는 모래언덕이 빙 둘러 있는 분지에 자리 잡은 도시다. 분지 외곽에 철도가 지나가는데 철도역 부근이 외생샨드, 분지 안쪽이 내생샨드다. 생샨드는 '좋은 물'이라는 의미다. 사막에 웬 물일까 싶지만 아주 오랜 옛날엔 여기가 바다였다고 한다. 지질학적인 의미로 도시 이름을 지은 것이다.

생샨드에 들어서니 일주일 동안 묵을 민박집 주인이 승용차에 탄 채 기다리고 있었다. 그 차를 따라 민박집에 갔다. 주인은 내가 파견될 기관인 교육문화예술국 회계 담당 직원이기도 했다. 키가 크고 몸집이 좋았다. 긴 코트에 장화를 신고 뚜벅뚜벅 걷는 모습이 북방의 러시아 여성처럼 강인해 보였다.

아파트에 들어서자 내가 묵을 방을 안내했는데, 침실이 하나밖에 없었다. '식구가 3명이라고 했는데? 하나밖에 없는 침실을 나에게 주면 다들 어디서 자나? 앞에 집이 하나 더 있나?' 별생각이 다 들었지만 말이 짧아서 물어볼 수는 없었다. 나중에 숙소

물색하면서 안 일이지만, 대부분의 아파트가 거실 하나에 침실 하나였다. 겨울이 길고 난방이 어려운 이곳만의 독특한 방식이다. 그리고 전통적으로 게르(몽골인들의 이동식 천막집) 하나에 온 가족이 모여 사는 몽골인들이라 그런지 몰라도 이런 아파트가 묘하게 잘 어울린다.

주인이 자기 이름을 소개했지만, 이름이 길어서 뭐라 하는지 통 알 수가 없었다. 몽골인들은 이름이 길어서 따라 부르기가 어렵다. 내가 이해를 못 하는 것을 알아차렸는지, 그냥 '바트침게'라 부르면 된다고 했다. 그들끼리도 이름 부르기 어려우니까 줄여서 부른다.

주인이 전기솥에 몽골 만두인 '보쯔'를 넣고 스위치를 올렸다. 잠시 후에 보쯔 한 접시를 담아 주며 "타 이드흐 호" 했다. "이거 먹어"였다. 그러고는 양 내장 순대를 꺼내 썰어 줬다. 냄새가 고약했다. 보쯔는 그런대로 참고 먹을 수 있었지만, 양 내장 순대를 목에 넘기려니 보통 고역이 아니었다. 당연히 먹는 둥 마는 둥 할 수밖에 없었다. 그런데 나중에 알고 보니 이게 간식이 아니고 저녁이었다. 잠을 자려고 누웠지만, 배가 고파서 그런지 잠이 오지 않았다. 이래저래 한국의 따뜻한 밥 한 그릇이 그리워지는 밤이었다.

일주일 동안 손님인 내가 안방을 차지하고, 주인들은 모두 거실에서 기거했다. 이들 가족은 주말마다 시골집에 가서 말을 탄다며, 언제 기회가 되면 같이 가자고 했다 여기도 우리처럼 시골집은 늙은 부모가 지키고, 젊은이들은 도시에서 살고 있었다.

모르면 묻는 게 약이다
_ 인터놈

요즘은 인터넷 의존도가 높아 책을 잘 보지 않는 시대다. 인터넷은 말 그대로 안 되는 게 없다. 오죽하면 인터넷에 없으면 세상에 없는 것이라 했을까. 하지만 인터넷 속의 정보들은 하나하나 떨어져 있어서 뭔가 불편하고 부족한 느낌이다. 이런 것들을 모아 정리하는 데도 시간이 만만치 않게 든다. 그래서 책이 필요하다. 책을 보고 얻은 정보와 인터넷 속의 정보는 차이가 있다. '내' 것과 '네' 것의 차이랄까.

107기 선배 단원들이 임기 마치고 귀국 보고하는 자리에 갔다. 마침 단원들 중 한 사람이 나와 같은 컴퓨터 단원이었다. 멀리 더르너드 아이막의 교육문화예술국에서 근무했다는데, 때마침 앞으로 내가 근무해야 하는 곳도 교육문화예술국이었다 말은 분야도 같고 파견 기관도 같아서, 내가 해야 할 일들을 미리 알 수 있겠다는 기대감으로 발표를 들었다.

그런데 그가 한 일은 그 기관 사람들을 보조한 것밖에 없는 것 같았다. 학교 발표회나 그 비슷한 행사를 할 때 동영상을 촬영하고 편집하는 일 등을 도왔다니 말이다. 사실 몽골의 컴퓨터 사용 수준은 괜찮은 편이다. 전체적으로는 몰라도 부분적으로 볼 때 우리나라와 거의 같은 수준인 경우도 있다. 특히 컴퓨터 담당 교사들은 전공자들이어서 아주 수준이 높다. 귀국하는 단원도 그런 고민을 얘기했다. 그는 나에게 '몽골어-영어 컴퓨터 기술 사전'을 꼭 구입하라고 했다. 그러면서 '인터놈'이라는 서점을 알려 줬다. '인터'는 인터내셔널에서 따온 것이고, '놈'은 책이다. 그래서 도서관은 '노민상', 즉 책 보관 장소고 서점은 '노민델구르'다.

107기 선배 단원의 말도 있고 해서, 토요일 오후 국영백화점에 갔다. 6층의 절반 정도가 서점이었지만, 이 서점엔 몽골어로 된 책만 있었다. 아무래도 몽골어-영어 컴퓨터 기술 사전을 구입하기 위해선 선배 단원이 알려 준 인터놈을 찾아가야 할 것 같았다. 영하 30도 추위 속의 거리를 잘 다니는 방법은 5분 정도 걷다가 가게에 들어가 구경하는 것이다. 울란바토르 중심지는 그리 넓지 않아서 걷다가 가게 하나 구경하고 나니 칭기즈칸 광장(전 수흐바토르 광장)이었다.

백화점에서 동쪽으로 500미터 정도 떨어진 곳에 칭기즈칸 광장이 있고, 바로 그 옆이 울란바토르 호텔이다. 그리고 길 건너편에 몽골국립교육대학교가 있다. 역시 서점은 대학가에 있었다. 울란바토르 호텔을 끼고 두 건물쯤 가니 몽골에서 가장 큰 서점이라는 인터놈이 나왔다. 인터놈은 3층 건물 전체가 서점이었다. 우리나라의 교보문고에 비교할 수는 없지만, 몽골에서 가장 큰 서점답게 규모가 제법 있어 보였다.

몽골의 상점들은 보통 이중문으로 돼 있다. 바깥문을 열고 들어가면 약간의 공간이 있고, 그다음에 안쪽 문이 있는 형태다. 이렇게 돼 있는 것은 긴 겨울 매서운 추위에 대비하는 그들만의 방식이다.

인터놈도 역시 이중문으로 돼 있었다. 바깥문을 열고 들어가 코트를 벗고, 실내 분위기 차림을 했다. 출입구에 도난 방지 시스템이 설치돼 있었지만, 경비는 내 손에 든 쇼핑백을 보관하라고 했다. 도난 방지에 신경을 많이 쓰고 있었다.

사전 종류는 2층에 있었다. 작은 포켓 사전들 속에서 몽골어-한국어 사전도 여러 가지가 보였다. 몽골어-영어 컴퓨터 기술 사전을 찾았으나 겨우 100페이지 정도 되는 포켓 사전뿐이었다. 기술 사전이라 하기에는 대부분이 민망할 정도로 내용이 빈약했다. 계속 돌아봤으나 의학 사전이나 건축 사전은 제법 두꺼운 것이 있었지만, 내가 찾는 컴퓨터 기술 사전은 보이지 않았다.

아예 없는 건지, 아니면 나의 짧은 몽골어 실력이 분간을 못 한 건지는 모르겠지만 결국 찾지를 못했다. 나오면서 점원에게 물어볼 걸 그랬나 후회를 했다. 항상 어디를 가든 모르겠으면 물어 봐야 한다고 생각하면서도 물어보지 못하는 이유는 뭘까. 자기 자신을 과신하거나 자신감 부족, 둘 중 하나일 것이다.

어디서 본 듯한 시내버스
_ 울란바토르의 시내버스

몽골인들은 남쪽을 중시한다. 방향을 잡을 때도 남쪽을 기준으로 삼고, 게르를 지을 때도 '할락(문)'을 남쪽에 놓고 시작한다. 줄을 지어 설 때 남쪽을 바라보고 서기 때문에 앞인 '우문느'가 남쪽이고, 반대로 뒤인 '호이드'는 북쪽이다. 그리고 오른쪽인 '바론'은 서쪽이고, 왼쪽인 '준'은 동쪽이다.

울란바토르 시가도 이런 식으로 구성돼 있다. 시의 중심에 칭기즈칸 광장이 있고, 이 광장 주변에 몽골의 정치와 문화 시설이 모두 모여 있다. 광장 주변만 돌아다녀도 울란바토르 시가지를 다 구경하는 셈이다. 광장 아래쪽, 즉 남쪽에 울란바토르를 동서로 가로지르는 대로가 있다. 이 거리가 '평화의 거리'다. 몽골인들은 '투브 잠'이라 하는데, 시의 중심에 있다 해서 투브 잠이다

즉, '투브'는 중심이란 뜻이고 '잠'은 길을 의미한다.

칭기즈칸 광장에서 남쪽을 바라보고 오른쪽으로 투브 잠을 따라가면 큰 사거리가 나온다. 이 사거리를 '바론 두른 잠'이라 하고, 반대쪽인 왼쪽 큰 사거리를 '준 두른 잠'이라 한다. 그러니까 바론 두른 잠에서 준 두른 잠까지 사이가 울란바토르의 중심 거리다. 그리고 이 길을 따라 전기 버스 선로가 세워져 있고, 주요 시내버스 노선이 이 길을 중심으로 갈라져 나간다. 시내버스는 전깃줄을 따라 전기로 가는 전기 버스와 자동차 버스가 있다. 버스 노선은 대략 70여 개가 있는데, 버스 앞유리 윗부분에 붉은 바탕 동그라미에 숫자를 써서 표시한다. 버스 옆에 커다랗게 몇 대시(—) 몇으로 쓰여 있는 번호는 그 버스의 등록 번호다.

버스 정류장은 서울의 것과 비슷하다. 정류장에는 가림막과 의자가 놓여 있다. 광고판 때문에 노선도가 없는 곳도 있지만, 보통은 가림막 뒤에 버스 노선도가 붙어 있다.

버스 요금은 매우 싸다. 전기 버스는 300투구릭, 자동차 버스는 500투그릭이다. 학생 요금은 둘 다 200투그릭이고, 노인은 요금을 내지 않는다. 버스 요금은 현금으로 내도 되고, 카드를 사용해도 된다. 정류장에 버스 카드를 판매하는 곳이 있다. 카드값은 3,000투그릭이고, 버스 요금을 충전해 사용한다. 편의점 CU에서 카드 구입과 버스 요금 충전을 할 수 있다. 물론 몽골 시중 은행의 신용카드나 체크카드에 교통 기능을 추가해 발급받을 수도 있다. 버스 내부 구조와 요금 단말기는 서울의 시내버스와 비

숫하다.

카드에 돈이 모자라면 삑삑 소리가 나면서 멘트가 나오는데, 이럴 땐 현금을 내면 된다. 그런데 몽골인들은 운전사에게 한마디 듣고는 그냥 타고 가기 일쑤였다. 서울 버스처럼 환승도 되고, 환승 시 추가 요금도 없다.

차가 출발하면 '다음의 정차는 어디'라고 안내 방송이 나온다. 그리고 정차하기 전에 정거장 이름만 나오는 안내 방송을 한다. 정차 시 사람 배려를 잘하는 것도 좋아 보였다.

참고로 스마트폰 앱 'UB Smart Bus'가 있다. 인터넷 사이트 'http://transport.ub.gov.mn'에서 버스 정보를 볼 수도 있다. 스마트폰 앱에서는 한국어 사용 설명이 잘돼 있다. 이런저런 상황을 봤을 때, 서울 버스를 운영하는 SI 업체의 컨설팅을 받지 않았나 싶다.

그런데 버스 이용할 때 가장 주의할 점은 소매치기다. 사람이 많이 탄 버스에는 소매치기가 보통 있다고 생각하면 될 것 같다. 어느 날 아침 50번 버스를 타야 하는데 10분이 지나도 오지 않았다. 한참 뒤에 차가 왔는데, 그야말로 콩나물시루 같은 만원 버스였다. 별일이야 있겠어, 하는 생각으로 버스에 올랐다. 목적지에서 내렸는데 바지 주머니가 허전했다. 앞주머니 지퍼가 내려져 있고 지갑이 사라졌다. 분명히 지갑을 등산 바지 앞주머니에 넣고 지퍼도 올렸었다. 나름대로 조심한다고 했지만, 지퍼까지 열고 가져간 것이다. 전혀 느끼지도 못했다. 소매치기 기술이 대단하다는 생각이 들었다. 망연자실해 있는데 1시간쯤 후에 묘령의 여자한테서 전화가 왔다. 지갑을 가지고 있다고 했다. 몽골 친구에게 통화를 부탁해서 들어보니, 그 여자가 버스에서 내리려는데 발에 걸리는 것이 있어서 수웠다고 했다. 지갑에 돈은 없고, 카드는 있다고 했다. 오후에 지갑 찾으러 약속 장소에 갔더니, 어떤 30대 후반 정도 되는 뚱뚱한 남자가 차를 몰고 와서 지갑을 내밀었다. 뭔가 냄새가 났지만 어쩔 수 없었다. 사례금 2만 투그릭을 주고 지갑을 받았다. 역시 현금은 사라지고, 카드만 고스란히 남아 있었다.

　여행자에게 가장 신경 쓰이는 것이 교통수단이다. 울란바토르에는 일반 택시가 드물어 사설 택시인 자가용 택시를 많이 이용한다. 요금은 저렴한 편이지만, 문제는 차 잡기가 어렵다는 것이다. 그리고 이 택시 운전사들은 외국인에게 바가지를 많이 씌운다. 울란바토르는 시내버스 노선이 잘 정비돼 있으니 버스를 적절히 이용하는 게 좋지 않을까 싶다.

다시, 또, 시작이다
_ 초원의 해맞이

12월 29일은 몽골 독립기념일이라 휴일이다. 그래서 금요일
에서 월요일까지 나흘간의 연휴를 만났다. 서울 같았으면 여행
계획 같은 걸 짜서 여기저기 돌아다녔겠지만, 여기선 혼자 돌
아다니는 것도 궁상맞아 보여 방구석에만 틀어박혀 있었다. 그
러다 1월 1일 새해 첫날 해돋이 열차를 탄다는 연락을 받았다.
12월 말일 날 저녁에 코이카 사무소 직원 투무르에게서 전화로
연락이 왔다. 새벽 5시에 데리러 온다고 했다.

새벽잠 설치다 자리를 털고 나갔다. 투무르와 함께 차를 타고
울란바토르역에 도착하니, 각지에서 온 단원들이 20명 가까이
모여 있었다.

열차는 러시아 대륙 횟단 열차와 구조가 같은 침대 열차였다.

객차 한 칸에 10개의 방이 있고 방마다 4개의 침대가 있었다. 해맞이 관광열차라서 그런지 열차 내부가 화려했다. 몽골 가요가 흘러나와 한껏 분위기를 돋우고 있었고, 러시아인처럼 보이는 중년 여성들이 제복 차림으로 승무를 하고 있었다.

열차가 출발하고 좀 있자, 승무원들이 샴페인을 돌렸다. 새해 첫날 축제 분위기를 만끽하라는 뜻으로 보였다. 얼마 후 식사로 '호쇼르' 3개가 들어 있는 비닐봉지를 나눠 줬다. 호쇼르는 몽골 전통 음식으로 기름에 튀긴 만두다. 만두소로 양고기를 넣어서 그런지 맛이 느끼했다.

열차가 울란바토르 외곽으로 빠져나가자, 도로에 열을 지어 가는 차량의 불빛이 보였다. 해돋이를 보러 가는 차량 행렬 같았다. 초원을 달리는 열차 안에서 떠오르는 태양을 보는 것도 색다를 것 같다는 생각을 잠깐 했다.

열차가 1시간 반 정도 달렸나 싶었을 때, 복도에서 승무원이 뭐라 뭐라 했다. 그러고는 얼마 후 열차가 간이역 같은 곳에 섰다. 모두 내리는 분위기여서 따라 내리려는데 승강장이 없어 내리기가 쉽지 않았다.

철길을 따라가니 한쪽 들판에 나무를 원뿔형으로 세운 '해맞이 불집'이 보였다. 불집 주위에 견인 줄을 설치해 사람들의 출입을 차단하고 있었다. 규모로 봐서는 정부 당국의 공식적인 행사 같았다.

잠시 후 불집이 점화되고 해맞이 축제가 시작됐다. 몽골 노인이 땅과 불에 술을 뿌리며 축수했다. 어떤 사람들은 불 앞에서 기념 촬영을 하기도 했다. 불이 절정에 이르렀을 때 지평선 너머가 밝아 오기 시작했다.

미리 마련해둔 연단에 정치인 같은 사람들이 올라가 연설하고, 이어서 몽골의 전통악기인 '모린호루' 연주와 노래 공연이 이어졌다. 그러고는 우리의 오광대놀이와 비슷한 탈춤 공연이 벌어졌다. 잠시 후 해가 떠오르자 사회자가 "우라"를 선창했다. 몽골인들은 두 팔을 올려 벌리고 "우라"를 제창했다. 실로 격정적으로 해맞이를 하고 있었다. 정동진 같은 해변이나 설악산 같은 산 정상에 올라 조용히 자기 소원을 빌며 해맞이를 하는 우리와는 다른 풍경이었다. 영화 〈전쟁과 평화〉에서 러시아 군대가 나폴레옹 군대를 공격할 때 "우라"를 외치며 돌격하던 장면이 떠올랐다. 여기가 러시아의 영향을 받은 곳이라 이럴 수도 있겠다 싶었다. 아니면 북방 동토에 사는 사람들이 전통적으로 용기를 북돋우는 외침이 '우라'일 수도 있었다.

행사장을 돌며 이런저런 사진을 몇 장 찍고 있는데 갑자기 핸드폰이 꺼졌다. 낮은 온도에서 배터리가 빨리 소모됐던 것이다. 겨울에 지리산을 종주하다 당했던 일이 생각났다. 영하 30도에 달하는 저온에서 핸드폰을 켠 채 30여 분을 들고 다녔으니 그럴 만도 했다. 정작 중요한 사진은 한 장도 담지 못해 속상했다. 하지만 어쩔 수 없는 일이었다. 다음에는 꼭 보조 배터리를 가지고 다녀야겠다는 지키지두 못할 다짐만 해볼 뿐이었다 출발할 땐 어두워서 잘 보이지 않았던 열차 전체를 볼 수 있었다. 20량이나 되는 열차였다. 주변에 주차돼 있는 승용차도 수백 대는 돼 보였다. 어림잡아 5,000명 이상이 모인 해맞이 행사였다.

울란바토르로 돌아오는 내내 모두 쪽잠을 자며 뒤척거렸다. 열차가 울란바토르역에 도착하고, 열차에서 내린 사람들은 열차에 오를 때와 마찬가지로 무덤덤한 표정으로 서로 아무 인사도 없이 제 갈 길로 가버렸다. 참 이상하다는 생각이 들었다.

어쨌든 새해 첫날 초원에서의 해맞이는 색다른 또 하나의 추억이 될 것 같았다.

새해 첫날
혼자만의 시간이다.
올 한 해는 낯선 곳에서 '나'를 찾는 긴 여정의 연속이겠지.
하루하루 헛되이 보내면 안 될 것이다.
다시, 또, 시작이다.
앞으로 잘해보자.
모두 "화이팅!"

쫑파티는 음식과 함께
_수태채와 보쯔

코이카의 현지 적응 교육 프로그램 중에서 몽골어 교육은 '구루 소르고일'에 전적으로 위탁했다. 2월 13일이 구루 소르고일에서 8주간의 일정이 마무리되는 날이었다.

마지막 시험으로 오전에 말하기 테스트, 듣기 테스트, 문법 테스트가 있었다. 이 중 말하기 테스트는 5분 정도의 텍스트를 작성해서 외운 다음, 책임 교사인 어드나 선생 앞에서 말하고 평가받는 방법이었다. 그런데 어드나가 중요한 다른 일정 때문에 참석하지를 못했다. 할 수 없이 핸드폰에 녹음해서 어드나에게 보내는 형식으로 말하기 시험을 치렀다.

시험을 마친 후 오요나 선생과 같이 마트에 갔다. 오요나는 샐러드와 보쯔 재료를 사고, 우리는 김치전 재료인 밀가루와 김치를 골랐다.

몽골 가정에서는 전기로 끓이는 솥을 사용한다. 여기에 수태 채를 끓이기도 하고, 보쯔를 찌기도 한다.

오요나의 코치를 받으며 수태채를 직접 만들어 봤다. 먼저 3리터 정도의 물에 녹차의 잎을 넣고 끓인다. 끓이면서 국자로 저어주다가 5분 정도 지나 우유 1리터 정도를 붓고 계속 끓인다. 다 끓으면 채로 녹차의 잎을 거르면서 병에 붓는다. 잔에 따를 때도 채로 거르면서 녹차의 잎이 찻잔에 들어가지 않도록 해야 한다. 수태채를 단순하게 덥힌 우유에 녹차를 넣은 것으로 생각 했는데, 실제로 만들어 보니 제법 정성이 들어갔다. '수'는 우유 고, 목적격 '태'를 붙이니까 우유가 들어간 차가 수태채다.

몽골인들은 아침 식사를 수태채로만 해결하기도 한다. 그래서 아침 식사를 밥이라 하지 않고 '으글르니 채', 즉 아침 차라고 부 른다. 그리고 먹는다고 하지 않고 마신다고 한다. 몽골인들은 아 침 인사로 "으글르니 채 오흐" 한다. 아침 차 마셨느냐고 묻는 것 이다.

차를 끓인 다음 김치전을 부쳤다. 그런데 프라이팬이 아니고 전기솥이라서 부치기가 쉽지 않았다. 크게 한 장씩 부치는 건 힘 들어서 할 수 없이 동그랑땡처럼 작은 크기로 부쳤다.

이번엔 보쯔를 만들 차례였다. 보쯔의 밀가루 반죽은 우리의 칼국수나 만두피 반죽을 할 때와 같다. 피를 만드는 방법도 같다. 밤톨보다 좀 크게 잘라 밀대로 동그랗게 밀면 된다.

우리는 만두소에 해당하는 보쯔소를 소고기를 다져 만들었다. 먼저 소고기를 잘라 다졌다. 죽처럼 다지지 않고 잘게 썰기만 했다. 그리고 양파를 비슷한 크기로 썰어 잘 섞었다. 여기에 소금만으로 적당히 간을 맞췄다. 우리의 만두소는 김치와 두부, 부추 등 다양한 채소가 들어가지만, 육류가 주식인 여기는 채소가 귀해서 양념 정도로 조금만 넣는다.

빚는 방법도 우리의 만두 빚는 방법과 같다. 그리고 보쯔를 찔 때는 식용유를 발라 붙지 않게 한 다음 찐다. 물이 끓기 시작해서 20분 정도 찌면 된다.

우리는 보쯔와 김치전을 곁들여 몽골어 학습 수료 오찬을 했다. 이제 내일이면 코이카 사무소에서 수료식을 하고, 파견지인 생샨드로 간다. 비로소 코이카 단원이 된 기분이었다.

사막으로 들어가는 날
_ 차강사르

'코이카 단원은 이동할 때 대중교통을 이용해야 한다.' 이것이 코이카 규정이다. 봉사자 신분에 어울리는 처신을 해야 된다는 말로, 백번 이해할 수 있는 규정이다. 하지만 규정이라는 덫에 걸려 한 치도 움직이지 못하는 누를 범할 때가 종종 있다는 게 문제다. 경우에 따라 움직여야 하는데 다른 여지를 전혀 주지 않는다는 얘기다.

우리가 생샨드로 이동하는 날이 몽골 최대 명절인 '차강사르' 전날이었다. 차강사르는 몽골의 설날이다. '차강'은 흰색이고, '사르'는 달이다. 즉, 하얀 달이라는 뜻이다. 농경 사회에서의 음력설은 어디에서나 최고의 명절이지만, 아직 전통문화가 많이 남아 있는 몽골의 차강사르는 특히 성대하다.

54

한국에서 떠나올 때 가져온 짐에다 울란바토르에서 두 달 동안 있으면서 불어난 짐까지, 가지고 가야 할 이삿짐만 어림잡아 100킬로그램이 넘었다. 이걸 모두 버스에 실을 수 있는지를 몇 번 물었는데, 그때마다 우리의 안내를 맡은 투무르는 가능하다고 자신 있게 대답했다.

버스터미널까지 승용차로 이동했는데, 투무르가 짐을 버스에 실어놓고 올 테니 식사하고 있으라며 식당 앞에 내려 줬다. 식사를 마칠 무렵 투무르가 들어왔는데 얼굴색이 안 좋았다. 아니나 다를까, 짐이 너무 많다며 버스 기사가 실어 주지 않는다고 했다.

버스터미널에 가서 보니 버스가 낯이 익었다. OJT 마치고 울란바토르로 돌아올 때 타고 온 버스였다. LG 디스플레이 로고가 붙어 있고, 버스 안에 한글 문구들이 그대로 남아 있는 바로 그 버스였다. 아마 구미나 파주에서 TV 만드는 직원들을 실어 나르던 차였을 것이다. 중고차로 팔려 여기까지 밀려와 남은 생을 살고 있었다. 주변에 다른 버스들도 모두 그런 식이었다.

여기는 과거와 현재가 공존한다. 버스표도 인터넷에서 판매하고 이동자의 신원까지 관리하는 정보 시대를 살고 있다. 하지만 버스 운영은 우리나라의 삼사십 년 전보다도 허술하다. 기사 혼자 승차 점검하고, 화물까지 관리한다. 더구나 버스를 이용한 택배까지 있는데, 물건을 보낼 사람은 기사에게 받을 사람이 기다리는 장소를 써 주고 요금을 낸다. 버스는 500킬로미터 정도의 긴 거리를 이동하면서 화물 받을 사람이 있는 곳에 정차해서 화물을 인계해주고 떠난다. 광활한 벌판에서 듬성듬성 떨어져 사는 이들이 물류를 할 수 있는 최소한의 방법인 것 같기는 하다.

몽골에는 아직 전문 택배 회사가 없다. 우체국을 통한 택배도 집까지 배달해주지는 않는다. 택배가 도착하면 전화로 알려 주고, 받을 사람이 직접 우체국에 가서 받아오는 식이다.

우리는 승용차에서 짐을 내려 버스 앞으로 가지고 갔다. 화물칸을 열어보니 짐들이 가득 차 있었다. 짐 하나라도 들어갈 여유 공간이 없어 보였다. 투무르가 버스 기사와 협상을 하고 있었지만 해결될 기미가 보이지 않았다. 급기야 거친 말이 오가며 둘이 우격다짐을 하기 시작했다. 부랴부랴 둘을 떼어 놓고 난감해하고 있는데, 투무르가 짐을 생샨드에 가는 빈 차를 찾아 실어 보낼 테니 우리 둘은 버스에 타라고 했다. 할 수 없이 짐을 하나도 싣지 못하고 버스에 올랐다. 차가 막 출발하려는데 투무르가 여행 가방 2개를 버스 안에 밀어 올렸다. 아까 싸울 때는 언제고 살살 웃으면서 기사를 달랜 모양이다. 100킬로미터쯤 가다 화물칸이 비니까 우리 짐을 화물칸에 밀어 넣으라고 알려 줬다. 나머지 화물은 생샨드에 가는 차를 물색해서 보낸다고 했다. 출발하고 나서 전화로 물으니, 빈 차에 실어 보냈다며 걱정하지 말라고 자신 있게 말했다. 투무르의 능력에 감탄했다. 27세밖에 안 된 청년인데 수완이 대단했다. 사람의 능력은 환경이 만든다고 했던가. 어려운 환경에 부대끼면서 생긴 능력이지 않을까 싶었다.

버스에서 사건이 발생했다. 노동자로 보이는 일단의 청년들이 우리 옆에 자리를 잡았다. 그들은 가는 동안 보드카를 마시면서 여행의 무료함을 달랬다. 울란바토르와 생샨드의 중간쯤인 초이르를 지나고 나서부터 분위기가 달라지기 시작했다. 한 청년이 나에게 말을 걸었다. "아찌 아찌" 하면서 내 옆의 이 선생을 가리키면서 와이프냐고 물었다. 그러면서 엄지 척을 했다. 나이 든 한국인이 젊은 여자와 함께 있는 모양이 아니꼬운 듯했다. 아니라고 손을 저었지만 취한 청년은 계속 시비를 걸었다. 잠시 후 말이 거칠어지나 싶더니 "아찌, 야, 씨바"라고 했다. 그래도 그의 동료들은 말리려고 애쓰고 있었다. 하지만 취해서 정신 못 차리는 그 청년은 막무가내였다. 보다 못한 내 뒤의 승객이 만류하자 그와 싸움이 붙었다. 팔에 문신이 가득한 그 청년은 취해서 객기를 참지 못하는 듯 보였다. 힘든 일을 하는 사람들이 억눌린 욕구를 발산할 때 나오는 증상 같았다. 더 엮이면 곤란하겠다는 생각이 들었다. 말도 안 통하고 경찰이 온다 해도 자국민 우선인 몽골 경찰이 내게 잘해줄 리는 없었다. 앞만 본 채 불안한 마음을 숨기고 2시간 이상을 버티고 가야 했다.

그로부터 2시간 후 버스는 아무 일 없이 생샨드에 도착했다. 마중 나온 기관 사람들의 도움으로 2년 동안 살아야 할 집으로 무사히 들어갈 수 있었다. 설 전날 설레는 귀향도 아니고, 이게 무슨 꼴인가 싶었다. 객지에서 맞이하는 설날이 이래저래 쓸쓸하기만 했다.

첫날 밤
_ 고비에서의 첫날

늦게까지 짐 정리를 하다 눈 좀 붙여야 할 것 같아 잠을 청했다. 고비사막에서의 첫날 밤이었다. 뒤숭숭한 마음에 잠이 잘 오지 않았다. 뒤척이다 잠깐 잠이 들었나 싶을 때 요란한 카톡 소리가 들렸다. '아, 오늘이 설날이구나. 서울 큰집에서 차례 준비가 다 된 모양이네.'

부엌에 가서 아침거리를 찾아봤다. 울란바토르에서 짐 때문에 먹을거리를 준비하지 못했다. 몽골인들은 차강사르에는 며칠씩 쉰다. 거리에 문을 연 가게가 없다. 다행히 쌀 1킬로그램 정도와 김치 한 봉지, 그리고 장아찌와 건미역, 김도 있었다. 이 정도면 훌륭하다고 생각하며 미역국을 끓였다. 사실 미역국처럼 간단한 요리도 없다. 물 한 대접에 건미역 반 주먹 정도 넣고 10분 정도 끓이다 소금으로 간 맞추면 끝이다.

제법 근사한 설날 첫 상이 차려졌다. 그런데 이렇게 3일이나 먹어야 한다고 생각하니 벌써 질리는 것 같았다. 이때 베트남에 파견된 한 선생에게서 카톡으로 새해 인사가 왔다. 반찬 투정을 좀 했더니 다행이란다. 이 기회에 혈압 좀 낮추란다. 생긴 것처럼 매사가 긍정적인 친구다. 어디서든 적응 잘하며 잘살 것 같다는 생각을 했다.

아침을 먹고 있는데 문 두드리는 소리가 요란했다. 혹시 기관에서 누가 왔나 싶어 문을 열었더니 아이들 몇 명이 문 앞에 있다가 위층으로 획 도망갔다. 친척 집을 잘못 찾아왔겠거니 했다. 그런데 잠시 후에 또 문을 두드렸다. 이번에는 예쁘게 차려입은 아이들이 옹기종기 서 있었다. 가만히 보니 비닐봉지를 하나씩 들고 있었다. 그리고 그 안에 지폐가 들어 있었다. 새해 아침에 아이들이 동네 어른들에게 세배하고 세뱃돈 받는 풍습이 여기에도 있구나 싶었다. 서둘러 아이들을 안에 들이고, 뺨을 어루만지면서 한국말로 새해 복 많이 받으라고 했다. 그리고 잔돈 한 장씩을 주니 아주 좋아했다.

아이들을 내보내고 좀 있으려니 누군가 또 문을 두드렸다. 이번엔 다른 아이들이 문 앞에 서 있었다. 아이들이 귀여워서 핸드폰으로 기념 촬영도 하고 세뱃돈도 줘서 보냈다. 이런 식으로 몇 팀을 더 치르고 나니 잔돈이 바닥이 났다. 다음에 오는 아이들은 큰돈을 줘야 하나 어쩌나 싶었다. 큰돈이라고 해봤자 1,000투그릭짜리니, 우리 돈으로 500원도 되지 않는 돈이긴 했다. 그래도 현지 물가를 생각하면 큰돈은 큰돈이었다.

아이들을 피하려고 서둘러 밖으로 나와 산책을 시작했다. 멀리 절도 보이고 언덕에 기념물 같은 것도 보였다. 동네 한 바퀴를 돈 다음에 집에 들어가 점심을 먹었다.

그런데 오후에도, 그다음 날에도 아이들이 극성을 부렸다. 아이들이 돈맛을 알았던 것이다. 이 기회에 한몫 챙기려는 듯 이집 저집 가리지 않고 쫓아다녔다. 하긴 나도 예전에 이런 시절이 있었다. 친척이 아니더라도 안면이 있는 동네 어른 집에 찾아가서 세배하면 어른들이 공부 잘하라며 세뱃돈을 주곤 했다. 명절이면 풍선과 화약 등 아이들 놀잇감을 가게에서 팔았는데, 그것 때문에 돈 욕심이 생겨 돌아다녔다. 50여 년 전의 우리 모습을 몽골 생산드에서 다시 보게 되니 조금은 신기하기도 했다.

세뱃돈은 어른들에게 인사하고 새해 첫 덕담을 들으며 받는 용돈이다. 돈에 순수함이 있는지는 모르겠지만, 순수함이 깃든 돈이다. 그런데 여기 몽골도 사회가 발전하면서 이들이 가진 전통과 예절이 무너지고 있었다. 세뱃돈에도 자본주의 냄새가 밴 것 같아 약간 씁쓸했다.

내년에는 준비 좀 해서 아이들에게 제대로 된 선물을 줘야겠다는 생각을 했다. 올 한 해 몽골어 공부를 부지런히 해서 내년 차강사르에는 아이들에게 세배를 제대로 가르쳐 보자는 생각도 했다.

어떻게 조언해야 할까
_ 몽골인들의 이모저모

마트에 우리나라의 졸업식이나 어버이날처럼 꽃다발이 잔뜩 진열돼 있었다. '오늘 무슨 행사가 있나?' 궁금해하며 기관 사무실에 가니, 여직원들 책상에 장미가 놓여 있었다. 잠시 후 사무실 직원들이 컵을 들고 모두 모였다. 말 그대로 축제 분위기였다. 와인이 담긴 컵을 서로 부딪치며 "해피 인터내셔널 우먼스 데이" 했다. 처음 들어보는 말이라서, 황급히 인터넷을 검색해봤다. 100여 년 전 뉴욕 여성 노동자들의 투쟁과 여권 신장을 기념하는 세계적인 행사였다. 그러니까 3월 8일 내일은 세계 여성의 날로 몽골의 휴일이었다.

몽골의 휴일은 설날인 차강사르, 3월 8일 여성의 날, 7월의 나담 축제, 12월 29일 독립기념일뿐이다. 그만큼 몽골은 여권이 존중되는 나라다.

딸이 몽골어로 '오힝'인데, 좀 세게 'ㅎ' 소리를 내면 "크"하며 긁는 소리가 따라 나온다. 울란바토르에서 몽골어 학습을 할때 딘세 선생이 이걸 고쳐주려고 작정했는지, 열 번도 넘게 반복시켰다. 그런데 아무리 해도 원하는 소리가 나오지 않았다. 딘세선생의 다그치는 소리가 커지고, 수업 분위기가 싸해지면서 옆의 단원들이 놀라서 눈이 휘둥그레진 적도 있었다. 핀잔을 받으며 몇 번 반복하니 감이 좀 잡혔다.

그랬다. 딸을 보면 기분이 좋아져야 하니까 혀를 감아 넣어 어두운 목소리를 내면 안 되는 거였다. 혀를 앞으로 하고, 입을 동그랗게 하면서 '오'를 한 다음에 '힝'을 하면 얼굴이 자연스럽게펴지면서 미소가 지어진다. 여자는 싸움터의 전사가 아니라 종족을 보존하고 번성시키는 기본이다. 그러니 딸을 보면 기뻐하는 것이 당연하다. 몽골인들이 딸을 보고 밝게 웃으며 "오힝" 하는 이유를 몽골어 공부를 하며 알게 됐다.

몽골은 여성들의 교육 수준이 높은 편이다. 몽골인들은 아들보다 딸을 더 열성적으로 교육시킨다. 그래서 대학 진학률도 여성이 높다. 그 이유는 초원에서 고생하지 말고, 도시에 가서 잘살길 바라는 마음을 담아 딸 교육에 열을 올리기 때문이다. 그리고진학률에 비례해서 사회 진출률도 여성이 높다. 내가 근무하는기관만 해도 여성 비율이 훨씬 높다. 깊숙한 곳까진 잘 모르지만,여자들의 사회적 대우는 우리보다 훨씬 나아 보였다.

몽골에서는 국가에서 설립한 기관은 설립된 순서대로 1번부터 번호를 붙인다. 학교, 유치원, 병원 등이 그렇게 이름이 붙어 있다. 유치원을 '체체르레그'라 한다. 풀이하자면, 꽃 같은 아이들이 노는 정원이다.

월요일 아침에 5번 유치원과 12번 유치원을 방문했다. 유치원 현관에 CCTV 모니터가 설치돼 있었다. 복도, 교실 등 아이들이 있는 곳이라면 어디든 CCTV로 관찰할 수 있었다. 3~4세, 5~6세로 학급을 편성해서 한 교실에 30명 정도씩 수용했다. 각 교실마다 교사 1명, 보조교사 2명이 배정돼 있었다. 교사는 수업을 진행하고, 보조교사는 아이들을 하나하나 보살폈다.

교실 입구에는 아이들 사물함과 세면실이 있었는데, 아이들 개인별로 세면도구가 잘 정리돼 있었다. 교실 한쪽에 조리대도 있었다. 여기에서 음식을 조리하지는 않고 식당에서 음식을 가져오면 데우거나 그릇을 씻는 정도로 이용했다. 급식 비용은 국가 부담이었다. 교사 책상에는 아이들 수만큼 상당히 두꺼운 파일이 꽂혀 있었는데, 아이들의 행동 발달을 기록한 파일이었다. 이 기록물은 아이가 유치원을 졸업하거나 전학 가면 아이 부모에게 준다고 했다. 그리고 의사실이 있었다. '유치원에 웬 의사실이 있을까?' 생각하고 있는데, 모든 유치원에는 유치원만 전담하는 의사가 있다고 알려 줬다.

유치원 시설이나 시스템은 부러울 정도로 잘돼 있었다. 인구가 적은 이 나라에서 아이들 돌봄이 최우선이라는 사회적 분위기를 읽을 수 있었다.

그런데 알고 보니, 교사의 처우가 형편이 없었다. 얼마 전 칭기 즈칸 광장에 교사 1만여 명이 모여서 집회를 했는데, 요구안에 '월급 80만 투그릭 보장'이 있었다. 이 정도면 우리 돈 40만 원이 채 안 되는 돈이다. 그리고 무엇보다 교사실이 따로 없었다. 교사가 교실에서 항상 아이들과 같이 있어야 하니 힘들 것 같았다. 예산이 없어서 교사들이 자비로 자료를 구할 때도 많다고 한다. 이런 형편인데도 유치원 교사들이 수업 준비한다고 휴일에도 출근하는 것을 봤다. 일에 대한 의욕과 사명감이 높다고 해야할까, 아니면 마음이 착하다고 해야 할까.

몽골에서는 3층 이상은 유치원을 설치하지 못하도록 법으로 금지하고 있다. 이곳 사람들은 자녀를 유치원에 보낼 때, 아이의 손을 잡고 유치원까지 함께 간다. 아이를 유치원에 데리고 가면 교실 입구에 있는 사물함에 아이가 외투와 장화를 벗어 정리한다. 그런 다음 부모가 아이를 교실에 있는 교사에게 인계하고 나온다. 데려올 때도 교실에 가서 아이를 직접 데리고 나온다. 아파트 앞에서 아이를 유치원 승합차에 실어 주고 돌아서는 우리의 젊은 주부들 모습과 대조되는 모습이다.

그런데 일상생활에서는 아이들 스스로 자기 할 일을 직접 한다. 잘 때는 아이가 방 이불장에 있는 이불을 가져다 직접 깔고, 아침에 일어나서도 아이가 이불을 직접 갠다. 두꺼운 요 같은 것만 어른이 갠다. 아침밥도 엄마가 탁자에 빵과 잼, 치즈 등 먹거리를 내놓기만 하면, 아이가 자기 먹을 건 알아서 챙겨 먹는다. 나갈 때도 아이가 혼자서 옷 입고, 목도리 두르고, 모자 쓰고, 장화를 신고는 문 앞에 서서 부모를 기다린다. 우리나라와 많이 다른 모습이다.

여기 사람들은 한국 교육을 부러워한다. 본받으려고 애쓴다. 하지만 내 눈에는 몽골인들이 하는 행동이 더 나아 보였다. 무슨 이유일까. 자꾸 한국식 교육을 묻는 이들에게 나는 무엇을 조언해야 할까.

2부

무조건 견디기

― 참고 견디면 좋은 날 온다 했다

Living in Mongolia.

봄이 오는 길목에
겨울이 머물렀다
_ 고비의 봄맞이

한국에서의 2월은 자칫 스쳐 지나기 쉬운 달이다. 다른 달에 비해 이틀이나 짧고, 설날도 있어서 노는 날이 많기 때문이다. 학교에서는 방학도 아니고 학기도 아닌, 그냥 어정쩡하게 보내버리는 달이기도 하다.

2월의 고비는 따뜻했다. 기상이변인지 바람도 거의 없고, 눈도 몇 번 내렸다. 몽골의 봄은 힘든 계절이라는데 올해는 영 딴판인 모양이다. 고비는 행복한 봄을 맞을 채비를 하고 있었다.

2월도 중순이 넘어가는 어느 날, 눈이 내렸다. 밤새 내린 눈을 밟으며 출근하는데 '뽀드득뽀드득' 눈 밟히는 소리가 듣기에 좋았다. 기분도 덩달아 좋아져 "하얀 눈 위에 구두 발자국 바둑이와 함께 간 구두 발자국 누가 누가 새벽길 떠나갔나" 노래가 절로 나왔다. 강아지처럼 눈에 발자국도 남겨 봤다. 바람은 잔잔했지만, 잔바람과 함께 간간이 눈발이 날렸다. 이 정도 바람으로는 구름을 쉬이 밀어내지 못할 것 같았다. 아니나 다를까, 싸라기눈이 하루 종일 쉬지 않고 내렸다.

이 눈은 축복이 될 것이다. 고비에 쌓인 눈은 5월이나 돼야 녹는다. 봄이 되면 눈이 서서히 녹으면서 돋는 새싹에 물을 공급한다. 눈 녹은 물이 사막을 녹색으로 만드는 자양분이 되는 것이다.

중순이 지나자 2월 초에 비해 해가 많이 길어졌다. 해는 하루하루 1분 정도 일찍 뜨고, 1분 정도 늦게 지는 것 같았다. 동지 무렵엔 오후 5시도 되지 않아 지던 해가 이제는 6시가 넘어야 서쪽 지평선에 걸렸다. 바람도 거의 없는 것으로 봤을 때 작년에 비해 따뜻한 봄이 오고 있는 게 분명했다.

2월 말이 되자 해가 제법 빨리 올라왔다. 이제 아침 운동을 마치기 전에 사방이 환해졌다. 출근하고 얼마 지나지 않았는데 갑자기 유리창이 흐려졌다. 습기가 차서 그런가 했는데 그게 아니었다. 거리가 안개에 덮이고 있었다. 고비에서 처음 보는 안개였다.

여기 사람들은 안개를 '마난'이라 하는데, 기관 사무실 동료들이 "거이 마난! 거이 마난!" 했다. '거이'는 예쁘다는 뜻이다. 비가 귀한 이곳에서 습기를 주는 안개가 고마워서 그런 것이다. 밖에 나가서 보니 나무에 눈꽃이 피어 있었다. 아침 안개가 나뭇가지에 얼어붙은 것이다. 설악의 상고대와 비슷했다.

봄이라 하기엔 아직 겨울이 머물러 있는 고비의 3월이었다.

3월 들어 기온이 제법 올라갔는지, 생샨드 시내는 지난번에 내린 눈이 거의 다 녹았다. 다른 나라에서 온 국제협력단원들과 함께 생샨드 교외로 소풍을 나갔다.

멀리 '젤' 무리가 보였다. 젤은 몽골 가젤이다. 고비엔 수만 마리의 야생 젤이 살고 있다. 겨울의 황량한 고비 들판은 젤이 차지한다. 유목민들은 겨울 들판에 푸른 풀이 없어서 양과 염소 무리를 멀리 이동시키지 않는다. 거의 게르 근처에 머문다. 그래서 젤이 방해받지 않고 여기저기를 누비는 것이다. 검은색이 없는 짐승 무리가 보이면 바로 그것이 젤의 무리다. 젤은 검은 털이 없기 때문이다. 이 녀석들은 야생이라 달리는 속도가 매우 빠르지만, 약 3킬로미터 정도를 전속력으로 달리면 지쳐서 주저앉는다. 이 지역 사람들은 말이나 오토바이를 몰아 이런 방식으로 젤을 사냥한다.

3월 8일은 세계 여성의 날이다. 우리나라는 단순한 기념일 정도로 치부하는 날이다. 그것도 최근에야 매스컴에서 보도하지, 예전에는 여성의 날이라는 언급도 거의 없었다. 몽골은 이날이 공휴일이라 3일 연휴가 됐다. 몽골에서 여성의 날은 여느 공휴일과 다르다. 집집마다 축제가 벌어지는, 그야말로 잔칫날이다. 남자들은 장미꽃과 케이크, 초콜릿을 준비한다. 거리는 아이부터 어른까지 삼삼오오 떼를 지어 자기들의 축제장으로 간다. 예전 우리의 크리스마스이브와 비슷하다고 하면 맞을 듯싶다. 다행히 날씨는 좋았다. 3월 들어서 큰 바람도 없고, 공기도 맑았다.

3월 18일은 몽골 군인의 날이다. 3월 8일 여성의 날을 치르고 나서 몽골 여성들은 이 군인의 날을 남성의 날이라며 축하 잔치를 열어 준다. 남성의 날이 지나자 바람이 점점 세게 불기 시작했다. 여기에서는 바람이 조금만 세져도 여간 어려운 게 아니다. 사방이 맨땅이라 작은 바람에도 모래가 날리기 때문이다. 이제 겨우내 둘렀던 목도리와 귀마개를 벗고, 선글라스를 써야 할 것 같았다. 햇살이 강하고 모래가 날리는 통에 눈을 뜰 수가 없어서다.

밤새 폭풍이 몰아치는 소리에 잠을 설쳤다. 아침에 눈을 뜨니 들판이 하얘졌다. 바람이 구름을 몰고 와 사막에 하얀 눈을 내려 놓은 것이다. 거센 바람에 날리는 눈이 얼굴을 때렸다. 춘분이 내일인데 아직 겨울이 머물고 있었다.

갑자기 추워진 날씨가 나흘 정도 계속되더니, 공기가 정체됐는지 기온이 제법 올라갔다. 축대 틈에 끼어 있던 눈이 녹아내려 물이 고였다. 이 정도 기온이라면 나뭇가지의 잎도 돋을 만하다는 생각이 들었다. 그런데 저녁이 되면서 갑자기 상황이 달라졌다. 바람이 세지더니 기온이 갑자기 내려갔다. 그래서 여기 사람들은 여름이 될 때까지 두꺼운 옷을 벗지 않는 모양이다.

언제쯤 완연한 봄을 맞이할 수 있을지……, 전혀 감을 잡을 수 없는 고비의 3월이 저물고 있었다.

미인은 봄가을에 죽는다
_ 고비의 봄

'미인은 봄가을에 죽는다.' 좀 섬뜩한 말이지만, 몽골의 속담이다.

바람이 많이 부는 달, 4월이 시작됐다. 몽골 초원에서는 바람이 불면 북쪽 고원에서 찬 공기가 밀려와 순식간에 기온이 내려간다. 그래서 날씨가 좋다고 해서 옷을 얇게 입고 멀리 나들이를 나가면 안 된다. 바람을 만나면 위험해지기 때문이다. 실제 고비 사막에서 4월에 죽는 사람이 가장 많다고 한다.

'미인은 봄가을에 죽는다'는 말은 날씨가 따뜻해져도 겨울옷을 벗지 말고, 추위를 대비하라는 몽골인들의 충고다. 따스한 봄날 아이들은 가볍게 입고 뛰어놀아도 몽골 할머니들은 두꺼운 옷을 입고 다닌다. 그러고 보니 우리가 흔히 쓰는 '멋 내다가 얼어 죽는다'는 말과 비슷한 의미가 있는 것 같다.

4월 들어 강한 바람이 자주 불었다. 바람이 좀 잠잠해지면 금세 더워졌고, 바람이 불면 찬 바람이 온몸을 때렸다.

어느 날 광장에 게르를 짓고 있었다. 인구 증가가 최대 관심사인 이곳은 작년에 아기가 태어난 가정, 올해 아이가 학교에 들어간 가정, 새로 결혼한 가정의 가족들을 초대해서 선물을 주는 행사를 한다. 각 솜(지방)에서 사람들이 오는 만큼 그들이 거처할 곳을 마련해야 해서 광장에 게르를 짓고 있었던 것이다. 유목민들의 순발력은 대단했다. 한나절 만에 게르 열 채가 지어졌다. 그리고 행사가 끝나자마자 순식간에 게르는 사라지고 다시 광장으로 돌아왔다.

몽골 학교는 4월에 '하브링하 살갈토르'라는 학년말 시험을 치른다. 이 시험이 한 해 공부를 평가하는 시험이다. 졸업생들은 이 시험 결과로 대학에 진학한다. 우리의 수능 격이다. 시험 문제지는 모두 울란바토르 중앙 정부에서 제작해 배포한다. 이 시험을 치르고 나면 학교는 2주간 방학에 들어간다.

4월 11일 더르너고비의 모든 학교 교사들이 모였다. 2주간의 방학 기간을 이용해 체육대회가 열렸기 때문이다. 종목은 농구, 배구, 탁구 등 실내경기 위주였다. 아침 9시 개회식을 시작으로 3일간의 시합에 들어갔다.

하루 종일 23개 학교가 남녀별로 시합을 했는데, 한밤중이 돼도 체육관 불이 꺼지지 않았다. 생샨드는 모처럼 대목을 만났다.

600여 명의 교사들이 몰려와 호텔과 식당을 꽉 채웠으니 말이다. 청춘들은 자유를 즐길 절호의 기회를 만났다는 듯 삼삼오오 떼를 지어 식당과 술집을 돌아다니며 늦은 밤까지 생샨드 경제 살리기에 여념이 없었다.

4월 중순이 넘어가면서부터 두꺼운 스웨터를 벗고 와이셔츠와 양복을 입었다. 날씨는 제법 따뜻해졌지만, 코트는 아직 입고 다녀야 했다. 나뭇가지가 조금 흔들릴 정도의 바람만 불어도 금세 기온이 10도 아래로 내려갔기 때문이다. 싹이 나오지 않고 있는 길가의 나무들로 봐 사막의 봄은 아직은 좀 멀리 있는 것 같았다.

중순이 지나고 며칠 지나지 않아 밤새 거센 폭풍이 휘몰아쳤다. 신기하게도 바람이 밤에 많이 왔다. 낮에는 바람이 잔잔해서 활동하기 좋았다. 날이 좋아서 그런지 거리에 사람들이 많아졌고, 길가의 나무들도 푸른 잎을 돋우기 시작했다. 혹독한 환경에서도 여지없이 자연은 무르익고 있었다.

4월 말이 다가오자 파리가 나타났다. 작은 파리 한 마리가 창가에 맴돌고 있는 것을 보고 급히 다가갔지만, 낌새를 차리고 날아가는 바람에 잡지 못했다. 파리라는 녀석들은 참 대단한 것 같다. 6개월도 넘는 긴 겨울 동안, 그것도 영하 30도가 넘는 강추위를 견디고 살아남았으니 말이다. 도시는 온기가 남아 있는 하수도라도 있지만, 황량한 사막에서 긴 겨울 동안 온기가 있는 곳은 전혀 없다. 파리는 어디에 숨어서 극한을 이겨내고, 살 만해지면 다시 나와 맹렬하게 번식하는 것일까. 지구가 멸망하더라도 끝까지 살아남을 생물이 파리 아닐까 싶다.

'봄의 시련을 견뎌야 여름을 맞는다'는 말이 딱 어울리는 고비의 5월이 시작됐다.

우리나라의 5월은 화려하지만, 몽골 초원에서는 큰 시련이 닥치는 계절이다. 뉴스에서 몽골 초원 곳곳에서 일어난 사건 사고를 전하고 있었다. 항가이와 헨티 등의 초원에서 가축을 돌보던 목자들이 10명 가까이 변을 당했다. 그리고 알타이 쪽에서는 '타르박'이라는 야생 설치류의 바이러스에 감염돼 희생된 사람들도 있었다. 영하 30도 이하로 내려가는 겨울보다 봄이 오히려 큰 시련을 주고 있었다.

5월의 첫 주, 낮에는 덥고 밤에는 추웠다. 업무차 울란바토르에 갔는데, 북쪽이라서 그런지 생샨드보다 추웠다. 비가 내리는가 싶더니 순식간에 눈으로 변해버렸다. 다시 겨울이 된 것 같았다. 생샨드로 돌아가려고 버스터미널에 가니 무슨 일이 있나 싶을 정도로 사람들이 적었다. 아니나 다를까, 고비사막에 눈이 많이 내려 길이 끊어지는 바람에 버스 운행이 정지된 상태였다. 할수 없이 울란바토르역으로 발길을 돌렸고, 다행히 울란바토르에서 자밍우드로 가는 열차는 예정대로 운행되고 있었다. 열차의 침실은 4인 1실로 홀수 번호가 아래층, 짝수 번호가 위층이었다. 열차에 승차할 때 승차권을 받아 간 승무원이 깨끗한 침대 시트를 가져다줬다. 목적지에 도착할 때쯤 승무원이 와서 승차권을 돌려주고 시트를 회수해 갔다. 깊이 잠들어도 하차할 역을 지나칠 우려가 없어서 좋았다.

5월 중순이 지나가는 날, 밤새 바람 소리가 요란했다. 아침에 일어나 창밖을 보니 전깃줄이 심하게 흔들릴 정도로 바람이 불고 있었다. 오늘 꼭 해야 할 일이 몇 가지 있는데 걱정이 됐다. 출근하는 길목에 있는 아파트 사이를 지나가는데 바람이 얼마나 센지 몸을 가눌 수가 없었다. 할 수 없이 출근을 포기하고 숙소로 돌아왔다. 시간이 갈수록 바람이 더 거세지면서 모래바람에 창밖의 시야가 거의 보이지 않았다. 다행히 저녁이 되면서 바람이 잦아들었다. 그런데 문제가 생겼다. 모래바람에 수도 설비가 고장 난 모양인지 수돗물이 나오지 않았다.

5월도 20일이 지나고 있는데 여전히 바람이 많이 불었다. 하지만 거센 바람 속을 뚫고 올해도 어김없이 울란바토르의 몽골 국립 오페라극장 단원들이 순회공연을 왔다. 입장료 12,000투그릭에 저명한 성악가들의 노래를 듣는 호사를 누렸다. 〈피가로의 결혼〉같이 귀에 익은 유명한 오페라 아리아와 몽골 가곡이 혼합돼 있어서 낯설지 않은 분위기 속에서 공연을 즐길 수 있었다.

5월의 끝 무렵이 되자, 바람이 없는 날씨가 계속됐다. 바람이 불지 않자 강렬한 햇빛에 가열된 공기 온도가 순식간에 올라갔다. 사막은 열기에 휩싸였다. 그렇다고 반팔 차림으로 생활하기에도 곤란했다. 건조한 날씨 탓에 실내 공기가 찼기 때문이다.

이제 해가 새벽 대여섯 시에 올라왔다. 알람 소리에 눈을 뜨면 방 안에 이미 해가 들어와 있었다. 저녁에는 8시 무렵까지 햇빛이 남아 있어 밤이 된 줄 모를 때가 많았다. 그러다가 갑자기 어두워지면서 한밤중이 되곤 했다.

낯선 계절 탓에 어영부영하다 저녁을 거르는 날이 많아졌다.

사막의 여름은 찬란했다
_ 고비의 여름

몽골에서 6월 1일은 어린이날이다. 여기는 어머니날과 어린이날을 같이 보낸다.

낮에는 햇빛이 있는 쪽의 기온이 30도 가까이 되었지만, 그늘에 들어가면 그래도 시원했다. 처음으로 반팔 차림을 하고 밖에 나왔는데 다닐 만했다. 다행히 바람이 적당히 불어 어린이날 행사 치르기에는 괜찮은 것 같았다. 여기저기에서 사람들이 어린이날 축제를 즐겁게 보내고 있었다. 생샨드 광장에서 열리는 콘서트도 햇볕이 그리 따갑지 않아 즐기기에 좋아 보였다.

다음 날, 아침부터 바람이 세다 싶더니 가까운 곳도 다녀오기가 쉽지 않았다. 바람을 앞으로 맞으면 몸이 뒤로 밀릴 정도였다. 저녁이 되자 황사와 바람이 더 심해졌다. 이 바람이 어제 어린이

날 붙었으면 진짜 큰일이었겠구나 싶었다. 아직 해가 서쪽으로 기울지 않았는데도 주위가 어두컴컴했다.

6월 중순이 지나고 있었지만, 밤엔 아직 추워서 이불을 덮어야 잠을 잘 수 있었다. 6월 초에만 바람이 있었고, 맑은 날씨의 연속이었다. 하늘에 구름이 없으면 바람이 잔잔하다. 공기의 이동이 바람이고, 바람이 공기를 밀어 올려 구름을 만들기 때문이다.

낮 기온이 28도까지 올라갔다. 그러나 사람들의 옷차림은 아직 어중간했다. 어쩌다 바람이라도 불면 기온이 갑자기 떨어졌기 때문이다. 잘 때도 새벽이면 추워서 이불을 당기기 일쑤였다. 건조한 탓에 뜨거운 태양에 대지가 달궈져도 해가 기울면 쉽게 열이 빠져나가서 그런 것 같았다. 몽골의 날씨는 이래저래 적응하기 참 어려웠다.

약 20일간 바람이 없는 맑은 날씨가 계속됐다. 북반구에서 1년 중 태양이 가장 오래 있는 날이라는 하지가 되자, 대지의 열기도 후끈해졌다. 그래도 아직은 낮 기온이 30도 초반 정도에 머물러 있었다. 이제는 사람들의 옷차림도 가벼워져서 겉옷은 거의 입지 않고 다녔다. 저녁에도 열기가 식지 않아 선풍기를 틀어야 했고, 오랜만에 반바지 차림으로 잠이 들었다. 드디어 사막의 여름이 시작되고 있었다.

6월의 끝 무렵, 저녁에 구름이 몰려왔는데도 한낮의 열기가 좀체 식지 않았다. 다행히 저녁이 깊어지면서 바람이 세지나 싶더니 비가 오기 시작했다. 비를 몰고 온 바람은 분명 축복이었지만, 사막의 모래바람도 함께 견뎌야 했다.

밥솥에 쌀을 올리고 스위치를 눌렀는데 작동이 되지 않았다. 정전이었다. 시도 때도 없이 정전이 되곤 해서 익숙해졌지만, 아침 시간에 정전이 되면 여간 당황스러운 게 아니다. 11시까지 기다렸는데도 전기가 들어오지 않았다.

몽골에서는 정전이 잦다. 그러다 보니 은행이나 주유소같이 전기가 반드시 필요한 곳은 자체 발전기를 돌린다. 심지어 가정집에서 자체 발전기를 돌리는 경우도 있다.

고비의 여름은 그야말로 찬란했다.

7월이 시작되자, 더르너고비의 들판은 사막이 아니었다. 7월의 단비는 사막을 생명이 움트는 초원으로 탈바꿈시켰다. 7월에는 거의 한 주에 한 번 정도 비다운 비가 내렸다. 고비에 이렇게 많은 비가 온 적이 없었다고 한다. 덕분에 사막은 푸른 들판이 됐다.

"골짜기에 수풀이 무성한데도 걱정이 있다면, 번뇌는 네가 만든 것이다."

몽골의 성인으로 추앙받는 단잔아라브자가 한 말이다. 풍성한 여름에 모든 것을 내려놓고, 찬란한 계절을 즐기라는 말이다. 그 말이 딱 어울리는 7월의 고비였다.

하루 종일 구름이 몰려오더니 저녁에 비가 내렸다. 땅이 모두 젖고, 사람들이 비를 피해 숨을 정도로 비가 내렸다. 이곳 사람들은 얼굴에 몇 방울만 비가 묻어도 감사해하는데, 이 정도면 축복이었다.

한국은 장맛비에 수해 피해가 제법 있는 모양이다. 여기 생샨드도 물폭탄이라 부르기에는 민망하지만 어쨌든 물 때문에 정신 없는 날이 계속되고 있었다. 생샨드는 배수 관리를 전혀 하지 않는다. 적은 양의 비에도 가는 곳마다 물웅덩이가 생겨 다닐 수가 없을 정도다. 배수에 전혀 신경을 쓰지 않는 건 비가 잦은 울란바토르도 마찬가지다. 어쩌다 비 한번 오면 도시 전체가 물바다가 된다. 건조한 고원지대에 사는 사람들의 물에 대한 무감각을 여지없이 보여 주는 대목이다.

나담 축제 때문에 3일간 울란바토르에 가 있었다. 울란바토르는 3일간 계속해서 비가 내렸다. 덕분에 기온이 20도 아래로 내려가 가을처럼 선선했다. 이번 몽골의 7월은 예년과 달리 비가 많이 오고 있었다.

사막의 여름 해는 불같이 뜨겁다. 고비는 낮에 바깥 기온이 40도 가까이 오른다. 맹렬한 태양 때문에 사람들은 낮에 야외 활동을 할 수가 없다. 그래서 방학 기간인데도 아이들이 낮에 공원에 나와 놀지 않는다. 해가 저물고 생샨드 광장이 땅거미에 덮이기 시작할 때에야 아이들이 놀이터에 쏟아져 나온다. 사막의 여름은 초저녁 시간이 가장 활동하기 좋은 시간이다. 7월의 초승달이 아름답게 비칠 때가 몽골인들에게는 가장 행복한 시간이 되는 셈이다.

7월 말일쯤 그야말로 폭우가 왔다. 천둥과 함께 굵은 빗방울이 떨어지기 시작했다. 비가 쉽게 그칠 것 같지 않았다. 이 정도면 사막에선 횡재다. 그런데 도시가 문제다. 이 도시에 비가 이렇게 많이 온 적이 없으니, 도로에 배수 시설이 잘돼 있을 리 없다. 순식간에 물이 모여 내를 이루고 길이 물에 잠겼다. 점심 먹으러 가야 하는데, 물에 잠겨 길이 보이지 않았다. 이리저리 빙빙 돌아 간신히 목적지에 도착했다.

대비가 없는 것에 대한 피해는 큰 법이다. 빗물에 쓸려 도시 곳곳이 파이고, 토사가 쌓였다. 여기저기 사람들이 나와 복구 작업을 하느라 여념이 없었다. 주차장에 쌓인 흙을 퍼내고, 살수차로 공원 마당의 흙을 쓸어내렸다. 엊그제 완공된 공원 진입로도 폭삭 가라앉았다. 우리로 따지면 얼마 안 되는 비에 피해가 이만저만이 아니었다. 여기 사람들도 이제는 생각을 바꿔야 할 것 같았다. 1년에 한두 번 있을까 말까 한 일이라도 대비는 해야 하는 법이다. 이번 같이 큰 비를 '사야 버러'라 한다. 백만을 '사야'라고 하는데 엄청나게 크다는 뜻이다. '버러'는 비다. 사야 버러로 낙타 광장이 진흙으로 뒤덮였고, 어린이 놀이터가 물웅덩이가 됐다. 덕분에 아이들은 새로운 놀이를 즐기고 있었다. 이 몽골의 아이들은 진흙탕 놀이를 처음 해보는 듯했다.

몽골의 교육 기관은 6월 하순부터 8월 말까지 방학이다. 이 기간 동안 대부분의 교사와 직원 들이 휴가에 들어간다. 이를 '아무른 사르(휴양 월)'라 한다.

내가 근무하는 기관의 직원들도 8월엔 대부분이 사무실에 나오지 않았다. 증명서가 필요한 민원인이 더러 찾아왔지만, 담당자가 휴가 중이니 다음 달에 오라고 하면 한숨만 쉬고 그냥 갔다. 졸지에 기관을 지키는 '졸로치(경비)' 신세가 되고 말았다.

8월 초에 코이카 교육과 한국 친구들의 여행 일정이 울란바토르에 겹쳐 있어서 덕분에 휴가를 즐길 수 있었다. 8월에 울란바토르는 비가 많이 온다. 비 때문에 기온이 많이 내려가 낮과 밤의 일교차가 크다. 이런 사정을 잘 몰라서 두꺼운 옷을 챙겨 오지 않는 바람에 해가 진 후에는 어디 돌아다니기가 좀 어려웠다. 낮은 30도가 넘고 밤에는 10도가 채 되지 않으니, 낮에 입을 여름옷과 밤에 입을 겨울옷이 동시에 필요했던 것이다. 오나가나 시행착오의 연속이었다.

울란바토르는 2주간 머무는 동안에 계속 구름이 오가고 비가 내렸다. 기후 변화의 조짐인지, 올해는 몽골고원에 비가 많이 내릴 거라는 예보가 있었다. 그 예보대로 비를 흠뻑 맞은 8월의 고비 들판은 풀 한 포기 없던 지난겨울의 황량한 사막과는 사뭇 다른 '저 푸른 초원'이었다. 초원의 오축 무리도 배가 부른지 배를 깔고 앉아 쉬고 있었다. 유목민들이 지금처럼 행복할 때도 없을 것 같았다. 몽골에서 오축이라 하면 양, 소, 말, 낙타, 염소를 말한다.

8월 중순으로 넘어가는 날, 아침부터 엷은 구름이 하늘을 덮더니 이슬비가 촉촉이 내렸다. 뭔가 바뀌었다는 기분이 들었다. 여기는 사흘 걸러 한 번씩 비가 내리고, 한국은 근 한 달째 비가 내리지 않고 있다니 말이다. 지구온난화의 영향 때문에 이상한 일이 벌어지고 있었다.

8월 말이 되자, 아침이 어둠 속에 잠겨 있었다. 해가 그만큼 짧아진 것이다. 희미한 여명 아래에서 아침 운동을 했다. 몽골에 파견된 이후로 한 번도 거르지 않은 웨이트 트레이닝의 효과를 보는지 몸이 무척 가볍고 상쾌했다.

벌써 아침 공기가 제법 서늘했다. 앞으로 출근할 때 재킷을 걸치고 나가야 할 것 같았다. 벌써 가을이 저만치서 기다리고 있었다.

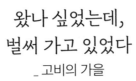

왔나 싶었는데,
벌써 가고 있었다
_ 고비의 가을

몽골에서 9월은 새로운 시즌을 시작하는 달이다. 긴 방학이 끝나고 학교도 9월에 개학을 한다.

9월이 시작됐는데도 어찌 된 일인지 아이들 떠드는 소리로 시끌벅적해야 할 학교 운동장이 조용했다. 한글 교실에 오는 아이들 얘기로, 수업이 없어서 학교에 가지 않는다고 했다. 선생님들이 수업 준비를 못 해서 그렇다는데 잘 이해가 가지 않았다. 무슨 일인가 싶어 인터넷 뉴스를 찾아보니, 공무원과 교사 들의 임금 인상 건이 아직 해결되지 않고 있다는 기사가 있었다. 정확히 확인해보지는 않았지만, 일종의 파업을 하고 있는 것 같았다.

몽골의 9월은 날씨 변화가 심하다. 바람의 방향이 갑자기 변하기도 하고 세기도 빨라진다. 아침 출근길에 훅 불어오는 바람이 제법 쌀쌀했다. 9월 초인데 벌써 가을옷으로 갈아입어야 하나 갈등이 생겼다. 어림잡아 서울보다 10여 일은 빨리 가을이 오는 것 같았다. 서리가 내리지 않았는데도 어느새 들판의 푸른빛이 사그라들었다.

9월이 시작되고 채 일주일도 되지 않아 가을이 왔다. 옷장에서 지난봄에 입었던 양복을 꺼내 입었다. 숙소를 나서는데 피부로 느껴지는 바람이 어느새 변해 있었다. 몽골 서부의 알타이와 옵스에서는 벌써 눈이 내렸다는 소식도 들려왔다. 다시 시련을 감내해야 하는 시간이 가까이 오고 있었다.

퇴근하는데 모래바람에 날리는 모래가 사정없이 온몸을 때렸다. 저녁에 바람이 좀 잦아지는가 싶더니 한밤중에 천둥과 번개가 내리쳤다. 번개 불빛에 순간 조명이 들어오듯 주위가 훤해졌다가 금세 어두워졌다. 마치 영화 〈스타워즈〉에 나오는 외딴 행성의 모습을 보는 것 같았다. 천둥과 번개는 비를 동반하지 않으면 이상하다는 듯 비가 내리기 시작했다.

우리나라는 여러모로 가을이 좋다. 산천도 아름답다. 그런데 몽골고원의 가을은 시련이 시작되는 계절이다. 햇빛이 옅어지고, 들풀이 마르면서 가축들도 배가 고파지기 시작한다. 몽골에서 봄을 '하와르'라 하고, 가을을 '나마르'라 한다. 봄에 비가 오면 사람들은 '세한 버러(감사한 비)'라며 좋아한다. 하지만 가을

비나 눈은 '모해(나쁘다)'라 한다. 가을에 하늘이 흐려지면 바람이 거세지고 찬 공기가 밀려온다.

10월이 시작되고 두어 번의 바람이 불더니, 들판이 노인의 머리처럼 하얗게 변해버렸다. 그래도 몽골 북부와는 달리 생샨드는 바람도 없고 따뜻했다. 환절기에는 사막 기후가 오히려 좋은 날씨 같다는 생각이 들 정도였다.

10월 중순, 추워진다는 일기 예보가 있었다. 몽골 초원에서는 한겨울보다 가을에 사망하는 사람이 더 많다. 대비의 중요성을 일깨워주는 사실이다. 대비가 돼 있는 겨울과 갑자기 기온이 변하는 바람에 대비하기 어려운 가을의 차이랄까.

10월 말, 하루 종일 강풍이 몰아쳤다. 바람과 함께 날아오는 모래가 온몸을 사정없이 후려쳤다. 건물 사이를 지나가는데 몸을 가누기 힘들 정도로 바람이 셌다. 바람과 함께 몰려온 북쪽 시베리아의 공기가 기온을 10도 가까이 끌어내렸다.

가을이 왔나 싶었는데, 벌써 겨울이 오고 있었다.

몽골에도 명목상으로는 사계절이 있다. 하와르(봄), 준(여름), 나마르(가을), 어월(겨울)이다. 그런데 고비에서는 여름과 겨울, 두 계절만 있다고 해도 과언이 아니다. 그만큼 두 계절이 강하다. 봄이나 가을은 두 계절이 교차하는 길목에 불과할 정도다. 그렇지만 이 기간에 바람이 많고 기온 변화가 심해 고생은 제일 많이 한다. 그래서 고비인들은 봄과 가을을 무섭게 여긴다.

11월의 첫날, 갑자기 하늘이 뿌옇게 흐려지더니 강한 바람이 불었다. 이제 밖에 나가려면 후드를 둘러써야 할 것 같았다. 여기에서는 자연스러운 패션이다. 바람과 추위 때문에 모두 그렇게 하고 다닌다.

11월 10일경 기관의 컴퓨터실을 만드는 일 때문에 방문한 울란바토르는 겨울이었다. 톨강은 살짝 얼어 있었고, 게스트하우스 앞 개천은 단단히 얼어붙어 있었다. 생샨드로 돌아오니 여기는 그래도 아직 가을이 남아 있었다.

11월 중순이 지나자, 목에 감기는 바람이 매서웠다. 기온이 영하 10도 밑으로 떨어졌지만, 다행히 큰 바람이 오지 않아 견딜 만했다. 창밖으로 보이는 따뜻한 환경과는 달리 밖의 공기는 살이 에이도록 차가웠다. 오후 5시가 채 되지 않은 시간에 해가 서쪽 지평선에 걸렸다.

11월 말, 아침부터 단수에다 정전이었다. 소변을 보고 변기 물을 내리려니 물이 나오지 않았다. 비축해둔 물통은 5리터들이 여섯 통이 있었다. 할 수 없이 비축해둔 물을 변기에 부었더니 두통이나 들어갔다. 소변 보고 물 한 번 내리면 10리터가 사라지는 셈이니, 언제 물이 나올지 모르는 상황에서 고민이 아닐 수 없었다.

소변을 참느냐 냄새를 참느냐, 그것이 문제였다.

겨울은 겨울다워야
_ 고비의 겨울맞이

겨울이 되면 몽골에 길게 늘어나는 것이 두 가지 있다.

하나는 파르(지역난방) 열공장 굴뚝의 연기 기둥이다. 이 연기가 곧게 오르거나 북쪽으로 향하면 날씨가 그런대로 괜찮은 편이고, 남쪽으로 향하면 매서운 추위가 엄습한다. 그리고 또 하나는 하늘에 늘어진 하얀 비행기 구름 줄이다. 생샨드는 북경이나 서울로 가는 여객기 항로 아래에 있다. 몽골에서 하루에 몇 번씩 그리운 서울을 오가는 비행기를 보며 사는 셈이다. 고비의 지표면 기온이 영하 30도 정도면 고도 12,000미터 상공의 기온은 상상하기 어려울 정도로 낮을 것이다. 그래서 비행기 꼬리에서 나오는 연기가 얼어붙어 하늘에 하얗게 긴 줄을 그려 놓는 것이다.

6개월 이상 영하의 날씨가 이어지는 몽골은 겨울 스포츠의 천국이 될 수 있는 나라다. 어느 날 숙소 옆에 야외 스케이트장이 생겼다. 스케이트 빌리는 비용이 1시간에 2,000투그릭이었다. 우리 돈으로 치면 별것 아니지만, 여기 아이들한테는 부담되는 가격이다. 그래도 스케이트 타는 아이들로 연일 붐볐다.

12월 첫날, 하늘에 층운이 넓게 드리워진 것으로 봐 눈이라도 금방 올 것 같은 날씨였다. 이제부터 몇 달은 북에서 오는 찬 바람과 맞서야 하는 시간이다. 출근길에 목도리 칭칭 감고, 후드 둘러쓰고, 눈만 내놓고 걸었다. 500미터 정도밖에 떨어지지 않은 기관에 출근하는 것도 쉽지 않았다. 매서운 한기가 빼꼼 내민 눈가를 얼렸다. 견디다 못해 후드를 내리눌러 눈까지 가리고 걸었지만, 몇 걸음 가지 못하고 앞이 안 보여 가다 서다를 반복했다. 이제 막 시작됐지만, 몽골의 겨울 추위는 역시 위세가 대단했다.

12월 초인데도, 아침 8시 기온이 영하 28도나 내려갔다. 그런데 실내 기온은 25도가 넘었다. 지역난방 덕분이다. 몽골 도시에서는 집 안의 난방 걱정은 하지 않고 산다. 아파트, 상가, 사무실 등 거의 대부분 건물에 지역난방이 들어와 있기 때문이다. 난방비도 저렴하다. 숙소로 사용하는 방 하나에 거실 하나 있는 아파트의 한 달 난방비가 3만 투그릭 정도다. 지역난방의 열공장에서 몽골에 풍부하게 매장돼 있는 석탄으로 열을 생산하기 때문에 가능한 비용이다. 그런데 지난밤에 기온이 많이 내려갔는지 전기장판 켜고, 두꺼운 이불을 덮고 잤는데도 추워서 잠을 설쳤다. 지역난방의 열만으로는 한파를 감당하지 못하고 있는 것 같았다.

12월 중순이 넘어가는데도 큰 바람은 없었다. 밤엔 최저 기온이 영하 30도 왔다 갔다 했지만, 해가 올라오면 순식간에 공기가 따뜻해져 영하 10도 부근까지 기온이 올라갔다. 한국에서의 영하 10도는 엄청나게 춥지만, 고비의 영하 10도는 봄 날씨와 같다. 건조하기 때문에 추위가 몸속으로 파고들지 않아서다.

연말의 몽골은 파티 속에 묻혀 있다고 해도 과언이 아니다. 이들의 연말 파티는 도를 넘을 때가 많다. 오전에 인터넷 회사에 계약하러 갔더니 담당자가 없었다. 어제 연말 파티를 하러 울란바토르에 가서 오지 않았다고 한다. 이들은 기독교를 믿지 않아도 크리스마스는 성대하게 축하한다. 집집마다 트리 장식을 하고, 아이들에게 크리스마스 선물도 한다. 꼭 우리의 20여 년 전 모습과 비슷하다.

연말이 지나면 파견 동기 이 선생이 중도 귀국한다. 지난번 건강검진에서 갑상선에 이상이 있어 한국에 가서 정밀 진단을 받았다. 다행히 이상은 없다는데, 견디기 힘들었던 모양이다. 이 선생이 가고 나면 고비에 한국인은 나 혼자다. 혼자란 생각에 괜히 마음이 가라앉았다. 한국에 있는 아내는 지난주 내내 독감으로 고생이 심했다고 한다. 괜찮아졌다는 소식에 마음이 좀 놓이면서도 원래의 걱정은 사라지지 않았다. 아내 걱정을 하다가, 외로움이 지나쳐 우울증으로 가는 건 아닌지, 내 자신을 걱정하기 시작했다.

하지만 어쩌랴, 견뎌야지. 다음 주부터는 신년 행사로 보름 정도가 그냥 훅 지나갈 거라고 생각하니 그나마 위안이 좀 됐다. 오랜만에 하늘에 구름이 몰려왔다. 눈이라도 한바탕 퍼부었으면…… 좋겠다 싶었는데…… 끝내 눈은 오지 않았다.

3부

무조건 즐기기

ー 피할 수 없으면 즐기라 했다

Living in Mongolia.

전통 마을에 가는 날
_ 칭기즈 후레

    '칭기즈 후레'는 울란바토르 외곽에 있는 몽골 전통 마을이다. '후레'는 몽골어로 마을이라는 뜻이다. 2016년 여기에서 세계 53개국 정상이 모인 제11차 아셈회의가 개최됐다. 우리의 민속촌처럼 꾸민 곳인데 주민이 거주하지는 않고 있다. 20여 동의 숙박용 게르와 박물관으로 사용하는 대형 게르, 그리고 식당으로 사용하는 게르가 있다.

    작은 게르는 침대 2개가 있는 객실인데, 1박 요금이 7만 투그릭이다. 우리 돈으로 3만 원 정도 하는 것이니 2인의 숙박 요금 치고는 그런대로 괜찮은 편이다. 그런데 게르 안에는 침대와 작은 탁자, 난방용 난로밖에 없다. 화장실도 밖의 공동 화장실을 사용해야 해서 조금은 불편하다.

몽골은 여름에도 밤이 되면 기온이 상당히 내려간다. 영하로 내려가지는 않지만 거의 그 언저리에 근접한다. 낮에는 반바지 차림으로 다녀도 되지만 밤에는 겨울 차림이어야 한다. 그래서 밤에는 장작을 넣어서 때는 난로로 난방을 한다. 그런데 문제는 장작이 빨리 타기 때문에 자주 넣어 줘야 한다는 것이다.

몽골 여행을 처음 왔던 5년 전의 일이다. 초원에서의 첫날, 같이 온 여교사 둘이 게르 문을 잠그고 잠이 들었다. 장작을 넣어 주려고 왔더니 문이 잠겨 어쩔 수 없이 그냥 돌아갔다. 한두 시간 후 난로는 꺼지고 그 둘은 밤새 추위에 시달리다가 새벽에 덜덜 떨면서 나왔다. 다음부턴 교대로 일어나 장작을 넣든가, 아니면 문을 열어 놓든가 하라고 했다. 그 이후로 두 교사는 남은 일정 내내 사람을 믿고 문을 열어 놓았다. 그 덕에 우리는 좋은 친구가 될 수 있었다. 몽골 여행에서만 얻을 수 있는 선물이다.

아셈회의 때 회의장으로 사용했을 것 같은 큰 게르는 박물관이었다. 마지막 황제인 복드칸이 사용했던 물품들이 전시돼 있다고 하는데, 내가 한국에서 온 일행과 함께 갔을 땐 겨울이라 그런지 문이 잠겨 있었다.

식당으로 사용하고 있는 게르는 한꺼번에 100명 이상이 식사할 수 있을 정도로 규모가 컸다. 2층 중앙에는 칭기즈칸 좌상이 절의 부처처럼 모셔져 있었다. 복전함도 있는 것으로 봐 몽골인들이 더러 참배하는 것 같았다. 벽에는 몽골 제국의 역대 황제들 초상이 붙어 있었다.

식당의 메뉴를 보니 가격도 괜찮았다. '허르헉(몽골인들이 가장 좋아하는 축제 음식)' 5킬로그램이 11만 투그릭이었다. 5킬로그램이면 10명도 넘게 먹을 수 있는 양이다. 이 정도면 관광단 저녁 식사로 괜찮겠다 싶었다. 2층 자리에 앉아 '후태채'를 주문했다. 몽골인들이 자주 마시는 '수태채'는 녹차에 우유를 넣은 것이고, 여기의 후태채는 수태채에다 소뼈를 우려낸 국물을 첨가한 것이다. 쇠기름이 둥둥 떠 있는 겉보기와는 달리 그런대로 먹을 만했다. 일행들은 고개를 절레절레 흔들며 다들 입에 조금 대보고 말았지만, 난 밥 대신 먹어도 괜찮겠다는 생각이 들었다.

한쪽 탁자에 몽골 전통 놀이 '샤가이'가 있었다. 샤가이는 가축의 복숭아뼈라고 부르는 발목 관절뼈를 분리해서 만든 것으로 우리의 공깃돌만 하다. 샤가이를 던지면 직육면체의 네 방향으로 놓이는데, 놓인 모양에 따라 낙타(테메), 말(모루), 염소(야마), 양(헌니)이라고 부른다. 샤가이 4개를 던져 하루 운을 점치기도 한다. 윷처럼 4개를 던져서 떨어졌을 때 각 짐승 모양이 제각각 다 나오면 가장 좋은 점괘다. 그리고 말 두 마리가 나와도 좋다. 이걸로 여러 가지 놀이도 한다. 윷놀이처럼 4개를 던져서 말이 나온 수대로 목표까지 가기 놀이도 하고, 공기놀이처럼 손으로 던져 받으며 따먹기 놀이도 한다. 몽골인들의 놀이 도구는 대부분 생활 주변에서 얻어진 것이다. 가축과 같이 살아가는 유목민들에게는 가축 뼈가 놀이 도구가 된 셈이다.

'칭기즈 후레' 주변 언덕은 눈이 제법 쌓인 설원이었다. 여기

눈은 가루눈이고 푸석푸석하지 않아서 눈이 내리면 바로 단단한 설원을 이룬다. 그래서 여기 사람들은 눈썰매를 즐긴다. 시내를 조금만 벗어나면 언덕마다 그야말로 천연 눈썰매장이다. 칭기즈 후레 주변 언덕들도 눈썰매장으로 아주 훌륭해 보였다. 끝없는 설원에 스키가 보이지 않는 건 아직 여기 사람들의 소득이 낮기 때문이다. 이곳 경제가 좀 나아지면 눈썰매 대신 스키가 온 산과 언덕을 덮을 수도 있을 것 같다는 생각이 들었다. 언덕 경사가 완만해서 노르딕의 천국이 될 것도 같았다.

우리나라는 평창에 노르딕이나 크로스컨트리 경기장 만드는 데 많은 고생을 했다. 여기에선 간단히 표지만 꽂아 놓으면 해결될 것 같았다. 나만의 생각일지는 모르겠지만, 한 번 내린 눈이 몇 달간 녹지 않는 이곳이 겨울 스포츠의 낙원이 되는 날이 머지 않아 보였다.

바다는 물이 말라
사막이 됐다는데
_ 일승망항의 모래언덕

옛날에 바다였던 생샨드는 물이 모두 말라 분지가 됐다. 바람
이 많은 사막에서 엔간한 바람은 분지 언덕에서 흩어지거나 방
향이 바뀌어 분지 밖으로 흐른다. 그래서 바람을 피할 수 있는
분지에 사람들이 옹기종기 모여 사는 것이다.

더르너고비에 또 다른 바다가 있다고 해서 찾아갔다. 생샨드
에서 150킬로미터 정도 떨어진 일튼 솜에 있는 일승망항이다.

생샨드에서 남쪽으로 자밍우드까지는 왕복 2차선 포장도로
가 잘 닦여 있다. 이 도로를 통해 중국과 접경 도시인 자밍우드
에서 울란바토르로 물류가 이동한다. 대부분의 생필품을 중국에
서 수입하기 때문에 이 도로는 몽골의 생명줄이나 마찬가지다.

그래서 관리 상태가 괜찮은 편이다. 이 도로를 따라 달리다 보면 어르궁 솜이 나오고, 어르궁 솜을 지나 얼마를 더 달리면 일튼 솜이 나온다. 몽골 도로는 이정표가 없기 때문에 거리 판단을 자동차 계기판이나 구글 지도에 의존해야 한다. 일튼 솜을 지나면서부터 정식 도로는 없고, 자동차들이 다녀서 생긴 사막 길이다. 이 길을 따라 30킬로미터 정도 가면 일승망항이 나온다.

일승망항의 저지대에는 사막에서 보기 드문 침엽수 군락지가 있다. 중앙아시아 고비에만 자생하는 '자그모드'다. '모드'는 나무니까 '자그'라는 이름을 가진 나무인 셈이다. 자그모드는 잎이 뾰족해 양이나 염소는 먹지 못하고, 낙타는 그 잎을 먹을 수 있다. 자그모드는 물이 적은 곳에서도 생존할 수 있고, 바람에도 잘 견뎌 사막에서 살 수 있는 나무다. 성장이 더딘 자그모드는 단단해서 오래 타고 열량도 풍부하다. 100킬로그램의 자그모드는 80킬로그램의 석탄과 같은 열량을 배출한다고 하니, '자라나는 석탄'이라 부를 만하다.

자그모드 군락지를 지나니 저 멀리 붉은 지붕의 집들이 보였다. 일승망항 캠프였다. 캠프에 들렀다가 모래언덕으로 향했다. 모래언덕 아래는 습지였다. 비가 적은 사막에 습지가 있다는 것은 여기가 바다의 깊은 바닥이었다는 증거다. 오래전 이 바다에 물이 가득 있었을 때, 육지에서 깎여 나온 모래가 물을 따라 흘러 깊은 바닥에 쌓인 것이다.

갑자기 사막 저쪽에서 검은 덩어리 구름이 거센 바람과 함께 몰려왔다. 모래언덕의 모래가 날리기 시작하자 몰아치는 모래에 몸을 가누기도 힘들었다. 서둘러 언덕 아래로 내려와 숨는 수밖에 없었다. 바람이 잠잠해지자 몇몇 사람들은 경사가 급한 언덕 아래에서 위로 뛰어 올라가는 게임을 했다. 나도 도전해봤지만, 절반도 못 올라가고 포기했다.

모래알의 입자가 아주 고왔고, 굵기가 0.1밀리미터 정도로 아주 미세했다. 암갈색의 입자가 많이 섞여 있는 것으로 봐서는, 철과 마그네슘 같은 금속 성분이 많이 포함된 것 같았다. 모래에 습기가 거의 없어 옷이나 몸에 붙지 않았다. 모래찜질을 하기 위해 여기에 오는 사람도 많은데, 특히 신장에 좋다고 한다.

모래언덕 아래 평지에 샤먼 기도처가 있었다. 몽골 민간 신앙 '어워(우리의 서낭당과 비슷함)'는 보통 언덕 위에 있는데, 이곳은 평지에 있었다. 가까이 가 보니 어워와는 형태가 달랐다. 어워처럼 돌을 쌓아 만들지 않고, 기둥을 세우고는 오색 천을 감았다. 가운데에 화로가 있고 화로 위의 솥에 우유가 담겨 있었다. 수태채를 끓이는 형태였다. 그런데 화로 안에 나무는 있는데, 불을 붙인 흔적은 보이지 않았다. 아마 상징적으로 만든 화로인 것 같았다. 우유를 담은 솥을 보고 '우유를 바치는 것에 어떤 의미가 담겨 있을 것 같은데……'라는 생각을 잠깐 했다. 어쨌든 몽골에는 어디를 가나 이처럼 다양한 샤머니즘이 존재한다.

여행답게 여행하다
_ 테를지의 가을

코이카의 봉사단원은 현지에 파견되고 나서 만 1년이 지나야 그 나라 밖으로 여행할 수 있다. 이런 코이카 규정에 얽매일 수밖에 없는 신분이긴 했지만, 꼭 그것만은 아니었다. 한 번쯤은 가족들이 몽골 여행을 했으면 좋겠다는 바람이 있었다. 그래서 가족들에게 몽골 여행 계획을 짜도록 했는데, 친하게 지내는 이웃집 현주네 가족도 같이 오게 됐다. 그런데 두 가족이 21일 몽골에 들어와서 현주네는 25일 아침 비행기로, 우리 가족은 29일 밤 비행기로 돌아가게 돼 있어 일정이 좀 복잡했다.

처음엔 22일에 울란바토르 시내를 구경하고, 23일에 테를지에 가기로 계획을 세웠다. 그런데 22일 울란바토르 시내에 차량 진입을 금지하는 차 없는 거리를 시행했다. 할 수 없이 22일에 테를지의 '바야라흐하드' 캠프에 가서 이틀 밤을 보내기로 했다.

테를지는 울란바토르에서 가기 쉬운 관광지 중의 하나다. 울란바토르에서 자밍우드로 가는 도로를 따라 30킬로미터 정도 가면 '날라야흐'라는 울란바토르 외곽 도시가 나온다. 여기에서 좌측으로 테를지로 들어가는 갈림길이 있다. 다행히 이 도로도 잘 포장돼 있다. 국립공원으로 지정돼 있는 곳이라 그렇다.

대부분의 몽골 관광지는 가는 길이 매우 험하다. 비포장은 물론이고 길이 좋지 않아 승용차(사륜구동이 아닌)로는 다니기 어렵다. 그런데 테를지는 승용차로 갈 수 있는 몽골에서 거의 유일한 관광지다. 그리고 여기는 일반 버스로도 갈 수 있다. 테를지는 가기 편해서 몽골인들이 가족 나들이 장소로 자주 찾는 곳이기도 하다.

우리가 테를지에 방문했을 때 테를지의 산과 들판은 완연한 가을이었다. 우리는 캠프로 들어가는 동안 펼쳐진 초원과 단풍에 물든 가을 산을 보고, 누가 먼저랄 것도 없이 감탄사를 연발했다. 우리나라의 가을과는 또 다른 분위기의 가을이 눈앞에 나타났던 것이다. 몽골은 기온 변화가 심해서 가을 풍경을 볼 수 있는 날이 며칠 되지 않는다. 초원의 거센 바람이 순식간에 나무를 헐벗게 하기 때문이다. 추석 연휴에 맞춰 몽골에 온 우리 가족의 운이 좋았다.

테를지의 숙소는 5성급 호텔에서부터 몽골 게르로 된 여러 급의 캠프들까지 다양하게 이루어져 있다 게르 캠프는 시설에 따라 가격 차이가 난다. 저렴한 캠프는 1인당 하루 15,000투그릭이면 이용할 수 있다. 이런 캠프의 게르에는 조명등 하나만 있다. 수도 시설도 없고, 화장실은 멀리 떨어진 곳에 있다. 이런 곳에서 한국 관광객들이 머물기는 어렵다. 하지만 매력은 있다. 밥을 직접 해 먹으며 몽골 자연에 빠져볼 수 있다는 것이다. 몽골에서 관광객을 태우고 다니는 차에는 취사도구가 다 있다. 하루나 이틀 정도의 초원 여행이라면, 이런 게르에서 약간의 불편을 감수하는 것도 괜찮을 것 같다.

우리가 묵은 바야라흐하드 캠프는 멋진 화강암 바위 아래에 있었다. '바야라흐'는 부자(돈 많은 사람)라는 의미고, '하드'는 바위다. 그러니까 부자 바위다. 영화 〈스타워즈〉의 다스 베이더의 투구처럼 생긴 커다란 바위가 언덕 위에 우뚝 서 있었다. 한국에 이런 바위가 있었다면 명물이 됐을 테지만, 멋진 바위가 지천으로 널려 있는 테를지에서 이 정도는 별것도 아니었다. 캠프는 대형 식당과 수세식 화장실과 샤워실이 있는 건물이 있고, 바위 주변에 20여 개의 게르가 지어져 있는 형태였다. 게르 하나에 침대가 5개 있었지만, 보통 서너 명이 묵으면 좋을 것 같았다.

식당에 천체 망원경이 몇 개 보였다. 굴절망원경 1개, 반사망원경 2개였다. 알고 보니 이 캠프는 야간에 천체 관측과 별자리에 관한 프로그램도 운영하고 있었다. 그래서 보통 '별 캠프'라고 불렀다. 캠프에 온 관광객이 많으면 울란바토르에서 한국어를 할 줄 아는 전문가가 와서 프로그램을 진행한다고 했다. 캠프

관리인도 한국어를 곧잘 했다. 아마 주 고객층이 한국인들이라서 그런 것 같았다.

캠프의 하루 숙박비는 1인당 4만 투그릭이었다. 조식이나 중식을 따로 주문할 수 있었는데, 가격은 시내와 별 차이가 없었다. 그리고 저녁 식사로 고기를 먹고 싶으면 '허르헉'을 주문할 수 있었다. 그런데 허르헉은 명성만큼 맛있지는 않았다. 몽골에 왔으니까 한 번쯤 경험상 맛보는 정도면 족할 듯싶었다.

구이 문화에 익숙한 한국인에게는 바비큐가 제일이겠다 싶어, 저녁으로 바비큐 파티를 하기로 하고 고기를 사러 나섰다. 테를지 입구에서 좌회전을 하지 않고 곧장 몇 킬로미터 정도 직진하면 날라야흐 고깃간이 나온다. 그곳에 가면 바로 잡아서 손질한 고기를 싸게 살 수 있다. 그런데 관광 가이드 푸제가 바로 좌회전하는 바람에 근처에서 약간 비싼 양고기를 살 수밖에 없었다.

캠프에서의 첫날 밤, 우리는 환상적인 바비큐 파티를 했다. 실로 오랜만에 맛보는 기분 좋은 밤이었다.

솔밭 사이로
강물은 흐르고
_ 쳉헤르의 온천

새벽에 일어나 현주네 가족을 공항까지 배웅하고, 우리 가족
만의 여행 준비를 했다. 29일 밤 비행기로 한국에 들어가니, 여
행 일정을 4박 5일로 짜면 될 것 같았다. 욕심 같아서는 흡스글
을 가고 싶었지만 1,000킬로미터가 넘는 길을 이틀에 걸쳐서 가
야 하는 고단함 앞에서 포기했다. 1차 목적지는 미니고비라 불
리는 볼강 아이막의 '일승다사르헤'였다.

울란바토르를 벗어나면 '투브 아이막'이다. '투브'는 센터, 즉
중심을 의미하고 '아이막'은 우리나라의 도에 해당하는 행정 구
역이다. 우리의 군에 해당하는 '아아막' 내에 작은 행정 구역을
'솜'이라 한다.

투브 아이막에서 볼강 아이막으로 가는 길은 왕복 2차선 포장 도로였다. 도로 양편 광활한 들판에 밀밭이 시선 끝까지 펼쳐져 있었다. 하루 종일 차를 타고 가야 하는 초원 여행에서 가장 큰 문제는 화장실이다. 관광 가이드 푸제에게 차를 좀 세워달라고 부탁했더니, 조금만 가면 좋은 데가 있다며 참아달라고 했다. 울란바토르에서 150킬로미터 정도 왔으니, 볼강 아이막 부근이었다. 정말로 잠시 후 잘 꾸며진 휴게소가 나타났다. 우리나라 고속도로에 있는 휴게소 수준이었다. 여기에서 볼일도 보고 잠시 쉬다가 다시 길을 떠났다.

과거에 거대한 호수였던 일승다사르헤는 호수에 퇴적된 모래가 호수가 마른 후에 바람에 의해 언덕을 이룬 곳이다. 여기는 고비와 수백 킬로미터 떨어져 있는 곳이라 고비와는 아무 관계가 없었지만, 오가기 편한 곳에 있어서 그런지 관광 가이드들은 미니고비라 부르며 관광객을 안내했다.

푸제가 자신의 친구인 울란나스크의 게르로 우리를 데려갔다. 울란나스크는 관광 가이드를 하다가 지금은 초원에서 유목을 하고 있었다. 울란나스크는 게르 세 동을 지어 놓고, 하나는 자기 가족이 기거하고 나머지는 관광객에게 대여했다. 관광 캠프가 아닌 일반 유목민 게르에서 숙박하니 몽골 시골 유목민들의 생활상을 볼 수 있어 좋았다. 시골 여자답지 않게 단아한 차림의 울란나스크의 부인이 몽골의 전통 술인 '에릭'을 권했다. 시내에서 산 것보다 구수하면서 맛있었다. 아침 식탁엔 빵과 '으름'을 차려 놓았다. 우유 단백질을 굳힌 것으로, 치즈가 되기 전의 상태를 으름이라 한다. 딸이 으름 맛에 반해 한국에 가면서 가져갔으면 하는 눈치여서, 울란바토르 시장에서 으름을 사 놓았다. 그런데 짐을 싸면서 깜박 잊는 바람에 어쩔 수 없이 겨울 동안 나 혼자 다 먹어야 했다.

일승다사르헤에서 서쪽으로 50킬로미터 정도 가면 카라코룸이 나온다. 여기는 과거에 몽골이 세운 원나라의 수도가 있던 곳이다. 대제국의 수도였던 만큼 유적이 제법 있을 법도 한데, 커다란 사원 말고는 아무것도 없다. 이동하며 사는 유목민들이 건축물을 중요하게 여기지 않아, 과거 대제국의 수도였던 곳인데도 남아 있는 유적이 없는 것이다.

여기에서 100킬로미터 정도 떨어진 곳에 쳉헤르 솜이 있는데, '쳉헤르'는 파랑이라는 뜻이다. 이름처럼 멀리 강변에 늘어선 푸른 숲이 보였다. 강을 따라 펼쳐져 있는 들판은 전부가 밀밭이었다. 그런데 밀밭에서 기계로 밀대를 밀어내 차에 싣고 있었다. 비가 적어 밀이 충분히 여물지 않아서 밀 수확을 포기하고, 밀대를 가축에게 먹이기 위해 그런다고 했다.

쳉헤르 온천은 아르항가이 아이막의 쳉헤르 솜에 있다. 아르항가이는 항가이산맥과 타르바가타이산맥의 산악을 끼고 있어서 관광지가 많다. 온천 지역도 4곳이나 있다.

쳉헤르 솜에서 쳉헤르 온천까지 가는 길은 몹시 험했다. 비포장 길이기도 했지만, 경사와 굴곡이 심해 푸르공이나 사륜구동

SUV 아니면 접근이 어려운 곳이었다. 하지만 주변 경관은 아주 빼어났다. 낙엽송 숲이 빠르게 흐르는 작은 내를 따라 이어져 있었다. 존 바에즈의 노래 〈솔밭 사이로 강물은 흐르고〉의 선율이 연상되는 곳이었다.

온천 지역에 들어서니, 우거진 수풀가에 온천 샘이 흘러나오고 있었다. 온천 샘 위에는 샤먼이 설치돼 있었고, 타르초가 걸려 있었다. 성스러운 곳이니 접근하지 말라는 표시였다. 주변 들판에는 캠프들에 온천수를 보내는 파이프가 놓여 있었다. 몽골어로 수풀가를 '자흐'라 하는데, 사람들이 수풀가에 모여서 물건을 거래했는지 시장을 '자흐'라 한다.

온천 샘에 가장 가까운 캠프인 '알탄누타그' 캠프에 여장을 풀었다. 캠프 이름이 우리말로 하면 황금 고향이다. 10여 동의 게르가 있고, 식당 건물과 온천장이 있었다. 이 캠프는 1인당 하루에 6만 투그릭을 받았는데 숙박과 온천욕, 아침 식사가 포함된 금액이었다.

온천수는 유황 냄새가 진했다. 가족들 모두 만족했다. 그런데 초가을의 산악 지대는 추위가 너무 빨리 찾아왔다. 밤새 눈 폭풍이 몰아치기도 했다. 다들 하루 더 있자는 의견이었지만 아내만 추워서 싫다고 했다. 장작을 땔 때는 일에 진력이 나서 그런 것도 같았다. 할 수 없이 울란바토르로 향할 수밖에 없었다.

야생 양
'아르갈'을 만나다
_ 이흐나르트

 폭풍이 지나고 나면 사막 도시에는 꼭 문제가 생긴다. 심한 바람에 전기 공급 선로가 고장이 났는지 아침에 일어나 전등을 켜니 불이 들어오지 않았다. 앞으로 이틀간 아침 7시부터 저녁 9시까지 정전이라는 연락이 왔다. 전기가 없으면 기관 사무실에서 할 수 있는 일이 없다. 전기 핑계로 대장간의 대장장이들과 나들이를 가기로 했다. 목적지는 더르너고비 아이막의 10대 절경 중의 하나인 '이흐나르트'였다.

 아침 일찍 대장간 일을 하면서 기관의 경비 일도 겸하고 있는 롭슨과 고터, 그리고 그들의 친구 둘과 함께 프리우스를 타고 이흐나르트를 향해 출발했다. 이흐나르트는 더르너고비 아이막의 아이락 솜과 달랑자르갈란 솜에 걸쳐 있는 자연보호지역이다. 달랑자르갈란 솜은 생산드에서 울란바토르 쪽으로 200킬로미터 정도 북쪽에 있다. 그러니까 울란바토르에서 남쪽으로 300킬로미터 정도에 있는 곳이다.

달랑자르갈란 솜 중심지는 울란바토르와 자밍우드를 연결하는 포장도로에 붙어 있다. 그래서 달랑자르갈란 솜 중심지까지는 편하게 갈 수 있다. 달랑자르갈란 솜 중심지에서 서쪽으로 20여 킬로미터쯤 가면 이흐나르트 암석 지대가 나온다. 그런데 고비사막에서 자밍우드로 이어지는 도로를 벗어나면 길이 없다.

달랑자르갈란 솜에서 벗어나 사막으로 들어갔을 때 길이 사라졌다. 다른 자동차들이 다닌 자국을 보며 길을 잡을 수밖에 없었다. 30분 정도 사막 길을 달렸나 싶을 때 기이한 형상의 암석 지대가 나타났다.

이흐나르트는 몽골 국회에서 1996년에 49번째로 지정한 자연보호지역이다. 면적이 43,740헥타르에 달하는 광활한 곳이다. 우리나라 남한의 거의 절반 정도다. 이 지역은 비바람에 잘 풍화되지 않는 사암 성분의 암석 지대로 이루어져 있다. 비가 적은 곳이라 암석이 주로 바람에 의해 침식돼 아름다운 모양을 하고 있다.

암석 지대는 물이 땅속 깊이 스며들지 않는다. 그래서 적은 비에도 물웅덩이가 만들어지곤 한다. 이흐나르트에는 이런 물웅덩이가 곳곳에 있고, 야생 동물도 많다. 특히 커다란 뿔을 가진 야생 양 '아르갈'과 야생 염소 '양기르'의 주요 서식지다. 우리가 여기에 온 목적 중 하나도 이놈들을 보는 거였다.

이흐나르트는 자연보호지역이기는 하지만 유목민들이 거주하고 있어서 출입이 금지된 곳은 아니다. 우리는 이흐나르트 깊숙한 곳까지 들어가서 사막 바람을 조금이라도 피할 만한 암벽 뒤에 자리를 잡았다. 막 자리를 잡고 나자 고터가 저쪽에 뿔이 커다란 아르갈이 나타났다고 말했다.

몽골인들은 눈이 좋아 먼 곳까지 잘 봤지만, 나는 아무리 찾아도 발견할 수가 없었다. 이 사람 저 사람의 코치를 받은 후에 간신히 암벽 사이에 있는 아르갈 한 무리를 볼 수 있었다. 카메라 셔터를 연신 눌렀지만, 거리가 너무 멀어 만족할 만한 사진을 찍을 수 없었다. 할 수 없이 50미터 정도씩 전진하며 셔터를 눌러댔다. 다행히 500미터 이상 전진해갔는데도 아르갈 무리가 그대로 있었다. 욕심을 내서 좀 더 앞으로 나가려는 순간 아쉽게도 획 도망쳐버렸다.

아쉬움을 뒤로 하고 도망가지 않는 바위와 식물로 대상을 바꿔 셔터를 누를 수밖에 없었다. 봄이어서 작은 나무에 꽃이 만발해 있었다. 가시가 달려 있고, 잎은 철쭉 비슷하면서 꽃은 앵두꽃과 비슷했다. '부일스'라는 이름의 식물로, 아몬드와 비슷한 작은 열매가 열린다고 했다.

몽골의 초원에선 땔감 걱정은 하지 않아도 된다고 하더니 진짜였다. 여기저기 널려 있는 아르갈(마른 소똥)을 주워 모으면 홀

륭한 땔감이 됐다. 그러고 보니 마른 소똥과 야생 양의 이름이 비슷했다. 고터가 '촐로(자갈)'를 잔뜩 주워와서는, 촐로를 아르 갈 사이에 묻고 불을 붙였다. 불이 활활 타오르자 불에 달궈진 촐로를 꺼내 솥에 고기와 같이 넣었다. 마지막으로 감자와 양파를 넣고 솥뚜껑을 닫고는 솥을 불에 올려놓았다. 잠시 후에 김이 나기 시작했다.

1시간쯤 지나 솥에서 고기를 꺼낸 고터가 나에게 칼 한 자루를 주면서 먼저 잘라 먹으라고 했다. 장유유서라고 할까, 연장자를 챙기는 그들만의 예의였다.

몽골인들의 주식은 고기다. 주식이 쌀인 우리는 "밥 먹자!" 하지만, 몽골인들은 "고기 먹자!" 한다. 이들은 고기 먹을 때 술을 같이 마시지 않는다. 특별한 이유는 없고, 배가 부를까 봐 그런다고 한다.

어느 정도 식사를 하고 나서 술을 마시는데, 술은 주인이 주는 대로만 마셔야 한다. 먼저 '아야그(국 대접처럼 생긴 컵)'에 술을 따라 지신에게 축수하고 '차찰(고수레)'을 한다. 이어서 술을 따라 한 사람에게 권하면 공손하게 받아 마시고, 아야그를 돌려준다. 차례로 한 순배가 돌아가면 주인이 잔에 술을 따라 모두 잘되라고 축수하고 마신다. 이다음 순배부터는 각자 축수하고, 노래하며 여흥을 즐긴다.

이흐나르트는 자연보호지역이고, 관광지로 지정돼 있지 않아 관광 캠프가 없다. 그래서 관광객들이 접근하기는 어렵다. 우리도 달랑자르갈란 솜 중심지에서 사막 길로 막 들어섰을 때 경찰 차가 와서 제지했다. 몽골인들이 친구 누구네 찾아간다고 하자 갈 수 있게 해줬다. 몽골 친구들 덕분에 귀중한 구경을 할 수 있었다.

신이 빚은
만년 설산에 가는 길
_ 타븡복드올

몽골의 가장 서쪽에 알타이와 고비를 통과하는 약 900킬로미터의 기다란 산맥이 있는데, 여기에서 가장 높은 산이 '타븡복드올'이다. '타븡'은 다섯이라는 뜻이다. 글자로 쓰면 '타븐'이지만 몽골인들은 보통 '타븡'이라고 발음한다. '복드'는 몽골 불교의 성자를 말하고 '올'은 산이다. 그러니까 타븡복드올은 다섯 성자의 산이다. 실제 타븡복드올은 몽골에서 1996년에 자연보호지역으로, 2012년에 국가 성산으로 지정해 4년마다 한 번씩 제를 올리고 있는 산이다.

만년설로 덮여 있는 타븡복드올에는 3개의 빙하가 뻗어 있다. 그런데 언제가부터 해마다 얼음의 두께가 얇아지고 있다. 지구온난화 때문이다. 급기야 지금과 같이 지구온난화가 지속되면 머지않아 빙하가 사라질 거라는 연구 결과가 발표되기도 했다.

울기는 인구 24,000명 정도의 도시로, 카자흐 민족이 살고 있는 곳이다. 울기 시가는 알타이산맥에서 흘러나온 물이 모여 강을 이룬 보얀티강을 끼고 있다. 카자흐인들이 무슬림이어서 도시 곳곳에 이슬람 사원이 세워져 있다. 여느 몽골 지역처럼 고갯마루에 어워는 없다. 학교도 7개나 있어서 생산드보다 많다. 카자흐 학교와 몽골 학교가 따로 있어서 그런 모양이다. 몽골의 도시들은 보통 광장 주변에 주요 시설이 모여 있는데, 역시 울기도 그렇다. 울기의 광장 주변에 이미 대여섯 개의 호텔이 있는데도 지금 신축 중인 10층 정도의 건물에 또 호텔이 들어설 예정이라고 한다. 울기에 오는 사람은 하루에 40인승 비행기 두 대에서 내리는 사람이 전부다. 이 중 절반 정도가 관광객이다. 관광객이 많지 않아서 호텔에 빈방이 많고 가격도 저렴한 편이다.

타븡복드올은 울기에서 200킬로미터 정도 떨어진 곳에 있다. 우리는 러시아제 우아즈 헌터를 타고 타븡복드올을 향해 갔다. 몽골에는 몇 종류의 러시아제 오프로드 차량이 운행되고 있는데 승합차 프루공, 사막용 4인승 자리스, 산악 차량 우아즈 헌터가 몽골 평원에서 위용을 자랑하는 그것들이다. 이 차들은 옥탄가 최저인 85휘발유를 태우고도 엄청난 힘을 내는 고성능 엔진을 달고 있다. 참고로 우리나라의 승용차는 92휘발유, 유럽 고급차는 95휘발유를 사용한다.

울기에서 150킬로미터를 달려 도착한 곳은 '자빠크 바그'라는 마을이었다. '바그'는 작다는 뜻으로, 몽골에서 가장 작은 단위의 행정 구역을 일컫는 말이다. 자빠크 바그에서 산악 길을 따라 이동하는데, 타르박(대형 설치류)이 길가로 나와 놀다가 자동차 소리에 놀라 황급히 도망가는 것이 보였다. 알고 보니 이곳이 타르박의 천국이었다. 해발 3,000미터 이상의 고원이라서 대형 포식 동물이 드물어 이놈들의 천국이 된 모양이다. 지난봄에 카자흐 유목민 부부가 타르박을 날로 먹었다가 바이러스에 감염돼 사망하는 사건이 있었다. 이걸 흑사병으로 오인해 바양울기 통행을 차단했다. 다행히 이후 두어 달 동안 비슷한 감염병이 발생하지 않아 봉쇄가 해제되고 여행이 재개됐다.

자빠크 바그에서 50킬로미터를 더 이동한 끝에 카자흐 유목민의 게르에 도착했다. 말하자면 이곳이 우리가 타붕복드올을 구경하는 데 필요한 베이스캠프였다. 여기는 관광 캠프가 없어서 카자흐 유목민 집에 신세를 지는 수밖에 없었다. 연바그바타르라는 이름의 이곳 주인은 세상 근심 하나 없어 보이는 인상 좋은 사람이었다. 올해 64세가 됐다는 연바그바타르에게는 아들이 4명이나 있었다. 부자라 했더니, 그렇다며 좋아했다. 잘 시간이 되자 이들은 침대를 우리에게 모두 양보하고, 게르 바닥에 매트를 깔아 잠자리를 만들었다. 여기는 밤에 기온이 많이 내려가기 때문에 난로에 아르갈을 태워 밤새 난방을 했다.

하루를 연바그바타르의 게르에서 지내고, 그의 막내아들을 따라 승마 트레킹을 하기로 했다. 여기에서 타붕복드올 전망대까지는 14킬로미터 정도 되는데, 길이 험해서 걸어가기는 어려웠다. 몽골 여행을 하다 보면 보통 테를지와 같은 유명 관광지에서 말을 타게 된다. 여기의 관광객 대상 말들은 영악해서 부리기가 여간 어려운 게 아니다. 그러니까 말이 말을 듣지 않는 것이다. 말 주인이 나서지 않으면 이 녀석들은 말 탄 사람을 무시하고 종내 풀만 뜯는다. 그런데 시골에 있는 말은 그곳 사람들처럼 순진했다. 고삐를 당기고 "추" 하니 애먹이지 않고 잘 움직였다.

가는 길은 순탄치 않았다. 빙하가 녹은 물이 내를 이루며 흘러서 곳곳이 습지였다. 그리고 자갈길의 연속이었다. 하지만 맑고 쾌청한 하늘 아래에서 말을 타고 지나는 기분은 이루 말할 수 없이 좋았다. 인터넷을 통해 공부한 바에 의하면, 여기 이곳은 하루에 사계절이 들어 있었다. 해가 비치고, 바람이 불고, 비가 오고, 눈이 온다고 돼 있었다. 그래서 우비와 겨울옷을 잔뜩 준비하고 왔는데, 하나도 사용하지 못했다.

1시간 정도 더 가니 멀리 설산 봉우리가 보이기 시작했다. 타붕복드올은 히말라야와 같은 설산으로, 전문 등산가 아니면 오를 수 없는 산이었다. 멀리 전망대 언덕에서 바라보는 것으로 만족할 수밖에 없었다.

전망대 언덕에 커다란 어워가 있었다. 카자흐인들이 사는 바양울기가 무슬림 지역이라는 것을 생각했을 때 유일한 어워 같았다. 주위에 작은 야생화가 꽃밭을 이루고 있었다. 거센 바람과 험한 날씨에도 아랑곳하지 않고 꽃을 피운 것이 신기했다. 야생화 꽃밭에 자리를 잡고 앉아 식사도 하며 휴식 시간을 보냈다. 설산은 오래 보고 있어도 새로웠다. 하지만 여기에서 마냥 시간을 보낼 수는 없었다. 해지기 전에 베이스캠프로 돌아가야 해서 모두 말에 올라타고 하산 길에 나섰다.

알타이고원은 5월이 되면 눈이 녹는다. 그러면 카자흐 유목민들은 가축을 이끌고 고원 유목지로 들어간다. 나무가 거의 없는 알타이고원에서는 돌담을 둘러 가축우리를 만들고, 그 곁에 작은 창고를 짓는다. 눈이 많은 산악 지대에 사는 카자흐인들은 게르의 지붕을 높여 경사지게 만든다. 게르의 골격은 지붕의 중심인 '톤', 빗살 무늬로 나무를 엮은 벽인 '한', 톤과 한을 연결하는 서까래 역할을 하는 기다란 막대인 '온'으로 이루어진다. 몽골 게르는 소나무를 깎아 만든 곧은 온을 사용하지만, 카자흐 게르는 참나무 가지를 통째로 구부려 만든 온을 사용한다. 이들은 온의 굵은 쪽을 20센티미터 정도 구부려 기다란 기역 자로 만들어 한과 톤을 연결한다. 따라서 구부러진 길이만큼 벽이 높아지고, 지붕 경사가 뾰족하게 된다. 몽골 게르는 온의 한쪽 끝에 고리를 만들어 한의 가지에 걸기만 한다. 그러나 카자흐 게르는 온의 한쪽 끝과 한의 가지를 끈으로 단단히 묶어 심한 바람에 견딜 수 있도록 한다. 게르의 구조는 비슷하지만 부분적으로 다른 것은, 바람이 많고 추위가 심한 오지에 사는 카자흐인들이 환경에 적응하는 과정에서 나온 것이다.

7월의 초원은 풍요로웠다. 야마(염소)는 털이 무성하게 자라 몸을 덮고 있었다. 연바그바타르의 아들들은 가축우리에 멍석을 깔고 앉아 염소 털을 깎았다. 캐시미어 원료가 되는 염소 털이 요즘 유목민의 주요 수입원이었다.

남자들이 어미 염소를 붙잡아 머리를 맞대게 하고 겹겹이 묶었다. 이를 야마상(염소 진열)이라 했다. 그다음 젖을 짜는 것은 여자들의 몫이었다. 연바그바타르의 아내와 여동생, 큰아들의 아내, 방학 중이라 시골집에 와 있는 조카 악송하르가 젖을 짰다. 악송하르는 우리로 따지면 중학교 3학년인데, 한참 꿈 많은 소녀답게 귀걸이도 하고 제법 멋을 냈다. 하지만 굿은일도 마다하지 않고 어른들 못지않게 많은 일을 해냈다.

알타이의 소는 야크와 비슷했다. 지난달에 태어난 새끼들은 가축우리 곁에 밧줄로 묶여 있었다. 이렇게 묶어 놓는 것은 어미 소를 새끼 곁으로 오게 하기 위해서였다. 하루 종일 들에서 풀을 뜯던 어미 소가 저녁이 되자 젖을 주기 위해 새끼 곁으로 왔다. 이때부터 여자들이 바빠지기 시작했다. 새끼가 어미 젖을 먹을 때 어미 소의 뒷다리를 묶었다. 그러고는 새끼가 어느 정도 젖을 먹고 나자 양동이를 대고 젖을 짜기 시작했다.

카자흐 유목민과 몽골 초원의 유목민 생활은 거의 비슷하다. 하지만 알타이고원은 겨울이 되면 영하 50도까지 기온이 내려간다. 7월 말이면 눈이 내리기 시작해 8월에는 눈이 고원을 덮는다. 그래서 9월에 유목민들은 자빠크 바그로 돌아가 겨울을 난다. 이들에게 알타이고원은 석 달간의 여름 별장인 셈이다.

알타이는 독수리의 고장이다. 평원에 독수리 사냥꾼 집이 있다고 해서 찾아갔다. 들판 곳곳에 게르가 있었고, 게르 옆에 독수리가 매어져 있었다. 그런데 독수리 사냥은 겨울에만 하는 것이라 구경할 수는 없었다. 카자흐 복장을 한 독수리 사냥꾼 한 사람과 기념 촬영을 하는 것으로 만족해야 했다. 그는 지난겨울에 여우를 10마리나 사냥했다고 자랑했다. 한참 그의 자랑을 듣고 있는데, 습지라 그런지 모기가 극성을 부렸다. 추운 지역 여행이라 우리는 모기에 대한 대비가 전혀 돼 있지 않았다. 새카맣게 달려드는 모기에 대응할 방법이 없어서 서둘러 그곳을 빠져나왔다.

^

슬픈 전설이 서려 있는
절벽을 만나다
_ 긴 수염 독수리의 고향 '욜린암'

우문고비 아이막의 중심 도시 달란자드가드는 울란바토르에서 서남쪽으로 580킬로미터 정도 떨어진 곳에 있다. 그리고 달란자드가드에서 서북쪽으로 45킬로미터 떨어진 곳에 암벽이 갈라진 거대한 협곡이 있다. 이 협곡에 '욜(긴 수염 독수리)'이 많이 살고 있어서 여기를 '욜린암'이라 한다. '암'은 입 또는 입구라는 뜻이다.

협곡의 큰 암벽은 높이가 거의 200미터에 달할 정도로 경사가 가팔랐다. 양편에 가파른 암벽이 좁은 협곡을 이루고 있었고, 암벽 겉면은 매끄럽지 않고 울퉁불퉁했다. 물에 의한 침식 지형은 아닌 것으로 보였다. 설악산의 천불동 계곡은 화강암이 매끄럽게 깎여 나간 V자 계곡이다. 물에 의한 침식으로 생성된 전형적인 계곡인 것이다. 여기는 물에 의한 침식이 아닌 단층 지질 활동으로 생성된 것으로 보였다.

협곡 바닥에 시냇물이 흘렀다. 해가 전혀 들지 않는 곳이 대부분이어서, 기온이 외지보다 상당히 낮았다. 예전에는 여름에도 얼음이 남아 있을 정도였지만, 최근에는 지구온난화의 영향으로 기온이 올라가 8월에는 얼음을 거의 볼 수 없다고 한다.

협곡 입구 쉼터에서 건너편 암벽을 올려다보니 7부 능선쯤에 욜의 둥지가 보였다. 암벽의 갈라진 틈에 있는 욜의 새끼들이 꼭 까만 점처럼 보였다.

협곡 입구 들판은 물이 풍부한 곳이라 수풀이 무성했다. 토끼만 한 설치류 한 마리가 수풀 속에서 움직였다. 이놈들이 욜의 먹이인가 싶었는데 아니었다. 욜은 사냥하지 않고, 짐승의 사체를 먹이로 하기 때문이다. 그것도 짐승 뼈에 들어 있는 골수를 좋아한다. 작은 짐승의 뼈는 통째로 삼키고, 큰 동물의 뼈는 높은 곳에서 바위에 떨어뜨려 깨트린 다음에 골수를 먹는다.

욜은 중앙아시아의 해발 1,500~3,000미터 지역에 사는 맹금이다. 주둥이 아래 긴 수염이 있어서 긴 수염 독수리라고 불린다. 한 번 날면 7,500미터까지 올라가는 가장 높이 나는 새다. 몽골의 새 중에서 가장 크고 희귀한 새이기 때문에 1953년부터 사냥이 금지됐고, 2012년에 몽골 정부의 결정으로 일곱 번째 희귀 동물로 기록됐다.

협곡 중간쯤에 석기시대 사람들처럼 돌을 쪼는 사람 둘이 있었다. 고비의 관광지 몇 군데에 석기시대나 청동기시대의 것으로 보이는 암벽 그림들이 있다. 그걸 재현이라도 하는 듯 둘이서 열심히 암석 조각에 암각화를 새겨 팔고 있었다.

협곡의 본격적인 길이는 약 2킬로미터 정도였는데, 입구가 상류여서 물이 내려가는 방향으로 갔다가 되돌아와야 했다. 협곡 냇물의 경사가 급하지 않아 물의 흐름은 빠르지 않았다. 중간에 쉴 만한 곳도 있고 해서, 고비의 여름 폭염에 시달린 몸을 회복시키는 힐링 장소로 좋을 것 같았다.

그런데 여기 높은 절벽에 슬픈 전설이 있었다.

이 지역의 남자아이와 여자아이가 어릴 때부터 함께 자랐는데, 나중에 커서 서로 사랑하는 사이가 됐다. 그런데 여자아이의 아버지가 남자아이를 마음에 들어 하지 않았다. 그래서 둘 사이를 갈라놓으려고 왕의 아들에게 딸을 강제로 시집 보냈다. 그리고 왕의 아들은 남자아이에게 속임수를 썼다. 욜의 똥이 만병통치약이니 가져오면 여자아이를 돌려주겠다고 한 것이다. 불쌍한 남자아이는 이 말을 믿고 협곡의 가장 높은 암벽에 올라가 욜의 둥지까지 갔지만, 욜의 똥을 뜯어내다가 떨어져 절벽 중간에 걸리게 됐다. 결국 남자아이는 탈출하지 못하고, 욜의 먹이가 되고 말았다. 그리고 왕의 아들에게 잡혀 있던 여자아이는 그날 밤 탈출했지만 실종됐다. 다음 해 봄에 눈이 녹았을 때 욜 둥지 아래 바위 갈라진 틈에서 여자아이의 유골이 발견됐다. 그 이후로 그

바위를 '해르트(사랑하는) 호여린(둘의) 흐틀(산마루)'이라 불렀다
고 한다.

사막 여행의 로망,
모래언덕에 오르다
_ 홍고르일스

사막 여행의 로망은 끝없이 펼쳐진 모래언덕을 보는 것이다. 그런데 명색이 사막이라는 고비에서 모래언덕을 보기는 어렵다. 모래언덕은 특별한 몇 군데에만 있을 뿐이다.

모래언덕이 있는 곳을 보면 공통적인 지형적 특성이 있다. 모래언덕 근처는 저지대로 습지를 이룬다. 그리고 인접한 곳에는 산악이 버티고 있다. 이는 모래언덕이 생성된 과정을 알려 주는 힌트다. 모래는 강물에 의해서 만들어져 강이 끝나는 호수나 바다 바닥에 쌓인다. 호수나 바다가 지층의 융기에 따라 육지가 될 때 바닥에 있던 모래가 바람에 날리게 된다. 이렇게 바람에 날려 운반된 모래가 한곳에 쌓여 모래언덕이 되는 것이다.

몽골 최대의 모래언덕 지대는 '홍고르일스'다. 홍고르일스는 울란바토르에서 서남쪽으로 650킬로미터, 달란자드가드에서 서북쪽으로 215킬로미터 지점에 있다.

쯔릉긴산맥에서 내려온 물은 모래 속에 흡수돼 흐르다가 세룽 샘, 아르가나 샘이라는 오아시스를 만든다. 이어 10킬로미터 정도 모래 밑으로 흐르다 지상으로 나와 강이 되는데, 이 강이 홍고르강이다. 모래언덕 지대 아래는 평평한 습지를 이루고 그 가운데 홍고르강이 흐른다. 모래언덕은 식물이 자랄 수 없지만 아래 습지에는 잔디와 수풀이 무성하다. 지금은 다 사라지고 없지만, 오래전에는 여기에 커다란 자그모드도 많았다. 유목민들이 화목으로 쓰려고 무분별하게 벌목해서 그렇다고 하지만, 그보다 더 큰 원인은 지구온난화로 인한 기온 상승인 것 같다.

홍고르일스 관광은 욜린암을 구경하고 나서 그다음 날 일정으로 가는 경우가 보통이다. 욜린암에서 서쪽으로 150킬로미터 정도 사막 길을 달리면 홍고르일스 지역에 다다른다. 여기에도 관광 캠프와 유목민 게르가 있어서 숙박에는 어려움이 없다. 관광 홍보지에는 낙타를 타고 모래언덕을 오르는 장면이 더러 있는데, 여기의 모래언덕은 낙타 발이 빠져 오를 수가 없다.

모래언덕 봉우리 중 가장 높은 봉우리를 저녁 무렵에 등정하기로 했다. 바닥에서 195미터 정도 되는 가파른 모래언덕을 햇빛 쨍쨍한 낮에 오르기는 쉽지 않았기 때문이다. 해가 서편에 이르자 그늘이 지는 봉우리 동북쪽 편에 차들이 모여들었다. 십여

대의 프루공과 사륜구동 SUV가 수십 명의 관광객을 토해냈다. 이들은 가파른 능선을 따라 올라갔다. 한 손에 썰매를 든 젊은이들도 있었다.

모래가 부드러워서 발이 푹푹 빠졌다. 신발이 거추장스러워서 신발과 양말을 벗어 한쪽 구석에 놓았다. 내려올 때 가져갈 요량이었다. 주위를 보니 더러 맨발로 기어오르는 사람도 있었다. 그런데 옆에 커다란 개 두 마리가 모래를 헤집으며 놀고 있었다. 관광객들과 함께 온 개들 같았다. 동행한 롭슨이 저 개들이 내가 벗어놓은 신발이며 양말을 먹을 거라고 놀려댔다.

꼭대기까지 오르는 데 대략 1시간 정도 걸렸다. 높은 봉우리에 올라 능선을 따라가면 이어진 모래언덕에 갈 수 있었다. 저녁놀 속에 모래언덕 트레킹을 하는 사람들의 모습을 멀리서 보니 꽤 낭만적이었다.

봉우리에 올라 위를 보고 눕자 모래가 날리며 윙윙거리는 소리를 냈다. 가장 높은 모래언덕을 '도오트망항'이라 부른다. '도오'는 노래다. 그러니까 노래하는 모래언덕이다. 바람이 많이 불 때는 모래언덕 꼭대기 부분에서 나는 소리가 아래까지 들린다고 하는데, 이는 햇빛에 달궈진 모래알이 바람에 날리면서 내는 소리일 것이다.

몽골 여행은 길에서 시달리는 여행이다. 관광지 사이의 거리가 멀어 하루에 두 곳 이상 가기도 어렵다. 하루에 한 곳 정도다. 그런데 우리나라 관광객 대부분은 일정 내에 최대한 많은 지역을 찍으려 한다. 이런 식으로 강행군하면 힘들기도 하지만 중요한 것을 놓치게 된다. 몽골인들의 삶과 문화는 전혀 들여다보지 못하게 된다는 말이다. 따라서 고비 여행을 오면 욜린암이나 홍고르일스를 보고 나서 하루쯤 쉬는 것이 좋다. 홍고르일스에서 달란자드가드까지의 거리가 200킬로미터 정도 되는데, 달란자드가드는 인구가 3만 명 이상 되는 꽤 큰 도시다. 그만큼 호텔과 좋은 식당, 문화 시설이 제법 있다. 여기에서 하루 이틀 정도 쉬면서 몽골인들의 생활을 보는 것도 괜찮지 않을까 싶다.

사막의 불타는 절벽
_ 바양자그

우문고비에는 해저 지형이 융기돼 형성된 지층이 여러 곳 있다. 그중에 고생물학계와 고고학계의 주목을 받고 있는 곳이 '바양자그'다. '바양'은 부자 또는 풍부하다는 뜻이고, '자그'는 고비사막에 서식하는 침엽수인 자그모드를 말한다. 즉, 자그모드가 풍부하게 있는 곳이다.

이 지역은 우문고비의 중심인 달란자드가드에서 북쪽으로 100킬로미터 정도 떨어진 곳에 있어서, 홍고르일스를 구경하고 울란바토르로 돌아가는 도중에 갔다. 바양자그 유적지에 다가가자 시멘트 블록으로 만든 담 때문에 차가 들어갈 수 없었다. 시멘트 블록 담을 따라 내내 달려도 출입구가 보이지 않았다. 인근 관광 캠프에 가서 출입구 위치를 물어보고 나서야 간신히 찾았다. 몽골 정부에서 유적지 보호를 위해 2010년도에 21킬로미터에 달하는 울타리를 세웠는데, 돈이 2억 투그릭 넘게 들어갔다고 한다.

바양자그는 붉은 진흙 지층이 비바람에 침식돼 절벽과 돌출부가 생겨난 붉은 암석 지역이다. 암석 모양이 마치 책상처럼 보인다 해서 '쉬레(책상) 샤와르(진흙)'라 부르기도 한다.

1920년에 미국 뉴욕 자연사 박물관 탐사대가 여기에 와서 육식 공룡인 벨로키랍토르 뼈를 최초로 발견한 이후, 여러 나라가 몽골과 공동으로 탐사해 대략 6천~1억 년 전의 공룡 뼈와 알 화석을 대량으로 발굴했다. 그래서 여기를 '공룡의 요람'이라 부른다. 당시 미국 탐사대의 리더인 엔듀르스라는 사람이 석양에 비치는 붉은 절벽을 바라보며 '불타는 절벽'이라 한 이후로 이 지역 이름이 또 하나 생겼다.

미국의 탐사대는 또한 1923년에 4만 년 전의 신석기시대 유물을 발견했다. 그 후 몽골 정부에서 미국 탐사대 출입을 금지시키고, 러시아와 공동으로 탐사해 석기와 도기를 다량으로 발굴했다. 그래서 여기를 '바양자그의 신석기시대 마을'이라 부른다. 이런 연유로 바양자그는 세계 고생물학계와 고고학계에서 주목하는 곳이 됐다.

유명세 때문인지 바양자그는 대가를 지불해야 구경할 수 있었다. 입구에서 안내원이 와서 티켓을 내밀었다. 1인당 1만 투그릭이었다.

평평한 절벽 위에서 아래로 깎여 나간 붉은 진흙 절벽이 이어져 있었다. 주변이 깡그리 깎여 나가고 높다랗게 홀로 서 있는 진흙 절벽도 있었다. 비가 적은 사막이라 침식이 급격히 진행되지 않아 그런대로 모양을 유지하고 있었다. 그리고 상당한 시간 동안 이런 형태의 지형은 유지될 것으로 보였다.

진흙 바닥에 색다른 물체가 보였다. 원형 돌조각이었는데 무늬도 있고 사람의 손길이 들어간 것 같은 물건이었다. 나도 드디어 석기시대 유물을 발견했나 싶었지만, 탐사자가 아닌 이상 발굴은 할 수 없었다. 그냥 그대로 두고 사진만 찍고 지나갔다.

여기 이름이 바양자그인데 자그모드 숲은 보이지 않았다. 지구온난화에 의한 기후 변화로 고비에서 자그모드가 점점 사라지고 있었다. 절벽과 길 주변에 작은 자그모드가 외롭게 서 있을 뿐이었다.

길옆에 앵두처럼 생긴 붉은 열매가 달린 낮은 관목이 보였다. '하르마그'라는 나무였다. 아직 채 여물지 않아서 그런지 열매의 맛은 약간 달면서도 시었다. 열매로 술을 담근다는 말을 듣고 좀 따서 가져가려는데, 시골에 가면 얼마든지 딸 수 있다며 롭슨이 말렸다. 그는 동생들이 살고 있는 시골에 나를 데려가지 못해 안달이 나 있었다.

최근에 몽골 공룡 화석에 대한 뉴스가 화제를 모았다. 고비에서 독특한 종의 공룡 뼈가 발견됐다는 뉴스와 화석 밀반출이 심하다는 뉴스였다. 고비에서도 바양자그가 이런 뉴스의 근원지였다.

바양자그도 고비 여행의 필수 코스다. 개인적인 생각이지만, 그냥 멋있는 절벽만 보고 가는 여행이 아니었으면 좋겠다. 중생대의 공룡과 신석기시대 사람들의 삶도 함께 생각해보는 시간을 가졌으면 좋겠다는 말이다.

작은 암석 지대
_ 바가가자린촐로

몽골인들은 돌과 암석을 구분하지 않고 모두 '촐로'라 한다. 우리는 크기나 모양에 따라 바윗돌이나 자갈 등으로 부르지만, 몽골인들은 우리처럼 한 종류의 사물을 여러 가지로 구분해 부르지 않는다. 대체로 한 단어로 여러 상태를 뭉뚱그려 말한다. 이동하면서 살아가는 이들은 가재도구가 단순해야 하고, 하나의 도구로 여러 가지 일을 해야 편리하게 생활할 수 있다. 이들이 쓰는 말도 이런 생활 습성과 닮아 가지 않았나 생각한다.

고비사막에서 암석층이 융기돼 지면에 돌출된 지대는 동쪽 더르너고비의 달랑자르갈란 솜에서 서쪽 돈드고비의 델게르처흐트 솜까지 광대한 면적에 걸쳐 있다. 맨 동쪽에 있는 '이흐나르틴하드'는 약 43,000헥타르에 달하고, 그 서쪽에 있는 '이흐가

자린촐로'는 35,000헥타르 정도다. 가장 서쪽에 있는 '바가가자
린촐로'가 300헥타르 정도로 규모가 가장 작다. '바가'는 작다
는 의미고, '가자르'는 땅, '촐로'는 암석이니 작은 구역의 암석
지대라는 뜻이다. 그런데 관광 가이드들은 바가가자린촐로를 가
장 선호한다. 아마도 접근이 편리해서 그런 것 같다.

바가가자린촐로는 울란바토르에서 230킬로미터 정도 떨어져
있다. 아침에 울란바토르를 출발하면 점심쯤에 델게르처흐트 솜
에 도착할 수 있고, 여기에서 서북쪽으로 사막 길을 37킬로미터
정도 가면 바가가자린촐로가 나온다.

바가가자린촐로에 들어서자 큰 바위 옆에 '누딘라샹'이라고
쓰인 팻말이 있었다. '누드'는 눈이고, '라샹'은 치료소다. 그러
니까 눈 치료소였다. 커다란 암반 중간쯤에 지름이 10센티미터
가 채 안 되는 작은 샘 구멍이 있었다. 가이드가 샘에 조롱박을
넣어 물을 뜬 다음, 마시지는 말고 눈만 씻으라 했다. 신기하게도
시야가 환하게 밝아졌다. 샘물에 눈을 좋게 하는 성분이 들어 있
는 게 분명했다.

누딘라샹에서 북쪽으로 가니 작은 숲이 나왔다. 숲에는 물이
흐르는 도랑이 있고, 그 위에 몇 개의 집터가 있었다. 폐허가 된
작은 사원이었는데, '러번참빈 사원'이라고 했다. 300년쯤 전에
2명의 수도승이 각각 도랑을 가로질러 집을 짓고, 도랑의 물로
차와 음식을 만들어 먹으며 수련 생활을 했다. 이들은 오랜 시간
도를 닦아 나중에 큰스님이 됐고, 이들이 거처하던 집은 '러번참

빈 사원'이라는 이름이 붙여졌다.

사원터 언덕 아래에 사람이 들어갈 수 있는 작은 동굴이 있었다. '행복의 동굴'이라는 암반 사이에 있는 이 동굴의 깊이는 18미터 정도였다. 아래쪽으로 완만하게 경사지어 내려가다가 수직으로 꺾여 내려갔는데, 롭슨이 동굴을 따라 걷다가 수직으로 꺾인 부분에서 걸음을 멈추고 돌아섰다.

'게르하드'라는 큰 바위에 흉노 시대의 암각화가 있고, 그 시대의 무덤들이 있다고 알고 있었다. 그런데 우리의 관광 가이드는 금시초문이라는 반응이었다. 혹시 암각화가 희미해졌거나 낙서로 더럽혀져서 그런가 하고 흔적을 찾아봤지만 허사였다.

내려오면서 보니 멀리 몽골인들이 집회하는 모습이 보였다. 샤먼 제사장도 보이고 모두 전통 복장을 한 것으로 봐서 전통 제례를 지내는 것 같았다. 그런데 우리가 다가가자 한 남자가 급히 제지했다. 촬영도 안 된다고 했다. 좋은 구경거리를 놓치고 바가가자린촐로를 나올 수밖에 없었다.

대부분의 고비 관광지에는 큰 나무가 거의 없고, 엔간한 시설도 없다. 여기 바가가자린촐로도 마찬가지였다. 햇빛을 피해 쉴 만한 곳이 없으니 무작정 길을 가는 수밖에 없었다.

가을 숲길을 걷다

_ 복드항올

초원과 사막의 나라 몽골에서 숲길 산책 얘기를 하면 좀 생뚱 맞을지도 모르겠지만, 울란바토르에 아주 멋진 낙엽송 숲길이 있다. 바로 '복드항올' 숲길이다.

울란바토르를 가로질러 흐르는 톨강 아래에 병풍처럼 울란바 토르를 감싸고 있는 산이 복드항올이다. 칭기즈칸 광장 사거리 에서 남쪽으로 가면 고가도로가 나온다. '평화의 다리'다. 이 다 리를 건너면 오른쪽에 '복드칸어르동(복드칸궁전)'을 끼고 번화 한 사거리가 나오는데, 사거리 남쪽은 울란바토르에서 속칭 강 남으로 불리는 '자이승' 구역이고, 바로 앞은 '어르길'이라는 동 네다. 어르길은 정상이나 봉우리를 뜻한다. 복드항올을 바라보 는 곳이라 이런 이름이 붙은 것 같다.

어르길 동네를 지나 몇백 미터만 가면 폭이 넓고 수량이 제법 많은 톨강이 나온다. 톨강은 몽골인들이 가장 소중하게 여기는 강이다. 기본적으로 몽골은 강을 신성시해 강물에 사람이나 가축, 자동차 등이 들어가는 것을 금지하고 있다. 톨강가 양쪽 둔치는 관목이 빽빽하게 자라는 원시림이다. 폭이 좁은 곳은 5미터, 넓은 곳은 수십 미터가 넘는 둔치에 보르까스(버드나무와 비슷함)와 관목이 무성하다.

몽골 정부가 강가의 둔치를 개발하지 않아서 둔치로 내려가는 길은 없었다. 하지만 제방 옹벽의 완만한 곳을 타고 내려가 산책을 즐기는 사람들이 꽤 있었다. 다리 끝에서 사람들이 다니는 길로 내려가니 키가 5미터는 족히 넘어 보이는 큰 보르까스 숲이 나왔다. 그리고 숲 사이로 사람들이 다녀서 난 오솔길, 찰랑대며 흘러가는 강물, 은빛으로 빛나는 강돌이 보였다. 적막을 즐기고 싶으면 한두 시간 그냥 서 있기만 해도 좋을 것 같았다.

자이승 사거리에서 왼쪽으로 꺾자 독립지사 이태준 선생 기념공원이 있었다. 의사인 이태준 선생은 몽골 근대화 시기에 울란바토르에서 인술을 베풀고, 우리나라 독립운동에 보탬을 준 분이다.

공원 앞에 변성암 덩어리가 불쑥 솟은 뫼가 있었다. 복드항올의 정혈로 보이는 자리였다. 여기에 몽골국의 전승기념탑이 있었다. 몽골국은 1919년에 독립해 제2차 세계대전에 참전했다. 러시아와 연합으로 일본 관동군의 항복을 받아낸 전승국이다.

기념탑에는 전쟁과 몽골 근대화에 대한 이야기가 원형 벽화로 그려져 있었다. 그리고 옆에는 주요 전투에서 숨진 무명용사의 비가 있었다.

자이승 사거리에서 직진으로 사거리를 건너 이삼백 미터 올라 가니 오르막길 끝자락 버스 정류장 부근에 사람들이 옹기종기 모여 있었다. 마치 서울 근교의 산 밑 풍경을 보는 것 같았다.

오르막길을 따라 1킬로미터 조금 넘게 가니 주차장과 리조트 숙소들이 보였다. 지도에는 '복드항올 리조트'로 나오는데 이용 을 안 하는지 잡초만 무성했다.

복드항올은 1994년에 몽골 정부에서 자연보호지역으로 지정 했고, 1996년에는 유네스코 세계자연유산으로 등재된 곳이다. 가장 높은 봉우리는 해발 2,286미터인 '체체궁'이다. 이 산은 586종류의 식물 터전이고, 52종류나 되는 숲속 동물의 보금자 리다.

자연보호지역인데도 안내소나 특별한 시설물은 보이지 않았 다. 입구에 금지 사항 표지와 등산로 안내판만 있을 뿐이었다.

수령이 수십 년도 더 돼 보이는 낙엽송 숲길에는 사람 손으로 만든 것들이 없었다. 로프 펜스, 철 계단, 나무 잔도 등 산행길을 짜증 나게 하는 것들이 없으니 속이 다 시원했다. 산도 아주 깨 끗했다.

오래된 낙엽송이 쓰러져 누운 곳이 쉼터였다. 한 무리의 아이 들이 일자로 앉아 쉬고 있었다. 산 아래 안내판에는 쉼터가 3개 있다고 쓰여 있었는데, 대략 30분마다 한 번씩 쉬라고 쉼터를 안내한 것 같았다. 오르는 산길 옆 계곡에는 계곡물이 제법 흘렀다. 물가에 자리 잡고 눌러앉은 가족들도 보이고, 꾸준히 산길을 따라 오르는 사람들도 많았다. 몽골인들은 등산을 좋아하지 않는다고 알고 있었는데 여긴 딴판이었다.

한 번도 쉬지 않고 두어 시간 산길을 올라왔을 때 경사가 완만해졌다. 거의 다 온 것 같았다. 힘내서 걷고 있는데 저쪽에서 함성이 들렸다. 드디어 고갯마루였다. 낙엽송 숲이 확 걷히고 환한 벌판이 나왔다. 어림잡아 이삼천 평은 넘어 보이는 광장이었다. 여기 이름이 '바론쉬레'였는데, 고갯마루가 평평해서 이런 이름이 붙은 것 같았다. 등산로는 여기까지였다. 고갯마루 양쪽 능선은 숲이 빽빽해 더 이상 나아갈 수 없었다.

광장 가운데 독수리 조형물이 있고, 사람들이 군데군데 모여 동그라미 배구를 하고 있었다. 몽골은 겨울이 길고 바람이 많아서 야외 운동을 하기 어렵다. 그래서 실내에서 간편하게 할 수 있는 배구를 많이 한다. 내가 사는 생샨드의 아이들도 그늘만 지면 끼리끼리 배구를 한다. 몽골 아이들의 배구 실력은 상당하다.

돗자리라도 가져 왔으면 좀 앉아 있다 가겠지만, 아무 준비도 없이 왔으니 한 바퀴 돌아보고 내려가는 수밖에 없었다. 산 밑에 내려오니 시간이 훌쩍 지나 있었다. 산행 시간이 생각보다 많이 걸렸다.

몽골 여행은 보통 시간에 많이 쫓기게 된다. 이동 거리가 길고,

도로 사정이 나쁘기 때문이다. 빨리빨리 움직이는 패키지여행에서 이런 숲길 산책은 어림도 없을 것이다. 하지만 여행의 진정한 목적이 몸과 마음의 쉼이라고 생각하면, 울란바토르의 자이승은 정말 멋진 곳이다.

4부

무조건 적응하기

– 닥치면 닥치는 대로 사는 거라 했다

Living in Mongolia.

수컷으로 산다는 것
_ 초원의 생명들

인간 세상은 역사 이래 남자가 지배해왔다. 인간 사회의 중심은 언제나 남자였고, 여자는 늘 소외를 당해왔다. 그렇다면 신이 부여해준 본연의 역할대로만 사는 초원의 동물 사회는 어떨까?

새벽에 전화벨이 울렸다. 롭슨이었다. 시골에 같이 가자며 나오라고 했다. 전기밥솥에 밥 올려놓은 것을 그대로 두고 서둘러 나갔다. 롭슨 혼자가 아니었다. 뚱뚱한 중년 여자와 롭슨의 친구가 동행하고 있었다. 사막에 사는 지인에게 줄 거라며, 주유소에 들러 50리터들이 플라스틱 통 2개에 휘발유를 가득 채워 실었다. 무슨 일로 시골에 가는지 물었더니, 양 수컷들을 거세하러 간다고 했다.

언덕진 곳에 게르 한 채가 외롭게 서 있었고, 한쪽에 가축우리가 보였다. 차를 탄 채 양과 염소 무리가 있는 곳으로 갔다.

몽골에서는 주로 양을 목축한다. 염소는 양의 무리 속에 약간 섞여 있을 뿐이다. 칭기즈칸은 양고기가 사람 몸에 좋다며 양을 많이 키우라고 권장했다. 그래서 그런지 몽골인들은 양고기를 가장 많이 먹는다. 그리고 그들은 오축 중에 헌니(양), 우후르(소), 아도(말) 고기는 따뜻한 음식이고, 테메(낙타), 야마(염소) 고기는 차가운 음식으로 여긴다. 특히 고비인들은 낙타를 신성하게 여겨서 낙타 고기를 먹지 않는다. 하지만 생샨드 고깃간에는 오축 고기가 다 있다. 최근에는 캐시미어 원료인 염소 털 때문에 염소 수가 늘고 있다.

이 지역 사람들은 말이 아닌 오토바이를 타고 양 떼를 몰았다. 기동성이나 관리가 말보다 오토바이가 편리하기 때문인 것 같았다. 그리고 초원의 단단한 땅은 오토바이를 몰고 다니기 수월했다. 우리는 오토바이와 차로 양 떼를 몰아 가축우리에 모두 밀어 넣었다.

롭슨이 가축우리 문 앞에서 채찍을 들고 지키며, 나한테 가축우리 안쪽에서 양 떼를 몰라고 주문했다. 영문도 모른 채 가축우리 안에 들어가서 양 떼를 몰았다. 양들은 겁이 많아서 조그만 소리에도 서둘러 도망갔다. 롭슨과 주인이 어미는 내보내고 새끼들만 가축우리 안으로 쫓아 넣었다. 약 30분 정도 몰이를 하니 어미들은 모두 가축우리 밖으로 나가고, 가축우리 안에는 새끼들만 남았다. 몽골 초원의 가축우리는 호리병 모양으로 돼 있다.

병 쪽의 큰 우리와 꼭지 쪽의 작은 우리가 맞붙어 있다. 가축우리의 문을 닫더니 새끼들을 모두 작은 우리 쪽에 몰아넣었다.

5평도 안 되는 곳에 새끼들이 밀려 들어갔다. 롭슨과 주인이 새끼들을 한 마리씩 들어 성별 검사를 했다. 수컷은 남겨 두고 암컷은 큰 우리로 옮겼다. 수컷은 '이르흐테', 암컷은 '이미흐테'라 했다. 작은 우리에 수컷만 200여 마리 남았다. 주인이 어미 양 떼를 몰아 가축우리에서 멀리 떨어진 초원으로 보내고 나서 돌아왔다.

우리와 동행한 중년 여자가 알고 보니 여기 안주인이었다. 주인과 안주인이 작업 준비를 했다. 주인은 게르 지붕 서까래 살을 하나 빼 와서 하닥(예를 올릴 때 양손에 받치는 목도리 같은 천)을 묶었다. 몽골인들은 하닥을 성스럽게 여긴다. 그만큼 오늘 작업이 매우 중요하다는 것을 의미했다. 주인은 하닥을 묶은 서까래 살을 땅에 내려놓고 먼저 신에게 자비를 구했다. 안주인은 향초를 태워 주위의 잡귀를 물리쳤다. 그리고 작은 우리 옆에 거적을 깔고 주인과 롭슨이 마주 앉았다. 한 사람이 작은 우리 안에 들어가 새끼를 한 마리씩 밖으로 넘겨줬다.

시술 작업은 간단했다. 예리한 칼로 양 하체 성기 있는 부분에 칼집을 약간 내고 손으로 눌러 양의 성기가 밖으로 삐져나오게 했다. 그것을 손으로 움켜쥐고 뽑아냈다. 그리고 손으로 하체를 주물러 몸 안에 남아 있는 부분까지 돌출시켜 뽑아냈다. 마지막으로 시술을 마친 녀석의 귀 한쪽을 잘라 표시를 했다. 한 마리

시술하는 데 2분도 채 걸리지 않았다.

시술을 당한 양들이 고통에 비명을 질렀다. 시술이 끝난 한 녀석이 아파서 어기적거리며 기어갔다. 손으로 붙잡아 한쪽에 두니 한동안 움직이지 못하고 웅크리고만 있었다.

오늘 거세를 당한 새끼들은 지난 1월에 태어났으니 4개월 정도 된 것들이다. 양의 수태 기간은 5개월 정도다. 몽골 들판이 한참 푸르른 칠팔월 한여름에 수태돼 겨울에 태어난다. 그리고 1년이면 다 큰다.

이렇게 거세를 다 하면 새끼를 어떻게 다시 만드냐고 물었다. 거세를 안 한 수컷은 무리에 한 마리만 있으면 된다고 했다. 많으면 싸움만 나고, 관리가 곤란해진다고 했다. 하긴 자연 상태에서는 생존율이 낮으니까 많은 수컷이 필요하겠지만, 사람의 보호 아래 있으면 그럴 필요가 없어 보이긴 했다.

양은 반항을 못 한다. 아니 공격할 수가 없다. 양에게는 둥글고 뭉툭한 이빨, 둥글넓적한 발톱밖에 없다. 사람이 손으로 몸뚱이를 움켜잡아도 입으로 물지 못한다. 발톱으로 할퀴지도 못한다. 심지어 뿔도 없다. 대항할 수 있는 무기가 전혀 없다. 더구나 빨리 달리지도 못한다. 초원에 놓아두면 포식자에게 그냥 당한다. 양처럼 순하다는 말을 흔히 하는데, 공격 수단이 전혀 없어서 저항하지 못하는 상태를 그리 말하는 것이다. 순한 자는 당연히 약육강식의 세계에서 밥이 된다. 이런 관계가 인간끼리에서도 치열하게 벌어진다. 역사에서 착하고 약한 집단은 온갖 핍박을 당하다가 망했다.

앞으로 아이들에게 양처럼 순하게 살라는 말은 못 할 것 같았
다.

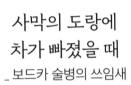

사막의 도랑에
차가 빠졌을 때
_ 보드카 술병의 쓰임새

생샨드와 인접한 어르긍 솜에서 유목을 하며 사는 롭슨의 친구가 있다. 그 친구는 가끔 시골에서 양을 싣고 와 생샨드에서 팔고, 그 돈으로 생필품을 사서 시골로 돌아가곤 한다. 그 친구가 생샨드에서의 일을 마치고 돌아가는 날 롭슨과 함께 그 친구를 만나러 갔다.

롭슨의 친구는 일행 한 사람과 함께 자동차 옆에 앉아서 보드카를 마시고 있었다. 술을 마시고 차를 어떻게 운전할 수 있느냐고 했더니 "착다 배후꾸" 했다. 시골길에는 경찰이 없으며, 사막에선 아무리 잘못 가도 사고가 날 일이 없다는 뜻이었다. 하긴 끝없는 모래벌판뿐인 곳에서 뭔 일이 있겠나 싶기는 했다.

롭슨의 친구를 배웅하고 돌아오는 길에 그 친구에게서 전화가 왔다. 가던 길에 사고가 났다며 어쩔 줄 몰라 했다. 급히 차를 돌려 그 친구가 있는 곳으로 가 보니, 사막의 높은 언덕에 있는 어워 근처였다. 어워는 신성한 곳이라 자동차가 가까이 가면 안 되는 곳이다. 그래서 보통은 어워 주위에 도랑을 파서 자동차와 동물의 접근을 막고 있다. 이 도랑에 차 앞바퀴가 빠진 것이다.

롭슨의 차와 빠진 차를 견인 줄로 연결하고, 두 자동차에 운전자가 올라 동시에 힘껏 액셀을 밟았다. 하지만 차가 빠져나오기는커녕 바퀴가 헛돌면서 모래 구덩이만 더 파고 말았다. 구난차를 부르든지 더 큰 차로 이 사태를 해결해야 했다. 그런데 시내에 있는 구난차를 부르면 돈을 내야 해서 여간 난감한 게 아니었다. 그리고 지나가는 화물차라도 있으면 좋으련만 사막에 오가는 차가 있을 리 없었다.

골똘히 생각하던 롭슨이 무슨 좋은 수가 있다는 듯 차에 있는 빈 보드카 술병을 모두 꺼냈다. 그리고 어워 주위에 있는 보드카 빈 병들도 모았다. 어워 주위에 빈 병들이 제법 널려 있었는데, 사람들이 자동차로 이동하다가 어워 앞에 앉아 쉬면서 보드카를 마시고 버린 것들이었다. 롭슨이 자기 차에 싣고 다니는 작키를 가져와서는 빠진 차 앞바퀴를 들어 올리고 바퀴 밑에 보드카 술병을 고였다. 롭슨이 빠진 차에 올라 액셀을 밟았다. 하지만 바퀴가 헛돌면서 술병들이 깨지고 튕겨 나갈 뿐이었다.

다시 바퀴 밑에 보드카 술병을 고이기 위해 넷이서 사막을 돌며 술병을 찾아다녔다. 사막에는 모래밖에 없었고, 고일 만한 돌이나 단단한 뭉치는 찾을 수 없었다. 혹시 차에 삽 같은 거라도 있나 싶어 찾아봤지만 도움이 될 만한 건 아무것도 없었다. 어렵사리 10여 개 보드카 술병을 찾아냈다. 그걸 차 바퀴 밑에 받친 다음, 롭슨 차와 빠진 차에 견인 줄을 팽팽하게 연결했다. 그리고 롭슨이 저속으로 천천히 자신의 차를 전진시켰다. 빠진 차는 운전자가 내린 상태에서 기어를 중립으로 했다. 롭슨 차가 움직이자, 빠진 차의 앞바퀴가 서서히 움직였다. 보드카 술병도 깨지지 않고 건재했다. 순간적으로 빠진 차가 도랑에서 빠져나왔다.

모두 기뻐하며 작별 인사를 했다. 롭슨의 친구를 시골로 보내고 돌아와 물 한잔을 마시려는데, 그에게서 잘 도착했다는 전화가 왔다. 다행이라고 생각하면서도 사막에서는 별의별 일도 다 있구나 싶어 헛웃음이 나왔다.

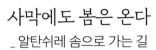

사막에도 봄은 온다
_ 알탄쉬레 솜으로 가는 길

한참 전부터 약속했던 일을 드디어 실행에 옮겼다. 기관의 회계 담당 직원 바트침게가 자기네 시골에 가자고 아침에 전화가 왔다. 전날 회식 때문에 생긴 숙취로 정신이 없었지만, 성화에 못이겨 대충 준비하고 나섰다. 바트침게의 남편 아무카가 운전하는 프리우스를 타고 길을 떠났다. 몽골 북부는 사륜구동 아니면 시골길을 다니기 어렵지만, 고비는 비가 거의 없는 관계로 땅이 단단해서 프리우스와 같은 작은 차도 사막 길을 쉽게 갈 수 있다.

더르너고비에서 포장된 길은 울란바트르에서 생샨드를 거쳐 자밍우드로 이어지는 중국과 연결된 도로밖에 없다. 이 길에 걸치지 않은 지역은 공식적인 도로가 없다. 우리가 가고 있는 곳은 생샨드 동북쪽에 있는 알탄쉬레 솜으로, 거기까지 가는 도로는 없었다.

생샨드 시가를 벗어나면 황량한 사막이다. 사막에 길이 있기는 있다. 단단한 사막 땅의 다니기 수월한 쪽을 따라 차들이 다녀 생긴 흙길이 그것이다. 사막에는 산, 강, 나무, 바위와 같은 별다른 지형지물이 없다. 가도 가도 그게 그거고, 여기가 거기 같고, 거기가 여기 같다. 멀리 보이는 풍경을 보고 방향을 잡을 뿐이고, 자동차 바퀴 자국을 따라 달릴 뿐이다. 가다 보면 바퀴 자국이 갈라질 때가 있는데, 이때 선택을 잘해야 한다.

아무카의 공간 지각 능력은 정말 대단했다. 이정표도 없고 표식도 없는데, 신기하게도 길을 잘 잡았다. 생샨드를 벗어나 10여 킬로미터쯤 가니 차창 왼편으로 거대한 군사기지가 보였다. 러시아 탱크 부대가 주둔했던 곳이다. 지금은 다 철수하고 탱크 격납고만 남아 있는 채, 철조망으로 둘러쳐 접근을 막고 있었다.

들판에 푸른 풀이 있는 것으로 봐 사막에도 봄이 온 것 같았다. 제법 풀이 자란 곳에 차를 세웠다. 붓꽃과 비슷한 푸른빛을 띤 보라색 꽃이 보였다. ‘야르구이’라 했다. 바트침게가 꽃을 따 씹으며 자기처럼 씹어 보라고 했다. 입 안이 화했다. 목에 좋은 것이긴 해도 3개 이상 먹으면 목이 아프니 조심하라고 했다.

땅에 빠르게 다니는 손바닥만 한 도마뱀 같은 것이 보였다. ‘하능구르굴’이라는데 모양이 특이했다. 길게 늘어진 가는 꼬리를 감아 위로 올렸다 내렸다 했다. 사막 들판에서 이 녀석들을 자주 볼 수 있었다.

사막 땅은 굴곡이 거의 없고 단단해서 자동차가 다니기는 좋았다. 잠시 후 목이 싸하니 아파 왔다. 야르구이 독성이 목에 올라온 것이다. 물로 목을 달래도 여전했다. 이런 감각이 꽤 오랫동안 지속되다가 멈췄다.

1시간 정도 이동하니 말들이 모여 있는 곳이 보였다. 다가갔더니 파이프에서 물이 콸콸 나오고 있었다. 말들이 물을 먹기 위해 모여 있었던 것이다. 파이프라인이 길게 늘어선 것으로 봐, 사막에서 지하수 관정을 뚫어 물을 퍼 올리는 시설 같았다. 바트침게가 이 물은 사람이 마셔도 되는 좋은 물이라고 알려 줬다. 빈 병에 물을 담아 다시 길을 떠났다.

생샨드를 떠난 지 2시간 정도 됐을 때 마을이 하나 나타났다. 알탄쉬레 투브였는데 100여 호 정도 되는 집들이 모여 있는 곳이었다. 사람이 적어 도시라고 부르기는 민망해서, 센터라는 의미로 투브라 한 것 같았다. 어쨌든 사막에서 유목하는 사람들은 여기에 와야만 생필품을 살 수 있었다.

알탄쉬레 투브를 벗어나 1시간 정도 더 가니 저 멀리 하얀 게르 하나가 보였다. 지루한 사막 여행에서 게르를 만나는 것은 참 반가운 일이다. 사막에서 몸집 있는 생명체들이 사는 곳은 게르 주변밖에 없다. 게르 안에는 사람이 살고, 그 주변에는 사람이 돌보는 오축이 산다. 사막은 수풀이나 은신할 지형지물이 전혀 없어서 늑대나 다른 야생 동물이 살 수가 없다. 사막에서 유일한 생명의 근거지는 게르다.

게르에 들어가니 몇 사람이 반겼다. 아무카의 형과 동생, 누나였다. 알고 보니 여기가 아무카의 고향이었다. 아무카는 생산드에서 열공장 배관공으로 일하고 있었고, 형제들은 여기에서 유목을 하며 살고 있었다. 아무카가 여기까지 온 이유는 형과 동생의 게르를 다른 곳으로 이동시키는 것을 도와주기 위해서였다. 사막은 풀이 잘 자라지 않는다. 그래서 양과 염소 들이 게르 반경 몇 킬로미터 이내의 풀을 다 먹어 치우면 다른 곳으로 이동해야 한다. 두 집이 여기에서 30킬로미터쯤 떨어진 풀이 있는 곳으로 이동하는 이유였다.

어쨌든 말로만 듣던 유목민의 게르 이동을 보게 될 것 같았다.

나름의 규칙과 멋과
풍류가 있었다
_ 게르에서의 삶

'게르'는 원래 몽골의 전통 이동형 집을 일컫는다. 도시의 아파트는 '베르'다. 그런데 자기가 사는 아파트를 '마네 베르(우리 아파트)'라 하지 않고, '마네 게르(우리 집)'라 한다. 집의 종류를 구분하지 않고 일반적으로 가정집을 가리킬 때 쓰는 용어가 게르인 셈이다.

사막의 게르는 직경 5미터 정도의 돔으로 된 이동형 원룸이다. 사막 사람들은 이 작은 집에 살면서 필요한 모든 활동을 한다.

성인 남자의 키보다 조금 낮은 게르 문을 열고 들어가면 바로 앞 가운데에 난로가 있다. 그리고 오른쪽 벽에는 찬장이 있다. 그러니까 게르 오른쪽 부분이 부엌인 셈이다. 게르 문을 열고 들어가서 오른쪽으로 돌아가면 살림을 방해하는 것이 된다. 그래서 게르에 들어갈 때는 난로의 왼쪽으로 돌아 들어가는 것이 좋다.

게르의 가장 안쪽은 문을 열고 들어갔을 때 난로와 기둥 뒤로 보이는 부분이다. 이 자리는 '호이모르'라 불리는 상석이다. 여기에 의자나 침대가 놓여 있으면, 제일 연장자가 그곳에 앉는다. 그런데 보통 호이모르에는 장식장을 놓고, 그 위에 신당을 모신다.

출입문의 양쪽으로 침대가 하나씩 있는데 왼쪽 침대는 바깥주인, 오른쪽은 안주인이 사용한다. 출입문의 왼쪽 옆에는 세면대가 있다. 세면대는 물이 들어 있는 물통과 물받이, 양동이로 이루어져 있다. 물통 아래에 꼭지가 달려 있지만, 수도꼭지처럼 트는 방식은 아니다. 꼭지를 위로 밀어 올리면, 꼭지가 올려진 공간만큼만 물이 나온다. 물이 귀한 이곳에서 물을 조금씩 빼내어 쓰도록 고안된 것이다. 여기 사람들은 적은 물로도 충분한 세면을 하며 산다.

난로에는 보통 바닥이 둥근 솥이 올려져 있다. 대략 10리터들이 정도 되는 중간 크기의 솥이다. 이 솥 하나로 차를 끓이고 음식을 만든다. 게르 안주인은 난로에 솥을 올려 차를 먼저 끓인다. 차는 우유가 들어간 수태채와 우유가 들어가지 않은 하루차가 있다. 차를 끓이고 나면 이 솥에 음식을 끓이거나 볶는 요리를 한다.

안주인의 침대가 조리대 역할을 한다. 밀가루 반죽을 밀거나 도마 쓸 일이 있을 때 이 침대 위에 밀판이나 도마를 놓고 일한다. 이들은 작은 공간에서 솥 하나만 가지고도 사람이 먹고 마시는 모든 것을 해결한다. 사는 데 필요한 에너지를 아주 조금, 그리고 효율적으로 쓰는 사람들이다.

난로에 사용하는 연료는 마른 소똥인 아르갈이다. 보통 똥이라고 하면 냄새가 나고 불결할 것으로 생각하지만, 이 아르갈은 그렇지 않다. 냄새가 없다. 태울 때도 물론 냄새가 나지 않는다. 난로에 불을 넣을 때는 난로 뚜껑을 열고 아르갈을 얼기설기 쌓는다. 아르갈을 어느 정도 쌓으면 불쏘시개를 넣고 불을 붙인다. 불쏘시개는 아르갈에 휘발유를 적셔 푸석푸석하게 만든 것이다. 사막에서 마른 나무나 풀을 구하기는 어렵다. 아르갈이 유일한 연료다.

호이모르 앞에는 양탄자가 깔려 있다. 사람들이 일을 마치고 게르에 들어오면, 주인은 호이모르 장식장 앞에 깔린 양탄자에 앉는다. 사람들이 그 주변과 침대에 걸터앉으면 대략 칠팔 명은 앉을 수 있다. 안주인이 양탄자에 보온병과 그릇을 내놓는다. 그릇이라야 1인당 아야그 하나씩이다. 주인은 손님에게 무슨 차를 마실 거냐고 물은 후에 차를 아야그에 따라준다. 차나 음식을 나눌 때 반드시 연장자부터 준다.

차를 마시고 나면 안주인이 아야그를 달라고 해서, 그 아야그에 음식을 담아 준다. 음식을 주면서 포크나 수저 중에 하나만

준다. 음식을 먹을 때 한 손은 아야그를 받치고, 한 손은 포크나 수저를 들고 먹는다. 우리처럼 밥상에 숟가락을 놓았다 들었다 할 수 없다. 아야그는 음식을 마시고 먹을 수 있는 유일한 그릇이다. 사람이 먹고 마시는 데 사용하는 도구가 아야그 하나, 수저 하나가 전부인 셈이다.

몽골 속담에 '마시려고 해도 아야그도 없는 놈'이라는 말이 있다. 어느 집에도 초대받을 수 없는 막돼먹은 사람을 말한다. 그만큼 몽골에서 아야그는 소중하다.

별을 보며 향수에 젖는 밤
_ 게르 이동 준비

바트침게가 '아도'를 보러 가자고 했다. 몽골에서 말을 아도라 한다. 우리가 아는 '모루'는 승마가 가능한 말을 뜻한다. 말 암컷 은 '구', 수컷은 '아자라크', 새끼는 '오나크'라 한다. 이 집에는 20여 마리의 말이 있었다. 내일 멀리 원정을 하려면 이 중에서 모루가 될 만한 건장한 아자라크를 골라야 했다.

프리우스를 몰고 들판을 달렸다. 저 멀리 말 몇 마리가 보였다. 다가가서 경적을 울리며 말들을 몰기 시작하자 말들이 게르가 있는 쪽으로 갔다. 몇 군데 돌아다니니 말들을 다 모을 수 있었 다. 아무카가 이 중에서 내일 타고 갈 모루 두 마리를 점찍어 뒀 다.

양과 염소는 같은 무리로 돌아다니면서 먹이 활동을 한다. 대략 게르에서 반경 2킬로미터 이내 초원에 군데군데 무리 지어 풀을 뜯는다. 초원의 들판은 굴곡이 적어서 승용차로 양과 염소 떼를 몰고 다닐 수 있다. 경적을 울리며 몰아대니, 양과 염소 들이 게르 쪽으로 이동했다. 사람이 몰면 이들은 잘 때가 됐다는 걸 눈치채는 모양이다.

소들은 초원을 돌아다니면서 풀을 뜯다가 새끼에게 젖 먹일 시간이 됐는지 돌아왔다. 송아지가 어미젖을 물자, 게르 안주인이 긴 천으로 어미 소의 뒷다리를 묶어 움직이지 못하게 했다. 그리고 젖이 잘 나오게 젖꼭지를 골고루 물렸다. 잠시 후 송아지가 적당히 젖을 먹었다고 생각했는지 송아지를 어미에게서 떼어내고 손으로 젖을 짰다. 어미 소 한 마리에서 대략 2리터 정도의 젖을 짜낸다고 했다.

아무카가 트럭을 끌고 가축우리 쪽으로 갔다. 가축우리는 직경 15센티미터, 길이 5미터 정도 되는 건조목을 연결해 만든 것이다. 자주 이동하는 관계로, 지었다 뜯었다 하는 작업을 반복해야 하기 때문에 이들은 건조물을 지을 때 못을 사용하지 않는다. 건조물이라야 게르와 가축우리뿐이지만.

아무카가 가축우리를 뜯어내기 시작했다. 대략 1시간 정도 작업하니 땅에 있던 가축우리가 모두 트럭에 실렸다. 아무카와 그의 동생이 가축우리 자재가 실려 있는 트럭을 끌고 여기에서 30킬로미터 정도 떨어진 다음 게르 장소로 떠났다.

어느새 해가 서쪽 지평선에 다가가기 시작했다. 여기는 고위

도라서 춘분과 추분 사이는 낮 시간이 길었다. 해가 일찍 뜨고 늦게 지는 것이다. 8시가 넘었는데도 아직 해가 남아 있었다.

아무카는 거의 10시쯤 돼 돌아왔다. 침대가 2개밖에 없는 비좁은 게르에 아이 2명, 어른 5명이 있었다. 게르 안주인이 침대에서 매트리스를 걷어 내서는 바닥에 깔았다. 나무 침대에는 양모 펠트로 된 매트리스가 8개 정도 겹쳐져 있었다. 게르 안쪽 바닥에 매트리스를 2겹으로 깔아 침실을 만들었다. 이들은 내게 침대 하나를 양보했다.

침대에 누워 멀뚱히 게르 천장을 바라봤다. 잠이 올 것 같지가 않았다. 하지만 어느새 꿈속을 헤매고 있었는지 소변이 마려워 눈을 뜨니 한밤중이었다. 게르 밖으로 나가는 순간 확 몰려온 찬 바람에 정신이 번쩍 들었다.

하늘에선 별들이 펼치는 불꽃놀이가 한창이었다. 별들의 향연을 멍때리듯 보고 있는데 나도 모르게 갑자기 울컥했다. 문득 간절히 집 생각이 났다. 이 나이를 먹고도 향수를 느끼다니, 참 신기한 일이다.

무엇보다 먹는 게 최고
_ 몽골의 두레 음식

게르 이동은 여러 집이 연합해서 많은 사람이 함께 일하는 일
명 두레 노동이다. 이런 두레에서 일꾼들에게 주는 음식이 무엇
보다 중요하다. 사람들이 배고프지 않아야 힘내서 일을 하기 때
문이다. 몽골의 고비사막에서 칼국수가 이런 나눔 음식으로 한
몫을 하고 있었다.

몽골인들이 많이 먹는 밀을 '고릴'이라 한다. 비가 많이 오는
몽골 북부는 밀밭이 끝이 보이지 않을 정도로 엄청난 재배 면적
을 자랑한다. 현재 몽골은 밀 수출국이다.

바트침게가 솥에 밀가루를 풀어 반죽을 했다. 반죽이 다 되자,
판에 밀어 피자 정도 크기로 둥글게 만들었다. 여러 사람이 먹을
음식을 준비하는 관계로 대여섯 판 넘게 밀어 침대 위에 널어놓

왔다.

몽골 음식에서 고기가 빠질 리 없다. 그런데 고기가 필요하다고 해서 아무 때나 양이나 염소를 잡는 것이 아니다. 이들에겐 항상 먹을 수 있는 고기가 있다. 황태처럼 가는 가닥으로 바짝 말린 고기, '보르츠'다. 소고기를 말린 것을 '우후르 보르츠', 양고기를 말린 것을 '헌니 보르츠'라 한다. 바트침게가 보르츠를 잘게 썰어 솥에 넣고 끓여 국물을 우려냈다.

보르츠는 과거 몽골 제국의 전쟁 때 전사들의 식량으로 한몫했다. 가볍고 부피가 작아 휴대하기가 편해 전투식량으로 제격이었던 것이다. 보르츠가 욕심나서 사고 싶다고 했더니, 값이 비쌀 뿐 아니라 귀해서 파는 사람이 없다고 했다.

몽골인들은 감자를 좋아한다. 몽골산 감자가 세계에서 가장 맛이 좋다고 자랑할 정도다. 바트침게가 보르츠가 끓는 솥에 감자를 썰어 넣고, 30분 이상을 끓였다. 국물이 끓는 동안 국수를 썰었는데, 써는 방법이 우리와 달랐다. 우리는 둥근 국수 판을 접어 국수 가락이 길게 나오도록 써는데, 여기는 둥근 판을 먼저 사등분했다. 사등분한 판을 길이 10센티미터 정도로 자른 다음 두툼하게 썰었다. 그러니까 국수 가락 길이가 10센티미터 정도 되게 써는 것이다. 생각해보니 아야그에 담아 수저나 포크로 칼국수를 먹을 때 국수 가락이 길면 정말 불편할 것 같았다.

소고기와 감자를 우린 국물에 끓인 칼국수 맛이 일품이었다.

칼국수를 먹고 났는데 바트침게가 밀가루 반죽을 또 밀었다.

이동하면서 먹을 거라며, 이번에 만드는 음식은 '초이반'이라 했다. 몽골인들은 받침 'ㄴ'은 '응'으로 주로 발음한다. 초이반이 초이방으로 들리는 이유다. 초이반은 국수 볶음인데, 도시에 가면 쉽게 만날 수 있는 음식이다. 값싸고 양이 많다. 하나 시켜서 둘이 먹어도 좋을 정도다.

초이반과 칼국수의 재료는 같다. 말린 소고기와 감자를 썰어 넣고 끓인다. 다른 점은 물을 적게 잡느냐 많이 잡느냐 차이다. 초이반은 바닥에 깔릴 정도로 물을 적게 잡아 끓인다. 30분 정도 끓여 국물이 우러나면 국수를 넣는데 많이 넣는다. 솥의 절반 정도 차게 국수를 넣고는 계속 끓인다. 끓이는 것이 아니라 국수를 국물에 찌는 것 같은 형태다. 10분 정도 지나 국수의 색깔이 변하면, 식용유를 국수 위에 골고루 뿌린다. 식용유를 뿌리고 나서 양파를 썰어 국수 위에 올린다. 뚜껑을 덮고 5분 정도 지나면 솥을 들어 두어 번 흔든다. 국수를 솥에서 떼어 내는 것이다. 뚜껑을 열고 주걱으로 비비면 소고기 볶음 국수, 즉 초이반이 완성된다.

이렇게 초이반은 소고기와 감자를 우린 국물에 잘 익은 국수가 기름에 볶아져 약간 고들고들해진 음식이다. 다들 아야그에 담아 먹기도 하고, 손으로 집어 먹기도 한다. 그만큼 이동 중 들판에서 먹기 편한 음식이다.

이들은 게르 난로에 올려진 단 하나의 솥으로 식솔들을 먹여 살린다. 조리 기구가 많으면 좋은 점도 있겠지만, 게르 이동에는 짐만 될 뿐이다. 솥 하나, 아야그 하나, 수저 하나면 족하다. 사실 초원에선 짐이 많으면 움직이기 불편하다. 이렇게 사막의 열악한 환경 속에서 그들만의 독특한 지혜가 발휘되고 있는 것이다.

몽골 음식은 몹시 짜다. 그 이유를 초원에 와서 알았다. 한 가지 음식으로 몸에 필요한 영양분은 물론 염분의 섭취도 다 해야 해서 음식에 소금을 많이 넣는 것이다. 도시의 몽골 식당에 가서 음식을 주문할 때 식성대로 소금을 적게 넣어 달라고 하면 그렇게 해준다. 어디 가서 무엇을 하든, 말은 안 하는 것보다 하는 게 좋은 것 같다.

풀이 있는 곳이면
어디든 간다
_ 유목민이 떠나는 이유

핸드폰 알람이 울렸을 때 꿈속인지 현실인지 헷갈릴 정도였다. 그만큼 피곤했던 모양이다. 5시였다. 자리를 털고 나왔다. 소도, 양도, 염소도, 개도, 그리고 사람도 모두 잠들어 있었다.

언덕 위로 올라갔다. 저 멀리 지평선 너머로 해가 올라오고 있었다. 사막의 일출이다. 어디서 보든지 일출은 가슴 뭉클할 정도로 멋있지만, 사막의 일출은 그 감동이 또 달랐다.

사진 몇 장 찍고, 게르로 돌아오니 언제 일어났는지 안주인이 수태채를 내놓았다. 뜨거운 수태채 한 모금에 속이 다 뻥 뚫리는 것 같았다. 몽골인들은 우유를 그냥 먹지 않고, 수태채를 만들어 보온병에 담아서 먹는다. 아침에 끓인 수태채는 보온병에서 거의 한나절 동안 뜨거운 채로 남아 있다.

아침을 먹고 있을 때 양과 염소 무리가 이동하기 시작했다. 이들도 먹이를 찾으러 가는 모양이라고 생각했다. 그런데 갑자기 아무카가 "헌니! 야마!" 하고 소리치며, 지금 가축 무리가 흩어지면 안 된다고 했다. 밥 먹다 말고 아무카의 누나와 함께 무리 앞쪽으로 달려가 채찍을 휘둘러 이들을 막았다. 무리 주위를 돌며 이들이 흩어지지 않게 지켰다.

직접 경험해보니 게르 이동하는 데 일손이 많이 필요했다. 왜 두 집 이상이 같이 이동하는지 알 것 같았다. 가축 무리는 오토바이와 말을 타고 몰아서 이동시켰는데, 오토바이 두 대와 말 두 마리가 동원됐다.

두 집의 가축이 섞이지 않게 1시간의 차이를 두고 가축 무리를 출발시켰다. 가축 무리가 출발하기 전에 약해 보이는 새끼들은 가축우리 안에 가둬 놓았다. 이들은 차로 이동시킨다고 했다.

게르를 뜯기 전에 게르 안의 가구를 옮겼다. 여기 아이들은 아직 힘만 좀 약할 뿐 어른이나 다름없었다. 시키지 않아도 어른과 똑같이 일했다. 난로 연료로 쓰는 아르갈도 아이들이 부대에 담아 옮겼다.

어느덧 게르가 있던 살림터가 텅 비었다. 이제 새로운 곳으로 출발할 시간이었다. 짐을 가득 실은 트럭 두 대를 앞세우고 우리는 뒤따라 갔다. 2시간 정도 가니 앞서간 양과 염소 무리가 보였다. 양은 그런대로 먼 길을 잘 가는 것 같은데, 염소는 뒤처지는 놈들이 많았다. 뿔이 있어서 그런가 싶었다. 아이들은 양과 염소들하고 잘 놀았다. 마치 우리나라 아이들이 반려견하고 놀 듯이 했다. 이제 몇 킬로미터만 더 가면 새로운 보금자리를 만나게 될 것 같았다.

사막에 큰 고개가 없어서 가는 길은 무난했다. 오후 4시쯤 새 정착지에 도착했다. 반경 10여 킬로미터 정도는 아무 거칠 게 없는 평원이었다. 들판엔 푸른 풀들도 제법 있고, 노란 꽃 무더기도 보였다. 이 정도면 양과 염소가 한동안 배불리 먹을 수 있겠다 싶었다.

먼저 차에 실려 있는 가축들을 풀어 놓았다. 양과 염소는 아무 데서나 풀만 있으면 잘 놀았다. 여기에서 얼마나 살 거냐고 물으니 바트침게도 모른다고 했다. 여기 풀을 양과 염소가 다 먹어 치우면 떠나지 않을까 싶었다. 그러려면 한 철은 여기 있을 것 같았다.

먼저 게르부터 지어야 했다. 게르 뜯는 작업을 '게르 볼가흐'라 하고, 게르 짓는 것은 '게르 베르'라 한다. 지금은 게르 베르를 해야 했다.

게르를 지으려면 한 집만의 사람으로는 어림도 없었다. 두 집 이상의 사람들이 서로 도와야 겨우 가능했다. 특히 오늘 같은 게르 이동은 한 집만의 힘으로는 절대 불가능한 일이었다. 이들의 팍팍한 생활 환경이 서로를 신뢰하고 단결시키는 문화를 만든

요인이 된 것 같았다.

게르가 거의 다 완성될 때쯤 해가 서쪽 지평선에 걸렸다. 나머지 일은 여기 사는 사람들의 몫으로 남기고 우리는 생샨드로 돌아가기 위해 일어섰다.

캄캄한 밤중에 사막에서 길을 찾아가는 것은 정말 어려운 일이다. 낮에는 멀리 보이는 풍경을 보고 방향을 잡을 수 있지만, 자동차 전조등 불빛만 보고 가는 밤중에는 유일한 이정표가 바닥의 타이어 자국이다. 몇 번 길을 잘못 들어 헤매기도 했지만, 도시의 불빛이 보이자 안도의 한숨이 나왔다. 집에 들어가니 새벽 1시가 넘어서고 있었다.

옷에 묻은 흙먼지를 털어내고, 샤워기를 틀었다. 가는 날이 장날이라고 단수였다. 할 수 없이 생수를 대야에 담아 머리에 잔뜩 엉긴 흙먼지를 닦았다. 금세 물이 시커메졌다. 생수통을 보니 아침밥을 할 정도의 물만 간신히 남아 있었다. 할 수 없이 나머지는 수건으로 대신했다. 당연히 순식간에 시커먼 흙수건이 되고 말았다. 어쩔 수 없었다. 대충 먼지는 털어냈으니 그냥 자는 수밖에.

사막이 아니었다
_꽃 잔치

기관에서 회계 담당으로 일했던 바트침게가 다른 데로 옮길 거라고 했다. 환송 행사를 겸해서 알탄쉬레를 다시 찾았다. 봄에 여기를 방문했을 땐 '알탄슈레'로 들었는데, 표지판을 보니 이름이 '알탄쉬레'로 나와 있었다. '슈레'는 루비, '쉬레'는 탁자다. 그러니까 알탄쉬레는 황금 탁자라는 이름을 가진 고장이다.

여름 고비는 사막이 아니었다. 7월과 8월, 거의 한 주에 한두 번은 비가 내렸다. 잦은 비로 이번 여름은 풍족했지만 겪어보지 못했던 물난리를 만나기도 했다. 도로와 공원이 물에 잠기고, 심지어 인근 아이락 솜에서는 홍수에 기차역이 쓸려 가기도 했다.

초원으로 변한 사막 길을 프리우스가 시원하게 내달렸다. 사방은 푸른 풀로 덮여 있었다. 여기저기 물웅덩이가 보였다. 심지어 거대한 호수처럼 된 곳도 있었다. 아무카가 "따래! 따래!" 하며 차를 몰았다. '따래'는 바다라는 뜻이다.

들판에 발목까지 올라오는 풀도 있고 물도 가득했다. 고비의 오축들은 이보다 더 행복할 때가 없을 것 같았다. 한국의 여름은 열매가 영그는 계절이지만, 고비의 여름은 오축이 살찌는 계절이다.

바트침게 가족이 사는 게르가 그렇게 멀지 않은 곳에 있었다. 지난봄에 이동했던 곳이 아니었다. 그동안 그곳에서 한 번 더 이동해서 이곳으로 온 것 같았다. 이들은 들판이 푸르를 때 한 번 더 풀이 무성한 곳으로 이동해서 가을을 맞으려 하고 있었다. 목적지는 여기에서 서쪽으로 50킬로미터 정도 떨어진 곳이라고 했다. 어떻게 보면 생샌드와 조금 더 가까워지는 셈이었다.

게르로 들어가니 아무카의 형 바이라, 그리고 노모가 있었다. 우리는 이산가족을 만난 듯 서로 얼싸안고 반가워했다. 바트침게와 그의 시어머니가 저녁 식사로 초이반을 준비했다. 항상 난로가 타고 있는 게르에서 초이반은 그 어떤 것보다 만들기에 편한 음식이다.

초원의 일꾼들은 여름이 고달플 것 같았다. 저녁 7시가 넘었는데도 해가 둥둥 떠 있어서 양과 염소가 움직이지 않으니 말이다. 해가 기울 때까지 이들을 몰아 게르 가까운 쪽으로 데려와야 했다. 날이 어둑해져서야 일꾼들이 게르로 들어왔다. 게르 안주인은 이들이 들어오는 대로 수태채를 건넸다. 차를 다 마시고 나면 더 마시겠냐고 묻고, 아니라면 아야그에 초이반을 담아 줬다. 초원의 게르에서 먹는 초이반은 언제 먹어도 맛있었다. 그런데 도시의 초이반은 왜 그렇게 짜고 맛이 없을까. 원인은 분위기와 흘린 땀 때문이 아닌가 싶다.

이번엔 사막의 밤에 펼쳐지는 별들의 잔치를 보지 못했다. 하루가 힘들어서 그랬는지, 보드카에 취해서 그랬는지 바로 곯아 떨어졌기 때문이다. 눈을 떠보니 새벽이었다. 너무 아쉬워서 일출이라도 즐겨야겠다는 생각으로 밖에 나가니, 동쪽 하늘에서 희미한 빛이 올라오고 있었다. 해가 올라오려면 이삼십 분은 더 기다려야 할 것 같았다.

일출을 보고 게르로 들어오니 안주인들이 분주했다. 살림을 잘 정리해야 게르 이동할 때 문제가 생기지 않아서였다. 몽골 가정에서는 여자, 특히 엄마의 권위가 대단하다. 대단한 술꾼인 아무카가 엄마 앞이라고 어제 보드카를 입에 대지도 않았다. 이들은 엄마를 위하는 일이나 엄마가 시키는 일은 제일 먼저 한다. 엄마가 아들한테 쩔쩔매는 우리 분위기와는 전혀 다르다. 초원에서는 서로의 일이 조화돼야 생존할 수 있다. 그 때문에 생겨난 그들만의 질서 같았다.

이번의 게르 이동은 생각보다 쉽게 끝났다. 이번에는 세 집이 함께 이동해서, 일꾼들이 많아졌기 때문이다. 역시 많은 사람이 협력하면 일은 수월해지는 법이다.

아무카의 가족이 새로 유목지로 자리 잡은 곳은 사방이 꽃밭이었다. 가느다란 잎을 가진 하얀 꽃이 지천으로 있었다. 야생 파의 일종인 '타나'였다. 현지인들은 '탄'이라고 불렀다. 줄기를 잘라 맛을 보니 파와 부추처럼 맛이 좀 매웠다. 몽골인들은 고기 먹을 때 이 타나의 줄기를 샐러드로 먹기도 하고, 양 내장 삶을 때 같이 넣어 익혀서 먹는다. 그리고 소금에 절여 겨울 가축 사료로 만들기도 한다.

몽골에서는 잎이 가느다란 부추는 1년 내내 아예 볼 수가 없다. 요즘 몽골에 오이가 제철이어서, 오이소박이를 하고 싶었는데 타나가 눈에 들어와 기뻤다. 부추 대신으로 딱 맞을 것 같았다. 하지만 바트침게는 이것보다 더 연하고 좋은 것이 있다며 타나 뜯는 것을 말렸다. '흐믈'이었다. 흐믈의 꽃은 연한 보랏빛이었다. 타나와 흐믈 꽃은 둘 다 클로버 꽃과 크기가 비슷한 우산형의 작은 꽃무덤으로 돼 있었다. 흐믈의 줄기는 타나보다 연하고 약간 굵었다. 몽골인들은 흐믈을 좋아해서, 요리 양념으로 쓰기도 하고 젤리로 만들어 먹기도 한다. 어쨌든 타나와 흐믈 둘 다 부추 대용으로 쓰기 좋았다.

바트침게가 잎이 넓은 풀잎 하나를 뜯어 주며 줄기를 씹어 보라고 했다. 비타민이 들어 있다고 하는 그것은 '바종'이라는 풀이었다. 무리를 지어 있지 않고 여기저기 홀로 자라고 있었다. 줄기에서 신맛이 나는 것으로 봐서 비타민이 들어 있다는 말은 믿어도 좋을 것 같았다. 잎은 먹지 않는다고 했다.

고비 들판의 양지쪽에 타나가 번성한 곳은 흰색 물결처럼 출렁거렸고, 흐믈이 사는 곳은 연보랏빛 불빛처럼 반짝거렸다. 화려한 꽃 잔치가 고비 들판에서 벌어지고 있었다. 생샨드로 돌아오는 동안 하얀 꽃밭과 연보랏빛 꽃밭을 연이어 감상할 수 있어서 좋았다.

5부

무조건 맞추기

─ 사람 사는 곳은 어디든 똑같다 했다

Living in Mongolia.

겨울 풍경을 찾아서
_ 델그르 솜 가는 길

햇빛이 적은 겨울은 온도가 낮아 식물이 생장을 멈춘다. 그리고 들판의 사람들은 농사일을 멈추고 휴식에 들어간다. 그래서 겨울은 머문다는 의미가 있다. 우리는 겨울이 오기 전에 곡식을 추수하고, 겨우내 먹기 위해 김치를 한꺼번에 많이 담그는 김장을 한다. 들판에서 가축을 기르는 유목민들도 겨울 준비를 한다. 주식이 고기인 그들은 우리와는 달리 추위가 오기 전에 고기를 저장하는 일을 한다. 이 작업을 '어월린 이데슈'라 한다. '어월'은 겨울이고, '이데'는 먹는다는 말이다. 그러니까 몽골인의 겨울 먹거리 저장이라 하면 맞을 것 같다.

롭슨의 처가 식구들이 생샨드에서 100킬로미터쯤 떨어진 델그르 솜이라는 시골에 사는데, 돌아오는 일요일부터 3일간 어월린 이데슈를 한다고 했다. 같이 가기로 하고, 기관의 국장에게 휴가 허락을 받았다. 그런데 롭슨의 자동차가 너무 낡아서 문제였다. 사막 한가운데 전화도 안 되는 곳에서 자동차가 고장이라도 나면, 영하 30도의 추위 속에서 그야말로 큰일이 아닐 수 없었다. 잘못하면 끔찍한 일이 생길 수도 있는 것이다. 그래서 롭슨이 괜찮은 자동차를 알아보고 준비가 되면 떠나기로 했다.

일요일, 해가 저물고 나서야 롭슨이 숙소 문을 두드렸다. 가방을 둘러메고 내려가 차에 오르니 뒷좌석에 노인 한 분이 앉아 있었다. 롭슨의 장모였다. 겸사겸사 처갓집에 장모를 모셔다드리는 것 같았다.

생샨드 시내를 벗어나니 들판에 길이 사라졌다. 길이 없으니 안내 표지판 같은 게 있을 리 없었다. 차 전조등 불빛에만 의존해 길을 찾아야 했다. 몽골인들은 공간 지각 능력이 정말 뛰어났다. 롭슨과 그의 장모는 10미터 앞도 보이지 않는 어둠 속에서 "여기" "저기" 하면서 길을 잡았다. 몇 번 차를 돌리기도 하고 뒤로 빼기도 했지만, 무사히 허연 게르 앞에 도착했다. 롭슨의 처제, 그러니까 롭슨 장모의 딸네 집이었다.

게르 앞에서 30대 중반의 남자가 우리를 맞았다. 롭슨의 동서 알튼 호야크였다. 알튼 호야크는 장모와 동서를 보고 무척 반가워했다. 어느 정도 환담이 오가고 나자 롭슨이 차에서 보드카 한 병을 꺼내와 알튼 호야크에게 선물했다. 알튼 호야크는 주저 없이 병을 따서는 보드카를 잔에 가득 부어 롭슨에게 권했다.

잔이 세 순배 정도 돌았을 때 보드카 한 병이 바닥이 났다. 그러자 주인은 게르의 호이모르에 있는 장롱을 열어 보드카 한 병을 더 꺼냈다. 남자 셋이서 보드카 두 병을 다 마신 후 길을 나섰다. 그리고 두 집을 거친 다음, 목적지인 롭슨의 큰처남 바트 두히크의 게르에 도착했다.

바트 형제들은 델그르 솜에서 유목 생활을 하고 있었다. 첫째는 양과 염소를, 둘째는 5킬로미터 정도 떨어진 곳에서 소와 말을, 막내는 첫째 형의 게르 옆에서 어머니와 같이 살고 있었다. 이번 어월린 이데슈는 이 형제들의 공동 작업이었다.

새벽부터 일을 시작해도 하루 만에 마치기 어려운데, 뜻하지 않은 손님이 찾아왔다. 솜(우리의 군에 해당함)의 '탐긴 가자르(관청)'의 공무원들이 인구와 가축 조사를 위해 방문한 것이다. 몽골에서는 12월에 전국에 걸쳐 인구와 가축 수를 헤아리는 조사를 한다. 우리의 군수격인 관청의 장과 공무원 3명이 조사를 위해 바트 형제들의 집에 왔다.

소와 말은 멀리 초원에 나가 있어서 직접 확인하기 어려웠다. 반면에 양과 염소는 게르 근처에 무리를 지어 있어서 직접 그 수를 헤아릴 수 있었다. 먼저 양과 염소를 몰아 가축우리에 넣고 문을 닫았다. 그리고 한 마리만 나갈 수 있을 만큼 문을 열고 가축우리 안에서 무리를 밖으로 내보냈다. 줄지어 나가는 양과 염소를 공무원들이 역할을 맡아 그 수를 셌다.

가축 조사가 끝나자 공무원들은 게르 안으로 들어와 인구 조사를 했다. 우선 식구들을 차례로 불러 앉혀 놓고 이것저것 물어보며 기록을 했다. 설문하는 항목이 꽤 많았다. 개인별로 사진이 붙어 있는 기록 노트도 있었다. 무엇을 조사하는지 궁금했지만 낯선 이방인이 참견하면 실례가 될 것 같아 물어보지는 못했다.

인구 조사가 마무리되자 세무 담당 공무원이 가장인 바트 두히크를 불러 소득 조사를 했다. 계산기를 두드려가며 일일이 계산하는 관계로 시간이 꽤 걸렸다. 이 동안에 안주인인 자르갈은 게르 난로에 몽골 만두인 보쯔를 쪘다. 겨울 몽골 초원에서 보쯔처럼 간편한 음식도 없다. 한가한 날 보쯔를 만들어 밖에 두기만 하면 자연스럽게 냉동 보쯔가 된다. 이걸 필요할 때 가져다 찌기만 하면 되는 것이다.

공무원 중에 보건 담당 의사도 있었다. 의사는 먼저 롭슨의 장모 혈압부터 쟀다. 노인의 혈압이 140이 넘게 나왔다. 고혈압이었다. 의사는 병원에 가서 진찰하고 약을 먹어야 한다고 권했다. 그리고 가족들을 차례로 검진하고 주의 사항을 전했다. 이들의 조사는 거의 오후 3시가 넘어서야 끝났다. 해가 서산으로 넘어갈 때쯤에야 이들은 초원의 다른 가족을 찾아 떠났다. 이들은 12월 중에 델그르 솜에 사는 모든 유목민 가족을 조사해야 한다고 했다.

몽골 통계국은 몇 년 전에 몽골의 가축 수가 6,600만 마리가 넘는다고 발표했다. 몽골 인구가 300만 명 정도이니 몽골에는 사람 수의 20배가 넘는 가축이 살고 있는 셈이다. 예전엔 이런 통계가 어떻게 나왔는지 궁금했다. 이번에 공무원들이 유목민들을 직접 대면하고 확인하는 조사 과정을 보면서 이런 궁금증이 풀렸다.

초원을 유랑하며 사는 이들이 일을 대충대충할 거라고 지레짐작했는데 큰 오산이었다. 이들에게는 살면서 지켜야 할 것은 꼭 지키는 굳은 신조가 있었다. 황량한 자연조건에서 작은 일이라고 허투루 하게 되면 생존에 문제가 생기기 때문인 것 같았다. 같은 맥락으로 이들은 국가에서 지시한 사항은 그게 무엇이 됐든 순순히 잘 따랐다.

겨울나기
_ 어월린 이데슈

바트 가족은 이번 어월린 이데슈에 양 다섯 마리, 염소 다섯 마리, 소 두 마리, 말 두 마리를 잡는다고 했다. 해가 뉘엿뉘엿해지자 형제들이 모두 와서 작업을 시작했다. 가축우리 안에는 이미 묶어 놓은 양과 염소가 있었다. 양과 염소 작업은 오늘 마쳐야 한다고 했다.

양같이 작은 짐승은 배를 한 뼘 정도 가른 다음에 손을 넣어 등뼈에 붙어 있는 핏줄을 잘라 내는 것으로 작업을 시작했다. 눈 깜짝할 사이에 배 안의 피가 모두 빠져나오면서 양이 절명했다. 그야말로 한 생명이 이 세상에서 사라지는 시간이 불과 몇 분에 불과했다. 살아 있을 때 가족과도 같았기 때문에 고통을 최대한 줄여주고 싶은 마음이 작업하는 모습에서 엿보였다. 아이러니하게도 생명을 죽이면서 생명을 경외하고 있었다.

양을 해체할 때는 먼저 내장을 분리했다. 초식 동물의 내장에서 자리를 많이 차지하는 것은 첫 번째 위다. 여기에는 방금 먹은 풀이 소화액과 같이 섞여 있다. 잘못해서 위 안의 내용물이 흘러나오면 고기를 먹을 수 없게 된다. 그래서 그런지 조심조심 큰 위를 잘라 게르에서 멀리 떨어진 곳으로 가서 내용물을 버렸다. 이 일은 바트의 어머니, 그러니까 롭슨의 장모가 맡아 했다. 큰 위를 제거하고 내장을 모두 대야에 담고 나서 배에 고인 피를 그릇으로 퍼냈다.

그다음 내장 정리는 아낙네들의 몫이었다. 바트의 아내와 제수씨가 대야를 하나씩 맡아 일을 했다. 먼저 위와 소장, 대장 속에 들어 있는 내용물을 제거했다. 물이 귀해서 그런지 손으로 내장을 눌러 속에 든 내용물을 빼내고는 물을 한 그릇 정도 넣어 내장 안을 씻는 것으로 마무리했다.

양의 내장이 분리되자 가죽을 벗겼다. 먼저 네 발끝부터 가죽을 벗기고, 발목을 잘라 냈다. 그다음에 양의 몸통을 매달고 가죽을 분리했다. 몸통 부분은 엄지와 검지를 합해 손톱으로 밀어서 가죽을 떼어 냈다. 작업을 마무리하자 양 몸통을 트럭 적재함에 실었다.

양 한 마리 작업하는 데 30분이 채 걸리지 않았다. 사용하는 도구도 기껏해야 과도만 한 칼 한 자루가 전부였다. 놀라울 정도로 숙련돼 있었다. 바트 형제들은 불과 서너 시간 만에 양과 염소 10마리 작업을 완료했다. 소와 말은 내일 하자고 했다.

바트 형제들은 작업한 고기를 트럭에 싣고 둘째네 집으로 갔다. 둘째 이름은 바트 저르크였다. 바트 저르크의 집에는 창고로 사용하는 게르 한 동이 따로 있었다. 여기에 겨울 동안 먹을 양식을 저장했는데, 불을 피우지 않는 게르는 그야말로 천연 냉동 창고였다. 고비사막은 겨울에는 한낮에도 영하 15도 이상 올라가지 않는다. 짐승들이 접근하지 못하게 방비만 하면 얼마든지 양식을 보관할 수 있다.

집안 잔치에서 가장 신나는 것은 개들이다. 몽골 초원의 게르에는 검은 털이 뒤덮여 있는 거대한 개들이 있다. 몽골어로 개를 '노호이'라 한다. 우리처럼 특별히 개한테 이름을 붙여 부르지는 않는다. 이 녀석들은 보기와는 달리 순하고 사람을 좋아한다. 게르에 차가 들어오면 이 녀석들이 제일 먼저 반긴다. 차에서 내리자마자 나를 처음 보는데도 달려와 몸을 비비면서 반겼다. 힘이 엄청난 이 녀석들이 앞발을 들어 덤비면 몸이 휘청거릴 정도다.

12월의 고비는 해가 빨리 졌다. 5시도 되지 않아 해가 서쪽 지평선 너머로 사라졌다. 사막에서는 사위가 캄캄해지면 밖에서 할 수 있는 일이 없다. 사막에서 유일한 안식처는 게르다. 게르 안에서는 안주인의 내장 정리 작업이 계속되고 있었다. 1시간쯤 지나 일을 마친 안주인이 저녁을 만들었다. 내가 왔다고 특별히 밥도 하고, 고기도 볶았다. 우리 입맛에 잘 맞지 않는 몽골 음식도 이런 시골에 와서 먹으면 맛이 있다. 우리나라의 시골 밥이 맛있는 것과 같은 이치다.

좁은 게르에서 두 번째 밤을 보냈다. 게르는 아르갈을 태워 난방을 한다. 아르갈은 화력이 좋지만, 연소 시간이 짧다는 게 흠이라면 흠이다. 잠자리에 들기 전에 안주인은 난로에 아르갈을 가득 넣고 불을 붙였다. 난로 속 아르갈은 1시간 정도 맹렬하게 탔다. 게르 안이 후끈했다. 그리고 서서히 불길이 사라졌다. 아르갈이 타는 동안에 잠자리에 들어간 사람들은 모두 꿈나라로 간 듯했다. 불이 꺼지고 대략 2시간 정도 지나자 게르 안의 온기가 사라졌다. 추위가 엄습했다. 일어나 난로에 다시 불을 붙일까 생각했지만, 사람들이 깰 것 같아 그만뒀다. 참는 수밖에 다른 도리가 없었다. 패딩을 입은 채 이불 속에 들어가 추위를 견뎠다. 그런데 참 대단했다. 몽골인들은 한 명도 빠짐없이 추운 내색 없이 잘 자고 있었다.

새벽 여명이 밝아 와 게르 안이 훤해지는데도 몽골인들은 기척이 없었다. 할 수 없이 혼자 조용히 일어나 조심조심 게르 문을 열고 나갔다. 8시가 넘어서야 겨울의 아침 해가 올라왔다. 초원의 일출은 언제 봐도 황홀하다. 여름에는 일출 시간이 빨라 구경하기가 여간 어려운 게 아니지만, 겨울에는 일출 시간이 늦어 상대적으로 쉬운 편이다. 춥고 힘들지만 겨울의 매력이 이런 것 아닐까.

살육이 아니고 생존
_ 겨울 먹거리

몸집이 큰 소와 말은 물을 많이 먹는다. 사막에도 지하수는 많이 있다. 사막 곳곳에 우물 관정이 있는데, 이 우물은 영하 30도가 넘는 혹한에도 얼지 않는다. 이 물을 소와 말에게 먹이고, 사람도 식수로 사용한다. 관정의 모터를 돌려 물을 퍼내면, 소와 말들이 몰려와서 물을 먹는다. 그런데 소는 말에게 약자다. 그래서 목동들은 오토바이를 타고 말을 몰아낸다. 말들이 관정에서 멀리 떨어지면 소들이 와서 물을 먹는다. 소들의 갈증이 어느 정도 해소돼 하나둘씩 물러나면 오토바이를 돌린다. 그러면 말들이 돌아와 물을 먹는다.

관정 가까운 곳에 사는 둘째, 바트 저르크가 소와 말을 돌봤다. 오늘은 소와 말을 잡는 날이라, 둘째네 게르에 온 가족이 모였다.

둘째네 집 안주인은 전병을 겹쳐 기름에 튀긴 빵을 잘 만들었다. '간빙'이라는 이 빵을 식탁에 내놓자 모두 맛있게 먹었다. 이들 가족은 어느 게르에 머물든지 식사 때는 모두 함께한다고 했다. 그리고 잡은 고기도 여기로 가져와 보관했다. 네 것 내 것을 따지지 않았다.

남자들이 모두 소를 잡으러 트럭을 몰고 들판으로 나갔다. 바트 저르크가 올가미를 단 막대를 들고 뛰었지만, 소걸음을 따라 잡지 못해 올가미를 거는 데 실패했다. 할 수 없이 소들을 가축 우리에 몰아넣은 다음에야 성공할 수 있었다.

200킬로그램이 넘는 소와 말은 당연히 양이나 염소처럼 죽일 수 없다. 바트 저르크가 소의 머리에 올가미를 걸어 끌고는 게르에서 좀 벗어난 들판으로 갔다. 그리고 다리에 줄을 걸어 넘어뜨린 다음 예리한 칼로 목의 기도를 잘랐다. 흐르는 피는 바가지로 받아 들통에 담았다. 기도에서 피가 흐르는 시간이 길어지자 고통을 줄여주려고 그러는지 심장을 찔러 숨이 멎게 했다. 소와 말은 큰 체격 때문에 고통을 많이 당하면서 죽었다.

소와 말은 또 무게가 많이 나가서 양이나 염소처럼 매달아 해체할 수 없다. 소가 절명하자 바트 형제들이 들판의 맨바닥에 먼저 가죽을 분리해 폈다. 말하자면 가죽이 몸통을 해체해서 놓는 장판이 되는 셈이었다. 가슴 앞 덮개뼈를 제거하고, 내장을 분리했다. 그리고 가슴뼈, 갈비뼈, 뒷다리, 앞다리 순으로 해체했다. 대략 1시간 정도 지나 소 한 마리의 작업이 끝났다.

몽골인들이 가장 좋아하는 고기는 '아도니 마흐(말고기)'다. 말을 두 마리나 잡은 오늘, 당연히 게르에서는 성찬이 벌어졌다. 안주인이 고기와 내장을 함께 삶아 식탁에 내놓았다.

이들이 식사하는 방식은 각자 칼을 들고 고기를 베어 먹는 것이다. 먼저 주인이 함지의 고기를 들어 잘라 먹은 후, 옆 사람에게 돌린다. 차례로 고기를 작은 칼로 잘라 손으로 집어 먹는다. 수저나 포크는 사용하지 않는다. 말고기를 익힐 때 고기가 끓는 국물에 밀가루 전병을 넣어 같이 익히는데, 말기름이 전병에 스며들면서 중국집 꽃빵처럼 익는다. 말고기를 이 빵에 싸서 먹으니 맛이 그만이었다. 그리고 말고기는 식어도 딱딱해지지 않고 부드러웠다. 이런 맛 때문에 몽골인들이 말고기를 별미로 여기는 게 아닐까 싶었다.

3일 동안 초원의 게르에 머물면서 생명이 죽는 것을 봤다. 처음 봤을 때는 잔인함과 섬뜩함에 어쩔 줄 몰라 했다. 그러다 차츰 아무렇지도 않게 됐다. 너무 많이 봐서 무뎌져 그럴 수도 있지만, 꼭 그것만은 아니었다. 이들이 가축을 죽이는 것은 단순히 먹거리를 얻기 위해서라는 생각이 들어서였다. 우리가 쌀을 얻기 위해서 벼를 베고, 김치를 담기 위해서 배추를 뽑는 것과 별반 다르지 않다고 생각했다. 둘 다 다른 생명에게서 먹거리를 얻는 것이고, 그런 음식이 있어야 우리가 살 수 있었다. 한 생명에서 다른 생명으로 유기체와 에너지가 전달되는 과정일 뿐이라고 생각하기로 했다.

육신을 죽이는 것을 살육이라고 한다. 섬뜩한 말이다. 몽골의 초원에선 이런 말이 어울리지 않았다. 우리는 소나 말을 잡는다고 하지만, 몽골인들은 '아바흐'라 한다. 즉, 얻는다고 말한다. 삶의 한 부분이라고 생각했다. 그냥 추수 정도로 여기면 될 것 같았다.

손으로 잡고
뜯어야 제맛이지
_ 허르헉의 본래 맛

일승망항에 갔을 때의 일이다. 일승망항은 아직 바다의 향기가 조금은 남아 있는 곳이다. 생샨드처럼 물이 싹 사라진 사막이 아니다. 바닥에는 물이 고인 웅덩이가 남아 있기도 하고, 습지도 있어 풀이 자라기도 한다. 덕분에 생샨드에서 볼 수 없었던 모기가 있었다.

모기와 파리를 쫓아낼 방법이 있다며 기관 사무실 동료 바레가 들판에 널려 있는 '허멀(마른 말똥)'을 주워 왔다. 그러고는 허멀에 불을 붙였다. 가축이 들풀을 먹고 유기물을 적당히 흡수한 다음 내놓은 분비물은 섬유질 덩어리다. 바짝 마른 허멀과 아르 같은 불이 잘 붙는다. 허멀을 태우면 그 냄새에 모기나 파리 등이 접근하지 않는다더니, 실제로 불을 피우고 나서 모기와 파리가 금세 사라졌다. 불에서 특별한 냄새가 나는 것도 아닌데, 그저 신기할 따름이었다.

바레가 불 속에 촐로를 넣었다. 허르헉을 만들기 위해서 촐로를 굽는다고 했다. 30분 정도 지나서 양고기, 감자, 당근, 양파 등의 재료가 준비됐다. 재료 중에 하얀 지방 덩어리가 있었다. 그건 넣지 말자고 했더니 정색을 했다. 이것이 들어가야 맛있다며 반드시 넣어야 한다고 했다. 지방 덩어리는 양 꼬리 부분에서 나온 것이다. 도시의 고깃간에 가면 이 지방 덩어리만 따로 팔기도 하는데, 고기보다 비싸다. 겨울 혹한을 견뎌야 하는 몽골인들은 고기보다 지방 덩어리를 더 좋아한다. 솥의 끓는 물 속에 달궈진 촐로를 넣으니 요란한 소리를 내며 끓었다. 이때 재료를 넣었다. 촐로와 고기, 채소를 교대로 집어넣고는 마지막에 양배추로 덮었다. 30분만 기다리면 된다고 했다.

모두 모래언덕에 올라가 음료를 마시며 놀았다. 바레가 나에게 부크(몽골 씨름)를 하자고 했다. 손사래를 치며 도망가자 다른 사람과 붙었다. 그런데 덩치 큰 바레가 왜소한 상대방에게 휙 넘어갔다. 역시 운동은 덩치나 힘보다는 기술이 먼저인 것 같다.

드디어 허르헉이 다 됐는지 바레가 솥에서 고기를 꺼내고, 촐로도 꺼냈다. 사람들이 뜨거운 촐로를 손에 들고 돌 찜질을 했다. 몸에 아주 좋다고 했다.

몽골 전통 방식으로 만든 허르헉은 먹기가 조금은 불편하다.

고기는 충분히 익었어도 양고기의 섬유질 때문에 잘 뜯기지 않는다. 그래서 보통 캠프에서 허르헉을 먹을 때, 잘 드는 칼을 같이 준다. 칼로 뼈에 붙은 고기를 발라 먹으라는 것이다. 그런데 솥에서 오래 끓여서 그런지 고기가 푹 익어 먹기에 좋았다. 푹 익은 닭백숙에서 뼈가 쑥쑥 빠지듯이 뼈가 잘 빠지고 고기도 연했다. 역시 허르헉은 들판에서 손으로 잡고 뜯어야 제맛이 났다.

허르헉은 몽골인들이 가장 좋아하는 축제 음식이다. 이 음식은 한 번에 많은 양을 해야 하고 시간도 많이 걸린다. 그래서 사람들이 많이 모일 때만 한다. 즉, 축제나 캠프 때만 만날 수 있는 음식이다.

낯선 곳에서 즐겁게 살려면 무엇보다 그곳에 있는 음식을 잘 먹을 줄 알아야 한다. 몽골에서는 고기를 잘 먹어야 즐겁다. 다행히 나는 못 먹는 고기가 없을 정도로 고기를 좋아해서 즐겁게 살 수 있었다.

식사의 즐거움
_ 무탕국의 맛

우리는 먹는 것에서 에너지를 공급받는다. 그리고 맛있는 음식을 먹을 때 즐겁고 행복하다. 먹는 즐거움을 더하기 위해 갖은 노력을 다하는 이유 중 첫 번째가 맛이다. 이처럼 자연물을 사람이 맛있게 먹을 수 있도록 맛을 변화시키는 과정이 요리다. 그러니까 요리는 사람의 행복을 더해주는 예술이다. 나는 이런 예술을 몽골에 혼자 살면서 배웠다.

몽골인들은 고기를 물에 한 번 끓인 상태로 먹는다. 물론 채소를 함께 섞어 끓이기는 하지만 많이 넣지는 않는다. 물과 음식 재료가 풍부한 곳에서 사는 우리는 음식 재료를 두세 번 조리해서 음식을 만든다. 간단한 나물 요리도 물에 데쳐서 독기를 뺀 다음 무치거나 볶는다. 이런 습성 때문에 고기의 강한 맛이 그대로 남아 있는 몽골 음식이 처음엔 입맛에 잘 맞지 않는다.

몽골에서는 혼자 사는 관계로 음식을 직접 해 먹어야 했다. 요리를 잘할 줄 몰랐지만, 이왕이면 맛있게 해 먹고 싶었다. 그래서 어느 날 몽골 고기도 우리나라 방식으로 요리해보기로 했다. 생각했던 것보다 결과가 아주 좋았다. 된장찌개, 김치찌개 등 내가 아는 요리들의 맛이 한 차원 좋아졌다. 특히 개인적으로 좋아하는 무탕국의 맛이 좋아져서 신이 났다. 그래서 요리 연구가처럼 내 식으로 무탕국을 개발하기에 이르렀다.

무탕국의 채소 재료 중 첫 번째는 역시 무다. 몽골에서 생산되는 무를 '만진'이라 한다. 만진은 두 종류가 있는데 속이 붉은 '울란 만진', 속이 노란 '샤르 만진'이 그것이다. 그런데 만진은 생으로 먹으면 맛이 산뜻해서 좋은데, 익히면 감자처럼 퍽퍽해지면서 국물은 별로 우러나지 않는다. 우리나라의 무와 같은 하얀 무는 중국에서 수입한다. 속이 하얘서 '차간 만진'이라 한다. 탕국용으로는 이 차간 만진을 써야 한다.

두 번째 채소 재료는 배추다. 배추의 몽골 이름은 '배차'다. 그런데 배차는 양배추를 말한다. 우리 것과 같은 배추는 '김치 배차'라 한다. 몽골인들은 잎이 넓은 채소를 뭉뚱그려 배차라고 부른다. 배추도 무와 마찬가지로 중국에서 수입한다. 배추의 잎을 뜯을 때 칼을 대지 않고 손으로 뜯으면 오랫동안 색이 변하지 않은 채 보관할 수 있다. 칼로 자르면 세포벽이 파괴돼 세포질이 흘러나오기 때문에 쉽게 상한다.

무탕국에 넣는 채소는 무를 많이 넣고 배추의 잎을 조금 넣었다. 배추는 겉잎부터 손으로 뜯어 넣었다. 그리고 맛과 모양을 더하기 위해서 파와 마늘, 버섯, 청경채 같은 푸른 잎 채소를 넣었다. 푸른 잎 채소를 구하기 어려울 때는 건미역을 넣었다.

음식 맛을 크게 변화시킬 수 있는 것은 향료다. 고춧가루와 후춧가루를 넣으면 국 맛이 훨씬 좋아진다. 그래서 우리는 고깃국을 먹을 때 고춧가루와 후춧가루를 빠트리지 않고 넣는 것이다. 그런데 이보다 한 차원 높은 향료가 있다. 고수다. 중국 이름은 '향차이', 이곳 이름은 '얀슈이'다. 얀슈이는 몽골에서 재배되는 것도 있지만, 대부분 중국에서 수입한다.

10여 년 전 중국 사천성 지역을 여행할 때, 현지 음식의 독한 향차이 냄새 때문에 곤혹스러웠던 적이 있었다. 그런데 향차이 한 잎을 넣고 끓인 몽골에서의 고깃국은 국물 맛이 끝내줬다. 가만 생각하니 향차이를 넣는 양 때문에 맛이 달라지는 것 같았다.

이 무탕국은 내가 스스로 개발해서 거의 1년 내내 아침 식사로 먹었다. 물리거나 질리지도 않았다. 때로는 아침 식사의 즐거움을 생각하며 잠을 청하기도 했다. 숙소 방문객들에게 이 무탕국을 끓여주면, 아주 맛있다며 잘 먹었다.

아무리 입맛에 젬병인 몽골인들이라고 해도, 또 공짜 음식이라고 해도, 맛있으니 맛있다고 하지 않았을까.

닭갈비보다 맛있다
_ 양갈비 만들기

생샨드에서의 주말은 더디 간다. 시간 보내기가 여의치 않아서다. 여기 사람들과 함께 여행 비슷한 것이라도 하면 모를까, 달리 할 일이 없다. 딱히 시간 보낼 영화관이나 볼거리도 없고, 공원 벤치에 앉아 찬 바람과 싸우는 것도 하루 이틀이다.

방구석에 틀어박혀 있다가 식사 준비를 해볼까 하고 나가서는 고깃간을 먼저 들렀다. 마침 양을 잡아 손질 중이었다. 고기 파는 아주머니가 기름이 적어서 아주 좋다고 했다. 하긴 겨우내 양의 몸이 축났으니 기름이 적을 수밖에 없을 것 같았다. 그래서 옛날에 칭기즈칸이 봄에 배고픈 가축을 잡지 말라고 했나 싶었다. 동물을 사랑하는 것처럼 말했지만, 내 생각으론 기름기를 좋아하는 몽골인들에게 이때 잡은 양고기가 별로 매력적이지 않아서 그랬던 것 같다.

앞다리까지 붙은 한쪽 갈비를 사 와서 뼈를 발라내는 데 1시간이 넘게 걸렸다. 갈비뼈가 13개 나오고, 아주 가는 물렁뼈 같은 것이 하나 더 나왔다. 다리뼈와 부채 모양의 허벅지 뼈까지 말끔하게 발라냈다. 이 정도면 고깃간을 차려도 될 것 같다는 뿌듯함이 몰려왔다.

몽골의 양고기는 독특한 냄새가 난다. 한국인들은 이 냄새를 별로 좋아하지 않는다. 그런데 양고기에는 지방이 삼겹살처럼 껍질 쪽에 넓게 퍼져 있어서, 돼지 삼겹살과 모양이나 성질이 비슷하다. 고추장 양념을 해서 고기 냄새만 잘 다스리면 괜찮은 요리가 된다.

양갈비를 먹기 좋은 크기로 썬 후, 미리 만들어 놓은 양념과 지난여름 고비사막에서 뜯어 온 '흐믈'을 넣고 섞었다. 고기 표면에 양념이 잘 입혀지도록 양을 조절해 비벼대고는 작은 비닐봉지에 한 주먹씩 넣어서 분리했다. 냉동실에 넣어 놨다가 어쩌다 고기가 먹고 싶으면 한 봉지씩 꺼내서 먹을 참이었다.

양념한 양갈비를 요리하는 방법은 먼저, 프라이팬에 몽골 버터를 넣어 녹인다. 몽골 초원에서 들풀만 먹고 사는 소에서 나오는 우유는 세계에서 가장 건강한 우유고, 이걸로 만든 버터는 어디 비길 데가 없는 최상품이다. 더구나 값도 엄청 싸다. 버터가 적당히 녹으면 양배추, 적채, 양파, 당근을 넣고 볶는다. 소금은 넣지 않는다. 양갈비 양념에 들어 있는 소금만으로도 간은 충분하기 때문이다. 채소들이 어느 정도 숨이 죽었을 때 양갈비를 넣고 한 번 더 볶는다. 고기가 살짝 익을 무렵 버섯과 고수를 넣고 익히면 우리나라 닭갈비보다 맛있는 양갈비 요리가 완성된다.

나는 양갈비를 먹을 때마다 소면을 곁들이고 싶어 소면을 삶았다. 혼자서 먹어도 맛있었다. 시간이 어떻게 흘렀는지 모를 정도로 음식 만드는 게 재미있기도 했다.

지루한 몽골의 주말을 이렇게 보냈다. 시간도 많고 혼자서 살다 보니 이것저것 다양하게 해봤는데, 그중 요리가 내 적성에 제일 잘 맞았다.

몽골인들이 놀러 오면 삼겹살 대신 양갈비를 가끔 해줬다. 내 음식 솜씨가 그런대로 괜찮은 모양인지 굉장히 좋아했다. 특히 한잔 생각에 밤늦게 찾아온 몽골 친구들에게 양갈비를 해주면 그들은 나를 영웅처럼 대했다.

초원의 명약이
반찬이 되고
_ 할리아르

코이카 긴급 소집 훈련차 울란바토르에 간 김에 찬거리를 준비하러 시장에 들렀다. 채소 가게에 명이나물이 보였다. 몽골에 오기 전 귀국 단원에게서 몽골에서 봄철에 명이나물이 많이 나온다는 얘기를 들은 적이 있었다. 몽골에서는 이 명이나물을 '할리아르'라 한다.

할리아르는 다년생으로 4~6월에 잎이 자라고 꽃을 피우는 식물이다. 야생 양파 중의 하나로 알려져 있는데, 기름진 토양에서 잘 자란다. 그래서 주요 분포지가 숲이 많은 몽골 북부 지역이다. 그러니까 고비에서는 볼 수 없다.

할리아르는 여름이 다가오면 꽃을 피우고 잎이 딱딱해진다.

그래서 꽃이 피기 전에 잎을 수확한다. 대략 5~6월에 할리아르가 울란바토르 채소 시장에 많이 나오는 이유다. 할리아르는 잎에서 톡 쏘는 마늘 냄새와 맛이 난다. 우리는 이것을 산마늘 또는 명이나물이라고 부르지만, 몽골에서는 숲 마늘 혹은 야생 마늘로 불린다. 몽골인들은 우유 버터에 할리아르 잎을 절여 반찬으로 먹거나 잎을 잘게 썰어 고기와 같이 넣어 호쇼르를 만들어 먹는다. 그리고 할리아르 잎을 건조시켜 약으로 쓰기도 한다.

손목 굵기만 한 할리아르 한 다발이 1,000투그릭이었다. 다섯 다발을 샀다. 간장 식초 절임과 할리아르 김치를 하기 위해서였다.

먼저 수돗물로 씻으면서 줄기에서 잎을 떼어 냈다. 잘 씻은 할리아르 잎을 건져내 생수로 다시 씻었다. 몽골의 수돗물에는 금속과 석회 성분이 많아서 음용에 적당하지 않아서였다. 할리아르 잎을 플라스틱 통에 잘 펴서 차곡차곡 쟁였다. 그리고 통에 생수를 가득 차게 부었다. 그런 다음 통에 담긴 생수를 다른 그릇에 완전히 따라 냈다. 이때 나온 물의 양만큼 절임 용액을 만드니 남지 않고 딱 맞았다.

할리아르 김치 담그는 법을 포털 검색을 통해 배웠다. 깻잎처럼 잎을 펴서 양념을 바르는 식이었다. 할리아르 잎이 딱딱하기 때문에 살짝 데쳐서 하면 좋겠다는 생각이 들었지만, 마늘 향이 빠져나갈 것 같아 그냥 소금물에 절였다. 소금물의 농도는 약간 짜게 했다. 여기에서는 암염을 사용하기 때문에 우리나라의 천

일염보다 훨씬 짜다. 적당히 맞추려고 노력했다. 다행히 간은 잘 맞는 것 같았다. 양념은 마늘, 고춧가루, 생강, 양파, 무, 배를 섞어 만들었다. 양념에 마늘을 넣지 않아도 괜찮다는 의견이 있었지만, 마늘이 음식 맛에 많은 영향을 주기 때문에 넣기로 했다. 고춧가루는 색깔이 예쁘게 나올 정도로만 넣었다. 소금물에 절인 할리아르 잎을 씻어 물기를 약간 말린 다음, 얇게 펴서 양념을 꼼꼼히 발랐다.

다 완성하고 나니 허리가 끊어질 듯 아팠다. 그래도 몽골의 특산물 할리아르로 반찬을 두 가지나 만들었다는 생각에 뿌듯했다. 이 반찬이 7월 중순쯤이면 맛있게 익을 거라는 생각에 입꼬리가 절로 올라갔다.

6부

무조건 배우기

— 어디를 가든 문화가 힘이라 했다

Living in Mongolia.

문화 호사를 누리다
_ 초원의 가객 소소르바람

테아트르(생샨드에 단 하나 있는 극장)에 중후한 음유시인 풍의 남자가 사색하는 모습이 새겨진 현수막이 걸렸다. 현수막에 있는 그림으로 봐서는 시를 낭송하는 것 같았다. 현수막을 보고 있는데, 지나가던 기관 사무실 동료가 엄지 척을 했다. 최고의 공연이라는 뜻이었다. 공연은 저녁 7시 시작이었다.

입장권 가격이 15,000투그릭으로 꽤 비싼 편이었다. 7시 5분 전에 입장했다. 이 공연도 30분 이상 지나야 시작하겠지, 생각하며 느긋한 마음으로 자리에 앉았다. 객석은 절반도 채워지지 않았다. 그런데 7시 정각이 되자 시작한다는 신호음이 울렸다. 몽골스럽지 않아서 좀 어리둥절했다. 이 공연은 품격이 있구나, 싶었다.

막이 올라가고, 노년에 접어든 풍채 좋은 가수가 등장했다. 그 가수는 마이크를 잡고 관객과 몇 마디 인사를 나누고는 몽골인들의 애창곡 〈미니 세한 에즈(나의 좋은 어머니)〉를 반주 없이 불렀다. 그것도 한 소절씩 객석과 번갈아 불렀다. 마치 음악 강습이나 합창단을 지휘할 때처럼 객석을 장악하고 노래했다. 객석 분위기가 한껏 올라가면서 공연 분위기가 잡혔다.

그는 소소르바람이라는 이름의 가수였다. 성량이 풍부했고, 높은음까지 소화하며 노래했다. 그는 노래하면서 손과 몸동작을 사용해 객석의 분위기를 잘 유도했다. 뮤지컬 배우처럼 감정 표현을 잘했고, 아카펠라로 기교를 주기도 했다. 무대 전체를 오가며 관객을 사로잡았다. 곡이 끝날 때마다 관중들이 열광했다. 그러나 그는 터져 나오는 박수를 제지했다. 시간이 아깝다는 표시였다. 주어진 시간 동안에 관중들을 충분히 감동시킬 수 있다는 자신감의 표현 같았다.

몽골에서는 아직 저작권 문제가 그리 심각하지 않아 보였다. 공연장 분위기도 자유스러웠다. 객석에서 사진 찍는 것은 물론이고 동영상 촬영까지 마음대로 할 수 있었다. 극장 안내자도 그렇고 공연하는 가수 측도 아무런 제지를 하지 않았다.

〈호라마스트 텡그르〉를 낭송했는데, 중후하게 울리는 저음이 듣기 좋았다. 세상에 순응하며 살라는 단잔아라브자의 가르침이었다. 소소르바람은 〈울램진 차나르〉도 불렀다. 이 노래는 고귀한 성자가 여기 있으니, 다 같이 행복하게 살자는 노래였다. 단잔아라브자 자신을 자찬하는 노래 같아 보였다. 몽골인들이 좋아하는 노래라고 하는데 음의 높낮이 변화가 심해 따라 부르기는 어려웠다.

공연이 2시간 가까이 지났을 무렵, 소소르바람이 재킷을 벗고는 기타를 든 채 무대 아래로 내려왔다. 기타를 메고 관중들과 함께 싱어롱을 했다. 따라 부르는 객석의 노랫소리가 아름답게 들렸다. 가수가 이렇게 객석과 하나가 돼 노래하니 흥도 나고 보기도 좋았다. 알고 보니 소소르바람은 영화, 시 등에서도 훌륭한 작품을 많이 남긴 몽골의 저명한 예술인이었다.

페이스북에 녹화한 공연 일부를 올렸더니 반응이 굉장히 좋았다.

척박한 땅에서 불편하게 살지만, 예술을 사랑하는 몽골인들의 마음을 알 것 같았다. 덕분에 이방인인 나도 문화 호사를 누릴 수 있어서 좋았다.

누가 문화의 불모지라 했나
_ 오페라 가수 공연

기관 사무실 동료가 오페라 가수 6명이 나오는 콘서트가 8,000투그릭으로 무척 싸다고 알려 줬다. 오페라 가수 공연이 이 정도면 파격적인 값이었다. 그런데 공연 시작 시간이 저녁 9시였다. 보통 음악회가 2시간 이상 공연한다고 봤을 때 9시 시작이면 12시가 다 돼야 끝난다는 얘기였다.

9시 20분 전에 테아트르에 도착했다. 하지가 가까워져서 그런지 어슴푸레하나마 아직 낮 기운이 남아 있었다. 9시 10분 전에 극장 문이 열렸고, 극장 현관에서 악단이 신나게 연주하며 관객을 맞았다. 축제처럼 보였다. 몽골 타임이라는 게 있다. 공연을 보통 이삼십 분이 지나서 시작하는 바람에 붙여진 용어다. 역시 이 공연도 9시에 시작하지 않았다. 9시 정각에서 20분이 지나서야 막이 올라갔다.

무대에 관현악단과 6명의 오페라 가수가 등장해 있었다. 사회자가 오페라 가수들을 몽골 국가 오페라 단원들이라고 소개했다. 관현악단은 모린호루, 몽골 가야금, 양금을 주축으로 한 몽골 악기와 콘트라베이스, 트롬본, 호른 등의 양악기가 혼합돼 있었다. 이 중에서 이 극장 단원이 15명, 다른 아이막에서 지원 나온 단원이 10명이었다. 양금과 양악기 몇 대가 바로 그들이었다.

오페라 가수들은 이탈리아 오페라 곡의 가사를 몽골어로 번안해 불렀다. 몽골에서 작곡된 뮤지컬 곡도 있었다. 무용수들의 춤이 인상적이었는데, 이들은 팝 댄스에 능해 팝 가수들의 공연에서 백 댄싱도 한다고 했다.

객석의 호응도 다른 공연에 비해 굉장히 좋았다. 주위를 둘러보니 꽃다발을 들고 있는 사람들도 더러 있었다. 이 공연의 출연자만 하더라도 50명이 넘으니, 그 가족들만 가지고도 300석을 다 채울 수 있을 것 같았다.

이 극장의 단원들은 이와 비슷한 자체 공연을 여기 테아트르에서 1년에 25회 정도 한다. 그리고 외국은 가까운 중국에 많이 가는데, 이 외국 공연도 2회 정도 한다. 또 아이막 내 14개의 솜에 테아트르의 절반 정도 되는 문화센터가 있는데 여기에 가서도 공연을 한다.

이 예술가들은 극장 전속이면서 다른 직업은 가지고 있지 않았다. 인구가 2만 명도 안 되는 도시에서 수십 명에 달하는 예술가를 지원한다고 하니 처음엔 선뜻 이해가 가지 않았다. 그런데 관현악단의 주축이 몽골 전통악기고, 값비싼 바이올린이나 첼로 같은 양악기는 없었다. 그리고 예술가들의 임금도 공연 수입으로 상당 부분 채워질 것 같았다. 특별히 돈이 많이 들 일이 없어 보였다. 그러니 그럴 만도 하겠다는 생각이 들었다.

아이막의 인구가 7만 명이 안 되고, 생샨드에 2만 명이 채 안 되는 사람이 산다. 여기에 영화 전용 극장은 없다. 단 하나의 극장 테아트르가 있을 뿐이다. 처음에는 문화의 불모지라고 생각했다. 그런데 여기 사람들은 이 극장을 중심으로 나름의 즐거움을 만끽하고 있었다. 자신들의 전통과 자신들이 잘할 수 있는 부분을 중심으로 다양한 공연을 하고 있는 것이다.

문화는 남과 비교해서 우열을 가리는 것이 아니다. 삶을 즐겁고 풍성하게 해주는 것이 문화다. 고비는 황량한 땅이지만 결코 문화의 불모지는 아니었다. 문화를 사랑하는 사람들이 살고 있는 아름다운 곳이었다.

세브지드를 아시나요
_ 몽골 전통 춤 경연 대회

그동안 몽골의 전통 춤을 보면서 몇 가지 이해할 수 없는 부분이 있었다. 전통 춤이라 하면서, 전자 악기는 물론이고 드럼과 서양 악기가 섞인 음악을 반주로 춤을 췄다. 현대 대중음악의 가락이 섞여 있기도 했다. 춤사위에 현대화된 안무도 많이 들어 있었다. '세계를 정복한 민족이라서 여러 민족의 춤을 흡수해서 그런가?' 이런 생각을 혼자 하기도 했다. 그런데 의문점이 풀리는 기회가 생겼다.

10월 13일 토요일, 후흐드어르동(어린이궁전)에서 세브지드 경연 대회 더르너고비 아이막 예선이 있었다. 처음에는 그냥 일반적인 공연으로만 생각하고 봤는데, 참가자들의 태도가 남달랐다. 춤을 추는 아이들의 표정이나 동작도 그렇게 진지할 수가 없었다.

알고 보니 '세브지드'는 춤 이름이 아니고 사람 이름이었다.

세브지드는 1916년 더르너고비 아이막의 하탕볼라그 솜의 작은 절에서 태어났다. 그는 회부(절에서 불 때는 일을 맡아 하는 사람)로 일하면서 어린 시절을 보냈다. 24세 청년이 되자 절에서 나와 군대에 들어갔다. 군대 극장에서 무용수가 되면서 예술의 길로 들어선 그는 몽골 고유의 춤을 구상하는 데 온 힘을 기울였다. 고대 흉노 시대의 역사를 고찰하고, 몽골인의 전통 생활과 자연환경을 녹여낸 춤을 고안했다. 종교적(불교) 색채를 더해 춤을 디자인하기도 했다. 그가 이렇게 안무한 춤이 130여 개에 달한다.

현재 몽골의 학생들은 전통 춤으로 세브지드가 안무한 춤을 배우면서 자란다. 유치원 때부터 세브지드의 춤을 추면서 몸을 단련시키는 것이다. 몽골에서 세브지드는 전통 춤의 일반 명사다. 세브지드가 곧 몽골 춤을 의미한다는 말이다.

세브지드 경연 대회는 격년제로 열리는데, 몽골 아이들이 가장 선망하는 춤 페스티벌이다. 여기에 나오기 위해서 아이들은 고된 훈련을 마다하지 않는다. 마침 올해가 세브지드 경연 대회가 있는 해였다. 이번 더르너고비 예선에는 독무 37명, 군무 13개 팀이 참가했다. 참가자들은 두 종류의 춤을 공연해야 한다. 세브지드 춤 하나와 창작 또는 다른 춤 하나다.

창작 춤에 한국 춤도 있었다. 그런데 한복과 춤사위가 북한 것과 비슷했다. 여기 무용 선생들이 북한에서 춤을 배워와 아이들에게 알려 준 것으로 보였다.

국립 무용단에서 2명의 무용수가 심사위원으로 참석했다. 오전 10시가 좀 넘어서 독무부터 경연이 시작됐는데, 6세짜리 아이가 맨 처음 나와 자신의 춤을 선보였다. 아이들 하나하나 춤추는 모습이 매우 진지하고 즐거워 보였다. 물론 춤사위도 나무랄 데 없었다. 심사위원들이 심사하기 힘들 것 같았다.

경연을 다 마치려면 아직 한참이 남았는데 문제가 생겼다. 오후 3시쯤 군무 몇 개 진행했나 싶을 때 정전이 됐던 것이다. 갑자기 공연장이 캄캄해지고, 아이들은 절망에 빠졌다. 2시간 넘게 전기가 들어오지 않는데도 단 한 명의 아이도 자리를 뜨지 않았다. 드디어 5시가 넘어 전기가 들어왔다. 아이들이 일제히 환호성을 터트렸다. 공연장이 다시 음악과 춤에 흔들거리기 시작했다. 늦은 밤이 돼서야 경연이 끝났다.

본선 대회는 11월 첫째 주 토요일 생산드에서 열릴 예정인데, 세브지드의 아들인 수하바트르가 아버지의 고향인 더르너고비에서 본선을 해야 한다고 주장해 성사됐다고 한다. 고비가 삭막한 사막이지만 몽골인들에게는 예술의 고향인 셈이다.

이런 곳에서 잠시나마 살게 돼 영광이었다. 그리고 이런 좋은 선물을 가져다준 세브지드에게 감사한 마음이 들었다.

절절한 어머니 사랑
_ 미니 에즈 테메친

몽골의 여자 가수들 노래는 고음으로 감성을 자극하는 곡조가 많다. 특히 어머니를 주제로 하는 노래는 더 그렇다. 하지만 남자 가수들의 노래는 장쾌하다. 마치 초원에서 말을 타고 달리듯 경쾌하고 신나게 노래한다.

몽골인들은 활달한 노래를 즐겨 부르지만, 어머니를 주제로 한 애절한 노래도 좋아한다. 특히 〈미니 에즈 세한 에즈(나의 어머니 좋은 어머니)〉는 국민가요 식으로 애창되고 있다. 이는 몽골인들이 어머니를 생각하는 마음이 절절하다는 것을 말해준다.

초원에서 여자의 역할은 중요하다. 짐승을 제압하고 다루는 데는 남자의 힘이 있어야 하지만, 사는 데 필요한 양식을 간수하고 공급하는 일은 여자가 한다. 가축들의 젖을 짜고, 남자들이 잡은 가축 고기를 관리하는 것도 여자가 한다. 그리고 가장 중요한 것은, 물론 이것은 전 세계 인류가 마찬가지긴 하지만, 여자는 생명을 낳고 기르는 어머니라는 것이다. 초원에서 어머니는 절대적인 위치를 차지한다. 몽골인들은 초원의 황량한 환경에서 자신을 낳아주고 길러준 어머니에 대한 고마움을 무엇보다 가장 중요시 여기며 산다.

고비의 상징인 낙타를 몽골어로 '테메'라 한다. 그리고 어떤 것을 잘하는 사람을 말할 때 그 명칭 뒤에 '친'을 붙인다. 노래 잘하는 가수는 '도친', 무용수는 '부지크친'이라 한다. 고비사막 사람들이 즐겨 듣는 어머니 노래는 〈미니 에즈 테메친〉이다. 그러니까 '미니 에즈 테메친'은 나의 어머니는 낙타를 잘 다루고, 낙타 젖도 잘 짜는 사막의 여인이라는 말이다. 그리고 이 노래에는 가축에게 먹일 풀을 찾아 계절마다 유목지를 찾아 이동하는 유목민의 애환이 그려져 있다.

사막에서 계절마다 게르를 이동하는 유목민의 팍팍한 삶과, 늙은 어머니를 생각하는 몽골인들의 마음이 잘 그려져 있는 〈미니 에즈 테메친〉의 가사를 여기에 옮겨 본다.

우리 엄마 테메친
끝없는 고비의 아름다움
따뜻한 작은 자그모드 숲
따스한 고비의 봄 방목지에

노래하는 우리 엄마 살고 있네
달이 올라야 하루 일을 쉬는데
달 밝은 고비의 차이담 분지여-
고비의 차이담 분지 여름 쉼터에
순박한 우리 엄마 살고 있네
세상에서 가장 자비로운 마음을 품은
은혜로운 우리 엄마 테메친
우리 엄마 테메친
우리 엄마 테메친
형형색색 신기루가 서서히 나타나고
물안개 피는 드넓은 우리 들녘아-
물안개 드리워지는 가을 방목지에
마음 부드러운 우리 엄마 살고 있네
멀리멀리 보이는 푸르름
내가 가 보지 못한 장엄한 홀로산
홀로산 아래 겨울 거처에

(후렴)
부지런한 우리 엄마 살고 있네
부드러운 노래 들려주는
노래하는 우리 엄마 테메친
우리 엄마 테메친

우리 엄마 테메친

우리 엄마 테메친

셰익스피어를 만나다
_ 리어왕

기관에서 문화예술을 담당하는 후드레가 오랜만에 티켓 한 장을 내밀었다. 왕관을 쓰고 있는 남자가 그려진 티켓이었다. 가격은 1만 투그릭이었고, 셰익스피어 연극 〈리어왕〉이었다.

처음 보는 몽골 연극이라 기대를 하고 테아트르에 갔다. 300석의 객석을 모두 채우고 통로와 앞줄에 의자를 더 놓을 정도로 관객이 몰렸다. 입구 회랑에 걸린 배우들의 사진을 보니 출연자 모두 더르너고비 사람들이었다.

이 극장에 소속된 연극배우가 35명이고, 1년에 3회 정기 공연을 한다. 보통 1월, 5월, 10월에 연극이 있다. 2만 명도 안 되는 도시치고는 문화적인 수준이 상당하다고 할 수 있다.

연극 무대는 화려하지 않았다. 간단하게 유럽풍의 대리석 기둥을 무대 양편에 장식해서 영국 분위기를 냈다. 그리고 무대 후면에 있는 멀티큐브로 배경 그림을 내보내 장면마다 효과를 줬다. 배우들의 의상과 간소한 무대 장식만으로 셰익스피어 연극을 무대에 올렸다. 돈을 적게 들이고도 대작을 공연하는 지혜를 발휘한 것이다.

몽골어는 파열음이 많아 배우들의 대사가 강렬하게 전달됐다. 극적인 장면에서 배우들의 연기도 돋보였다. 〈리어왕〉과 같은 극적 전환이 많은 비극을 몽골어로 연기하니 색다른 맛이 있었다. 그런데 관객들의 반응은 연극 내용이 생소한지 영 썰렁했다.

이 극장의 악단이 배경음악을 연주하고, 무용수들이 출연해 리어왕이 폭풍우 속에서 황야로 뛰쳐나가는 장면을 연출했다. 몽골 무용은 발동작이 경쾌해서 무용수들의 춤이 연극에 활력을 불어넣었다. 그런데 프랑스군과 영국군의 전투 장면은 멀티큐브 화면으로 간단하게 처리했다. 차라리 이 장면에서 무용수들의 군무가 나왔으면 더 좋지 않았을까 하는 아쉬움이 들었다.

국수주의에 빠진 셰익스피어가 프랑스군이 패배하고, 영국군이 승리하는 것으로 결말을 짓는 바람에 왕과 대부분의 주연들이 죽었다. 피날레에 리어왕의 죽음 이후 왕국에 평안이 온다는 상징으로 십자가를 등장시키며 막이 내렸다. 기독교를 믿지 않는 몽골인들은 이 장면에서 어떤 생각을 했을지 궁금했다.

〈리어왕〉은 중학교 시절에 한 번 읽어 본 기억이 있었다. 하지만 세월이 흐른 만큼 그 내용이 잘 기억나지 않아 대본과 줄거리를 인터넷에서 찾아 급히 예습하고 관람했다. 몽골어가 짧아 배우들의 대사를 거의 알아듣지는 못했다. 그래도 극의 내용을 어느 정도 이해하고 있는 상태라 배우들의 화려한 연기에 빠져 시간 가는 줄 모르고 연극을 봤다.

사막에서 셰익스피어를 만나다니, 행운이라면 행운일 수 있었다. 어쨌든 몽골의 셰익스피어는 새로운 경험이었다.

마실 것의 최상은 술이다
_ 초원의 비가

귀찮은 일이 생겼다. 코이카 몽골 사무소가 현지어 수준이 낮다는 판정을 받았다. 그래서 파견자들에게 현지어 강습비 400달러씩을 지원한다고 했다. 물론 희망자에 한해서였다. '이 나이에 무슨 어학 공부를 해?' 생각하면서도 안 받으면 손해일 것 같았다.

내가 읽고 싶은 글을 가지고 가면, 그걸 몽골어와 영어로 설명해주는 개인 과외를 받기로 했다. 급료는 1회에 10달러씩, 40회에 400달러로 약정했다.

나는 시를 외우고 다니는 편은 아니다. 또 잘 외우지도 못한다. 하지만 마음을 움직일 만한 시를 만나면 좋아한다. 한 구절이라도 외우려고 노력도 한다. 시는 한 사람의 영혼의 울림과도 같다는 생각을 하며, 시인의 마음이 돼 감상에 젖기도 한다.

개인 과외를 받으면서 몽골의 척박한 환경에서 젊은 시절 온갖 고난 속을 걸어온 사람의 글을 만났다. 몽골인들이 사랑하는 이 시인은 어렸을 때 병약해서 초등학교밖에 다니지 못했고, 가난해서 온갖 풍상을 다 겪으며 비참하게 살았다. 그는 혼자서 몽골어, 러시아어, 카자흐어를 배웠고 수많은 작품을 읽었다. 그림과 음악에도 능했다. 그야말로 다방면에 걸쳐 재능이 뛰어난 사람이었다.

그의 이름은 초이놈이다. 초이놈의 시를 몽골의 가수 소소르바람이 노래로 부른 것이 〈슬픔의 노래〉다. 변변찮은 몽골어 실력으로 직접 번역한 그 노래의 가사를 여기에 옮겨 본다. 시의 제목은 '슬픈 마음의 노래' 또는 '마실 것의 최상은 술이다'로 알려져 있다.

최상의 음료는 술이야
왜 마시느냐 묻는다면
이유는 미래가 없다는 거야
사람이 결혼하는 이유는 무엇인가
눈물로 호수를 만들지 못하는데
어이 눈물을 흘리느냐
너의 등을 감싸 안아도
꼭 닫은 너의 마음 알 수가 없구나

너른 초원의 푸른 산이여

바람이라는 너의 이름 어찌 지어졌느냐

사랑에 도달하지 못하는 나의 마음

이별을 뭐라고 할까

여름에 비만 주룩주룩 내린다

겨울에는 비를 바라지 마라

어렵사리 사랑을 알았는데 다 떠나갔구나

다른 사람을 괴롭히지 마라

상자 안에 든 술을 다 마시지는 못한다

술맛을 보는 이유는 무엇이냐

행복한 삶을 찾기 위해서다

너를 만난 이유가 무엇이냐

새와 같이 날개가 없으니

날 수가 없구나

아이 같은 나의 연인아

이제 다시는 울지 말아라

초원의 저항 시인
_ 초이놈의 시

　동서양을 막론하고 예전엔 대부분의 나라가 계급 사회였다. 중앙아시아 초원의 강력한 군사 국가 몽골도 마찬가지로 계급 사회였다. 계급 구조의 맨 위에 왕족인 '하아드 노여드'가 있고, 차례로 귀족인 '얌바탄', 평민인 '하르치 아르드', 가장 하층에 노예인 '보올'이 있다.

　몽골 친구에게 "이제는 다 없어졌지?" 했더니, "아냐, 그대로 있어. 지금 그놈들이 다 해 처먹고 있잖아!" 했다.

　근대화된 몽골에서 '얌바탄'이 부와 권력을 독점한 채 온갖 비리를 저질렀다. 이에 그들의 횡포에 대항해 싸운 지식인들이 있었고, 그중의 한 사람이 시인 초이놈이었다.

　초이놈은 아르항가이 출신으로, 서자였다. 그는 몸이 약해 학교를 다니지 못하고, 독학으로 공부했다. 23세에 얌바탄과 싸우기 위해 집을 나와 도시(울란바토르)로 왔다. 그는 노동으로 생계를 유지하며, 집 앞에 있는 셀비강가에 나와 시를 썼다. 셀비강은 작은 개천으로, 몽골국립교육대학교 앞에 있다. 서울의 청계천 정도로 생각하면 될 것 같다. 그는 모진 탄압 속에서도 시를 썼다. 그의 친구 회고에 의하면, "초이놈은 칼끝에 선 심정으로 시를 썼다"고 한다. 이렇듯 그는 생전에 모진 고초를 받고 분노를 토하며 시를 썼다.

초이놈의 고난이 상당했던 모양이다. 하지만 지금은 몽골인들이 가장 사랑하는 시인이다. 그의 시집《숨태 보달린 촐로(사원의 그림이 있는 바위)》는 거의 모든 집에 한 권씩 있을 정도다.

몽골에서 인민을 '아르딘'이라 한다. 그래서 국가 최고 예술가에게 '아르딘'이라는 수식어를 붙여 준다. 당연히 초이놈 앞에 이 '아르딘'이 붙어 있다.

초이놈의 시 〈유언〉을 읽어 보니, 그의 인생과 고난이 보이는 것 같았다. 몽골인들은 시 낭송을 좋아해서 유튜브에 시 낭송 동영상이 많이 있다. 몽골어를 이해하지 못해도 진한 감동을 느낄 수 있다. 가수 소소르바람이 낭송한 초이놈의 시 〈유언〉의 일부를 소개한다.

사실이다, 놀라지 마라
사신이 온다, 어느 날

문을 두드린다. 나는 그 순간에
남은 사람들에게 이렇게 유언한다

하늘에 가는 순서니까
나의 뒤에서 울지 마라
내 몸을 관에 맞추지 말고
내 몸에 관을 맞춰라

앉아서 죽으면 앉아 있는 대로
손 쭉 펴고 죽으면 기지개 켠 대로
나는 영원히 살기를 원한다
내가 원한 대로 관이 주문돼야 한다

장송곡은 필요 없다
조문객도 필요 없다
나는 시골 사람이다
시골 사람답게 해달라

초상집에 술은 없다
비어 있는 슬픔에 무엇이 오겠는가
서로 취해서 싸우면, 뼈를 빼앗으려는
울타리를 지키는 개와 같아진다

시골의 내 무덤은
남들이 보기에 작게 하라
다듬지 않은 돌 하나만 세워라
돌 앞에는 이렇게 써라

'실컷 살지 못했다
노래하는 초이놈이 여기에 잠들고 있다
몇 년부터 몇 년까지'
겸손하고, 간단하게 하라

놀이는 무엇보다
재미가 있어야지
_ 샤가이 놀이

기관 사무실 동료들이 내 숙소에 놀러와서 몽골의 놀이인 '샤가이'를 하자고 했다. 놀이하는 방법을 나름대로 자세히 설명해 줬지만, 선뜻 이해하기가 쉽지 않았다. 놀이를 하면서 배우기로 하고 놀이에 참석했다.

직원들이 가져온 샤가이 한 꾸러미는 말끔하지 않고 기름과 피가 묻어 있었다. 가게에서 구입한 것이 아니라, 아마 누군가의 시골집에서 직접 만든 것을 가져온 것 같았다.

샤가이의 첫 번째 놀이는 '샤가이 따먹기'다. 놀이 참가자가 샤가이를 한 움큼씩 나누어 가진다. 한 사람이 숫자를 말한다. 그러면 그 수만큼 샤가이를 낸다. "호여르" 하면 2개, "고롭" 하면

3개를 낸다. 서너 명이 내면 한 움큼이 나온다. 그걸 두 손으로 감싸 들어 올린 다음, 바닥에 내려뜨려 흩어 놓는다. 흩어진 샤가이의 놓인 모양이 '모루(말)'면 집어서 가져간다. 그리고 같은 모양끼리 바둑의 알까기처럼 손가락으로 튕겨 맞춘다. 맞추면 둘 중 하나를 집어 간다. 실패하면 다음 사람으로 넘어간다.

두 번째 놀이는 우리의 공기놀이와 비슷하다. 샤가이를 가운데에 모두 놓는다. 그리고 목걸이 같은 쇠붙이 장신구를 한 손으로 던져 올린다. 장신구가 바닥에 떨어지기 전에 그 손으로 샤가이 더미를 흩트린 다음, 내려오는 장신구를 손으로 받는다. 그리고 다시 한번 장신구를 던져 올리고, 공기놀이처럼 샤가이를 손으로 집은 다음 떨어지는 장신구를 잡는다. 성공하면 집은 샤가이를 가져가고 다음 사람으로 넘어간다.

마지막으로, 샤가이를 모루 모양으로 열을 지어 세운다. 그리고 맨 끝에 각자 패를 놓은 다음, 샤가이 4개를 윷처럼 바닥에 던진다. 떨어진 샤가이 모양에 모루가 나오면, 그 수만큼 자기 패를 전진시킨다. 이렇게 결승점까지 가면 이긴다. 모루가 많이 나오면 환호성을 지르며 "추! 추!" 한다. 마치 말을 타는 것처럼 신나게 호들갑을 떤다. 윷놀이처럼 상대방 패를 잡지는 않는다.

시간 가는 줄 모르고 할 정도로 제법 승부욕이 발동하는 재미있는 놀이였다. 몽골인들은 춥고 긴 겨울밤 게르 안에서 이런 놀이를 하며 고난을 견뎌 냈던 것이다.

이보다 더
즐거울 수 있을까
_ 차강사르 파티

차강사르 연휴 동안 거리의 가게는 모두 문을 닫는다. 식료품
은 물론이고 하다못해 물 한 병도 살 수가 없다.

연휴 3일째가 되던 날, 바람이나 쐬려고 막 나가려는데 문 두
드리는 소리가 요란했다. 기관 사무실 동료 바레였다. 벌써 한잔
했는지 벌건 얼굴로 서 있었다. 손짓으로 빨리 나오라고 했다. 어
디 가는 거냐고 물으니, 무슨 말을 하는데 알아들을 수가 없었다.
그중 '따라그'라는 말이 귀에 들어왔다. '따라그'는 두목이라는
말이다. 회사 대표를 '따라그'라 한다. 국장이 초대했구나, 짐작
하며 따라갔다. 내 짐작이 정확했다. 국장 집에 들어가 보니 이미
전 직원이 모여 파티가 진행 중이었다. 이날 국장 집을 시작으로

236

몇 집을 돌아다니며 차강사르 파티를 즐겼다.

몽골인들은 차강사르 날에 가족 행사를 하고, 가까운 친척을 초대해 파티를 한다. 다음 날에는 친구나 가까이 지내는 사람들과 파티를 하고, 3일째는 직장 동료들과 모여 축하 파티를 한다. 이들은 양력설인 새해에도 신질 파티라고 해서 성대하게 파티를 한다.

차강사르 상차림은 거창하다. 우리의 떡에 해당하는 히빙바우(딱딱한 빵)를 쌓아 시루 모양을 만들고, 그 안에 아롤(우유 말린 과자)과 사탕 등을 넣어 탑을 쌓는다. 그리고 그 주변에 고기 접시를 놓아 상을 화려하게 장식한다.

그런데 우리처럼 여러 종류의 음식을 만들지는 않는다. 넉넉한 집안에서는 오축 고기 요리를 모두 준비하지만, 보통은 소고기와 양고기 위주로 상차림을 한다. 요리 방식은 물에 삶아 익힌 후 식혀서 얇게 썬다. 우리의 편육과 비슷하다. 그리고 보쯔를 만든다. 차강사르에 한 집에서 보쯔를 천 개 이상 만들기도 한다. 몽골에서는 보쯔를 빚어 보관하기가 아주 쉽다. 집 안은 지역난방 '파르'가 있어서 아주 따뜻하다. 따뜻한 방 안에서 여자들이 보쯔를 빚어 쟁반에 담아 놓으면, 남자들이 밖으로 내간다. 밖에 나간 보쯔는 몇 분 후면 영하 30도 강추위에 땡땡 얼어버린다. 그러면 바로 통에 쓸어 담아서 보관한다. 그런데 요즘의 도시 생활자들은 공장에서 생산된 보쯔를 사다 먹는다고 한다.

손님에게 맨 처음 대접하는 것은 수태채다. 손님들이 자리에 앉으면 가장 나이가 많은 사람부터 수태채를 돌린다. 수태채는 식사가 끝날 때까지 계속 부어 준다. 그리고 고기 수육을 접시에 담아 돌린다. 접시가 오면 손으로 집어 먹거나 자기 접시에 놓는다. 이들은 좁은 집에서 많은 사람이 식사할 때 포크나 수저를 사용하지 않고, 간편하게 손으로 음식을 먹는다. 부잣집에서는 양 한 마리를 통째로 상에 올리기도 한다. 고기 접시가 몇 번 돌고 나면 뜨겁게 찐 보쯔가 나온다.

식사가 어느 정도 되면 안주인까지 참석해서 본격적인 주연이 벌어진다. 파티에서 술은 기본이다. 몽골인들의 음주 문화는 완벽한 남녀평등이다. 유목 생활에서 생겨난 것인지 사회주의 평등 문화 탓인지 모르겠지만, 파티 참석자가 미성년자 아니면 모두 같은 수준으로 술을 마신다. 수태채를 마시고 나면 말의 젖을 발효한 에릭(마유주)을 큰 대접에 담아 돌린다. 에릭은 우리의 막걸리와 비슷한데, 알코올 도수는 막걸리보다 좀 덜하다.

몽골인들의 본격적인 술은 보드카다. 러시아에서 들어온 보드카는 이제 몽골의 국민주가 됐다. 주인은 보드카를 인원수대로 잔에 따라서 돌린다. 그리고 어느 정도 있다가 잔을 걷어 들인다. 이렇게 몇 순배 돌면 모두가 거나해진다. 술 약한 여성들이 잔에 술을 남겨도 주인은 뭐라 하지 않는다.

어느 정도 분위기가 무르익으면 주인은 몽골 고유의 증류주인 내르물을 내놓는다. 우유를 발효해서 증류한 건데, 기름이 많아서 뜨겁게 데워서 먹는다. 우리의 소주처럼 맑은 술인데 우유를 발효해서 증류한 것인 만큼 기름이 둥둥 떠 있다. 발효한 우유의 퀴퀴한 냄새가 나는 드라이한 술이다. 알코올 도수는 소주보다 좀 세고 보드카보다는 약하다.

따끈하게 데워진 내르물을 큰 대접에 담아 한 사람씩 돌린다. 잔을 받은 사람은 바로 술을 마시지 않고 덕담을 한다. 술잔을 든 사람의 말이 끝나면, 좌중은 두 손을 앞으로 들고 돌리면서 "호레 호레" 한다. 마치 우리가 "고수레" 하는 것과 비슷하다.

파티의 피날레는 가무다. 한차례 덕담이 돌고 나면 잔을 받은 사람이 노래를 한다. 그러면 모두 따라서 같이 부른다. 이제는 노래방에 가야만 노래를 하는 우리의 예전 모습이라고 해도 될 것 같다. 몽골 노래는 구성이 단순하다. 네 박자나 한 소절마다 숨 고르는 가락이 나온다. 처음 듣는 나도 따라 할 만했다. 좀 더 세월이 흐르면 여기 노래 하나쯤은 부를 수 있겠구나 싶었다.

내 차례가 왔다. 우리 노래를 하겠다고 했더니 다들 좋아했다. 여기에서 한류는 동경의 대상이다. 그런데 요즘 유행하는 한류의 빠른 노래를 부를 수는 없고 무엇을 부르나 고민하고 있는데, 한국말을 조금 할 줄 아는 동료가 "아리랑" 했다. 나는 손사래를 치고 애창곡 〈짝사랑〉을 불렀다. 술자리에서 〈아리랑〉 같은 노래를 하다가 잘못하면 신명을 잃을 수 있어서였다. 다들 좋아하며 장단을 맞췄다. 내년 차강사르에는 몽골 노래 한 곡쯤은 할 수 있을 것 같았다.

주연이 끝나면 주인이 작은 향수병을 꺼낸다. 그러면 참석한 남자들이 모두 품에서 비단 주머니에 싼 향수병을 꺼낸다. 향수병을 오른손에 쥐고 악수하는 것처럼 상대편 남자에게 인사한다. 그러면 서로 향수병을 교환하고, 냄새를 맡고 나서 병을 돌려주며 인사한다. 남자들의 인사가 끝나면 여자들에게도 향수를 권한다. 여자들은 향수병을 가지고 다니지 않고, 주인이 권하는 향수병을 받아 냄새를 맡은 다음 돌려준다. 이러면 주연이 마무리된다.

주연이 마무리되면 좌중에서 가장 연장자를 의자에 앉게 한다. 그리고 모두 '하닥'을 꺼낸다. 하닥은 머플러 같은 비단 천인데, 이를 가방에 넣어 다니기도 하고 허리띠에 잘 접어 걸치고 다니기도 한다. 인사하는 사람은 하닥을 두 팔에 받치고 연장자에게 다가가 서로 팔을 감싸고 새해 인사를 한다. 인사한 다음 양 볼을 서로 비비고, 연하자는 연장자에게 돈을 건넨다. 보통 1,000투그릭이나 5,000투그릭짜리 새 돈을 사용한다. 연장자에게서 세뱃돈을 받는 우리와는 다른 모습이다.

항상 붙어사는 우리는 멀찌감치 떨어져서 근엄하게 절하지만, 멀리 떨어져 사는 이들은 어쩌다 만나 반가워서 그러는지 얼싸안는다. 생활 습관만큼이나 다른 우리와 이들의 세배 모습이다.

전통을 만나다
_ 샤가이 하르와

몽골은 주 5일제를 지키는 편이다. 생샨드에 체육관이 하나 있는데, 휴일에는 이 체육관에서 각종 경기가 벌어진다. 주로 농구와 배구 경기가 열리지만, 어쩌다 핸드볼 경기가 열릴 때도 있다.

토요일 아침부터 체육관 앞이 소란스러웠다. 체육관 안으로 들어가 보니 사람들이 체육관에 가득 차 있었다. 10여 명씩 모여 어떤 시합을 하고 있었다. 상에 샤가이를 올려놓고 맞추는 시합이었는데, 몽골에서 처음 보는 것이었다.

몽골 전통 운동 경기로, 이름이 '샤가이 하르와'였다. 활을 몽골어로 '하르와'라고 하는데, 샤가이 하르와 경기에서의 하르와는 석궁처럼 개량한 막자 날리는 활이다.

경기 주관자가 표적을 설치하면, 관중들은 작은 의자를 가지고 와서 사대 양편에 V자로 열을 지어 앉는다. 경기 참가 사수는 표적에서 5미터 정도 떨어진 사대에 4명 정도 자기 의자를 가지고 와서 앉는다. 사수는 '하르와' 또는 '냐슬라크'를 가지고 막자를 날려 샤가이를 맞춘다. 냐슬라크는 길이 30센티미터 정도 되는 밀대인데, 밀대 위에 막자를 올려놓고 손가락으로 튕겨 막자를 날린다. 막자는 짐승 뼈를 깎아 만든 작은 직육면체 도막을 말한다.

보통 나이 든 사람은 하르와를 쏘고, 냐슬라크는 젊은 사람들이 사용한다. 경기 방식은 처음에 10개 정도의 샤가이를 표적에 올려놓으면, 오른쪽 사수부터 사격한다. 사수가 쏜 막자가 표적에 떨어지면, 맨 앞에 있는 경기 주관자가 집어 다음 사람에게 던져 준다. 이런 식으로 한 사람씩 손으로 던져 받으며 전달해서 마지막에 사수에게 던져 준다. 가장 마지막 샤가이를 맞춰 떨어뜨린 사수가 승리자가 된다. 몽골 전체 챔피언을 뽑는 대회까지 있고, 명성 있는 사수가 참가한 경기는 관중들이 많이 몰린다고 한다.

사수들이 한 발 한 발 날릴 때마다 환호와 탄성이 오갔다. 사수들의 솜씨가 대단해서 길이 1센티미터도 안 되는 샤가이를 정확하게 쏴 맞췄다. 냐슬라크로 마지막 남은 샤가이를 떨어뜨렸을 때 관중들의 환호성은 대단했다.

멋지게 차려입고 하르와를 든 우아한 노신사의 모습도, 냐슬라크를 들고 사대를 응시하는 청년도, 다들 참 멋져 보였다. 전통을 사랑하는 사람들이 좋아 보였고, 오랜만에 재미있는 구경을 해서 기분도 너무 좋았다. 말이 좀 통하면 나도 함께할 수 있을 것 같았다. 이들과 어울릴 수 있는 날이 빨리 오기를 바랐다.

승부가 날 때까지
_ 몽골 씨름 부크

주로 농구와 배구 경기가 열리는 생산드의 체육관 앞에 어느 날 그렇게 보고 싶었던 몽골 씨름 '부크' 현수막이 붙어 있었다. 7월에 열리는 나담 축제 예선 시합이었다.

부크 선수는 윗옷과 삼각팬티를 입는다. 그리고 가죽 장화에 몽골 전통 모자를 쓰는데, 모자는 성인이 되면 댕기를 드리운다. 댕기에 은박 문양을 붙인 사람은 상당한 고수다. 몽골 전통 경기에서 수상하면 댕기에 은박 상패를 붙여 주기 때문이다. 양팔에 껴입는 짧은 상의는 시합 중에 잡을 수 있는 부분이다. 팬티도 시합 중에 서로 잡을 수 있는데, 허리 쪽은 물론 팬티의 다리 쪽도 잡아당길 수 있다. 이 때문에 허리 쪽이나 다리 쪽 모두 끈으로 단단히 조여야 한다.

출전 선수는 고등학생 정도의 왜소한 선수부터 덩치 큰 성인까지 다양했다. 본부석에서 선수들을 호명하자 선수들은 청코너와 홍코너로 갔다. 경기장에 청색 옷을 입은 심판과 홍색 옷을 입은 심판이 따로 있었다. 양 코너에 대결할 선수 둘이 동시에 입장해 세리머니를 했다. 둘이 각자 기마 자세로 앉아 허벅지 안쪽과 바깥쪽을 치며 기합을 넣었다. 그런 다음 경기장에 뛰어 들어가 자기 코너 심판에게 달려갔다. 선수는 한 손을 심판 어깨에 올리고, 다른 한 손은 새의 날개처럼 펴고 춤을 췄다. 오른쪽으로 한 바퀴, 왼쪽으로 한 바퀴 돌면 심판은 선수의 모자를 벗겨 손에 들었다.

선수의 모자가 벗겨져야 시합을 할 수 있는 상태가 되는지, 심판이 모자를 벗겨 가자 선수들이 국기 봉 앞으로 갔다. 그런 다음 양손을 날개처럼 펼치고 독수리처럼 춤을 추며 국기 봉을 한 바퀴 돌았다. 마지막으로 입장할 때처럼 기마 자세로 허벅지 안과 밖을 치고 기합을 넣은 후, 둘이 붙어 시합에 들어갔다.

우리의 씨름은 샅바를 잡고 시작하지만, 부크는 서로 떨어져서 자유로운 상태에서 허리를 약간 숙이고 시합에 들어간다. 상대의 상의와 팬티, 몸을 손으로 잡아당겨 기술을 걸 수 있다. 한 경기의 제한 시간은 없다. 경기 시간이 지체돼도 본부석에서 별다른 경고를 하지 않는다. 하지만 시합이 너무 느슨해지면 심판이 서로 상대의 상의를 잡게 한 후 경기를 다시 시킨다. 시합의 승패는 상대가 넘어지면 결정된다. 무릎 위의 몸이 땅에 닿으면 넘어진 것이 된다. 그러나 손은 땅을 짚어도 된다. 체격이 작은 선수가 손을 짚으며 몸을 회전시켜 상대의 공격을 피해 나가는 묘기가 나오기도 한다.

그런데 심판이 경기를 주관만 하지 승패를 판정하지는 않았다. 붙은 선수끼리 알아서 승패를 가렸다. 둘이 동시에 넘어져 승패를 판단하기 어려우면 다시 하기도 했다. 승부가 나면 이긴 선수가 진 선수에게 승패를 확인했다. 그러니까 "내가 졌어!" 할 때까지 시합을 하는 것이다. 진 선수가 승복하면, 이긴 선수는 진 선수의 엉덩이를 한 대 쳤다. 이것으로 경기가 끝났다. 경기가 끝나자 심판이 선수들에게 모자를 씌워 줬다. 이긴 선수는 국기 봉으로 달려가 입장할 때처럼 승리 세리모니를 했다.

부크는 몽골에서 사랑받는 국민 스포츠다. 울란바토르에서 현지 적응 교육을 받을 때 코이카 사무소 몽골 직원에게 부크 경기장 입장권을 부탁한 적이 있었다. 경기는 주로 주말에 열리는데, 입장권 구하기가 굉장히 어렵다고 했다. 지금 우리나라 씨름은 자본시장에서 사장돼 가고 있다. 스포츠가 자본화되지 않은 몽골의 부크는 아직까진 국민 스포츠로 괜찮아 보였다.

최고 축제에 가다
_ 몽골 국가 나담

몽골의 7월은 나담 축제의 계절이다. 몽골 국가 나담이 먼저 열리고 이후에 우리의 도에 해당하는 아이막 나담과 군에 해당하는 솜 나담이 이어서 열린다. 더르너고비 아이막 나담은 7월 27일부터 29일까지 생샨드에서 열리기로 예정돼 있었다.

몽골 국가 나담을 보기 위해 울란바토르에 갔다. 나담의 주요 행사는 칭기즈칸 광장 아래쪽에 있는 나담 센터 경기장에서 열렸다. 몽골의 최고 축제인 만큼 구경하는 사람들로 인산인해를 이루고 있었다. 축제장 주변의 모습은 우리의 축제와 별반 다를 게 없었다. 음식을 파는 간이식당들과 온갖 잡화 등을 파는 가게들이 길을 다 차지하고 있었다.

나담의 주요 경기는 말 경주와 활쏘기, 씨름이다. 활쏘기 경기장에 갔더니 이미 경기가 끝나고, 참가자들이 기념 촬영하기에 바빴다. 씨름은 경기장 안에서 진행 중이었다. 경기장은 표가 있어야 들어갈 수 있는데, 표 파는 곳이 보이지 않았다. 안내 봉사를 하는 학생에게 물어보니 표는 이미 매진돼 암표밖에 없다고 했다. 8만 투그릭 정도 할 거라며 주변에 암표 파는 사람이 있으면 사라고 했다.

다음 날 울란바토르 외곽에 있는 나담 축제장에 갔다. 울란바토르에서 45킬로미터 정도 떨어져 있는, 예전에 꽤 큰 마을이 있었다는 평원이었다.

나담을 소개하는 화면에 나오는, 아이들이 안장도 걸치지 않은 채 말을 타고 경주하는 곳이 여기였다. 이 경주를 '투루 마그네'라 하는데, 말 오래달리기 시합이다. 결승점에서 참가자들을 모아 20킬로미터 정도 떨어진 출발점으로 이동한 다음, 다시 결승점까지 달려오는 시합이다. 그러니까 참가한 말들은 초원에서 왕복 40여 킬로미터를 달리는 시합을 하는 것이다. 몽골에서 수말 중에서 탈 수 있는 말을 '모루'라 한다. 두 살배기 모루에서부터 어른 모루까지 연령별로 경주를 해서 챔피언을 뽑는 경기가 바로 투루 마그네다.

말이 40여 킬로미터를 달리는 경주인 만큼 체중이 작은 어린아이들이 기수를 하고 있었다. 대부분이 10세도 안 돼 보였다. 이 어린아이들이 말에 안장도 걸치지 않고, 말을 타고 초원을 달리는 것이다. 안장을 한 말도 보였지만, 보통은 무게를 줄이기 위해 안장을 하지 않고 경주를 하는 것 같았다.

결승점 관객석에서 멀리 산 너머로 경주마들이 일으키는 먼지가 보였다. 보통 경주마들이 산마루에 나타나고 나서 30분 정도 지나면 결승점에 들어온다. 중간에 기수가 낙마하면 말은 혼자서 결승점까지 달려오고, 낙마한 기수는 구급차가 바로 구조해서 데려온다. 그런데 이 경주에서 부상자가 나왔다거나 무슨 불상사가 생겼다는 뉴스나 기사는 아직 본 적이 없다. 황량한 환경에 적응해서 사는 사람들이라 위기 대응 능력이 좋아서 그런 것 같다.

인근에 빨리 걷기 말 경주가 열리고 있다고 해서 가 봤다. 경주이름이 '조로모루'였다. 말이 달릴 때는 앞 두 발이나 뒤 두 발이 동시에 떨어진다. 그런데 조로모루는 두 발이 동시에 떨어지면 안 된다. 한 발씩 떼서 걷는 것이라 오른쪽 두 발이 떨어져 딛고, 다음에 왼쪽 두 발이 딛는 식으로 걸어야 한다. 인간의 경보에 해당했다. 이 경주도 인기가 있어서 관람자가 많았다.

축제장 주변의 간이식당들 음식 중 가장 인기 있는 것은 역시 호쇼르였다. 몽골인들이 점심이나 간식으로 가장 애용하는 음식이다. 보통은 호쇼르가 시내에서 800투그릭 하는데, 여기에서는 1,000투그릭이었다. 축제 프리미엄이 붙은 것 같았다. 여기에서 먹는 호쇼르를 특별히 '나담 호쇼르'라 부른다. 1년에 한 번 나담 호쇼르를 먹어보는 것이 몽골인들의 꿈이라 한다.

주차장은 꽤 넓었지만, 들어오는 차가 워낙 많아 포화 상태에 이르고 있었다. 교통 혼잡을 피해야겠다는 생각이 들어 서둘러 축제장을 빠져나왔다. 숙소에 와서 TV를 보니, 해가 저물고 나서 문화 공연이 한창이었다. 빨리 나온 것이 못내 아쉬웠다.

다음에는 준비를 단단히 해서 축제를 제대로 즐겨야겠다고 생각했다. 축제장 주변에 캠프들도 있어서, 다음 나담 땐 여기 와서 이삼일 정도 즐겨도 괜찮을 것 같았다.

그들만의 작은 축제
_ 더르너고비 나담

7월 11일에서 14일까지 열린 국가 나담이 끝나자, 각 아이막별로 날짜를 잡아 나담을 개최하기 시작했다. 더르너고비 아이막 나담은 7월 27일부터 29일까지 열렸다.

사막의 황량한 거리에 깃발이 나부꼈다. 마치 한국의 석가 탄신일을 맞는 거리의 모습과 흡사했다. 각 솜에서 나담을 준비하러 오는 차량들과 사람들로 인해 생샨드 거리는 점점 소란스러워졌다.

더르너고비 나담 탈배는 생샨드의 동쪽 외곽 자밍우드로 연결되는 도로 근처에 있었다. 몽골인들은 땅을 '탈배'라 한다. 그래서 광장을 탈배라 하고, 들판도 탈배라 한다. 풀이 자라는 들을 노고니 탈배라 하는데, 밭도 노고(풀과 채소 모두 노고라 한다)니 탈배가 된다. 썰렁하던 탈배에 활기가 넘쳤다. 경기장 바닥에 인조 잔디가 깔리고, 본부석에 차광막도 설치됐다. 경기장 주변에는 게르를 짓느라 바빴다.

오축 중에 나담에 초대되는 가축은 말과 낙타다. 유목민들은 화물차에 말과 낙타를 싣고 도시로 모여든다. 몽골인들의 삶의 동반자인 말과 사막의 상징인 낙타가 사막 축제의 주역인 셈이다.

여느 축제장 주변과 마찬가지로, 물풍선 터트리기와 야바위 등이 두 줄로 나란히 서 있었다. 야바위 종류도 다양했다. 야바위꾼마다 판 모양이 달랐다. 두 칸으로 나눈 통에 샤가이를 돌리다가 멈추면 샤가이가 들어 있는 칸을 맞추는 게임도 있고, 윷판같은 징검다리 판에서 말을 목적지까지 보내는 것도 있었다.

몽골 음식은 대부분 여러 사람이 나누어 먹기에 좋다. 그중 간편한 나눔 음식이 호쇼르다. 더르너고비 나담 탈배에도 호쇼르 단지가 있었다. 수십 개의 게르가 세워지고, 게르마다 호쇼르 가게 번호가 붙어 있었다. 게르 안에서 호쇼르를 만들고, 사람들은 차광막 아래 테이블에 둘러앉아 호쇼르를 먹었다.

나담 먹거리 장터에는 호쇼르 이외에 다양한 먹거리가 있었다. 양고기 바비큐, 철판구이, 샌드위치 등이 보였다. 몽골 전통 술인 에릭 가게 앞에 사람들이 많이 몰려 있었다.

몽골인들은 특별한 행사에 전통 옷인 '델'을 입고 나온다. 특히 노인들은 광장의 행사나 극장 공연도 델을 입고 간다. 나담 경기장은 델의 전시장 같았다.

모든 축제의 하이라이트는 개회식과 폐회식이다. 축제의 주요 내용이나 성과에 해당이 되지 않는데도 가능한 최고의 볼거리를 만들기 때문이다. 여기에 가장 만만한 것이 학생 동원이다. 생샨드의 소르고일에는 보통 두세 개씩 무용팀이 있다. 생샨드에 4개의 소르고일이 있으니 합하면 10여 개의 무용팀이 있는 것이다. 이 무용팀에 소속된 아이들이 모두 동원됐다. 7월 초부터 아이들을 소집해서 집중 훈련을 시켰는데, 개막식 전날에는 하루 종일 연습을 시켰다. 아직 전통 질서에 묶여 있고, 개인의 권리를 강하게 주장하지 않기 때문에 이런 행사가 가능하다는 생각이 들었다.

더르너고비는 단잔아라브자의 고장이다. 단잔아라브자는 고비뿐만 아니라 몽골 전체의 정신적 스승이다. 나담 개회 선언과 더불어 단잔아라브자 신도 국가 봉축 행사가 어린이궁전에서 열렸다.

나담 경기장의 공식적인 이름은 '즐거운 경기장'이었다. 개회식이 열리는 경기장 좌석은 입추의 여지가 없었다. 5단으로 된 관중석에는 2,000명 정도밖에 들어가지 못했다. 생샨드는 물론 각 솜에서까지 왔으니 경기장에 사람들이 넘쳐날 수밖에 없었다. 경찰들이 경기장 주변에서 경계 근무를 서고 있었는데 사람들이 경찰들의 지시에 제법 잘 따랐다. 나담 개회식이 관제 행사인데도 주민들의 관심은 뜨거웠다. 사막 사람들이 자신들의 축제 '나담'을 얼마나 사랑하고 있는지 알 것 같았다.

나담이 국가 행사인 만큼 행사 전면에 군인이 등장했다. 더르너고비는 몽골 군대의 주요 주둔지이기도 하다. 군과 경찰의 사열과 열병식으로 개회식이 시작됐다. 아이막 지사의 개회 선언이 있고 나서, 축하 공연이 벌어졌다. 여기의 주인공은 여름 내내 구슬땀을 흘린 소르고일 아이들이었다. 유목민의 생활을 집단 군무로 표현한 공연은 아름다웠다. 공연이 끝나자 낙타 대상을 따라 아이들이 합장을 한 채 퇴장했다. 여기 사람들이 부처의 가르침을 따르고 있다는 것을 보여 주는 대목이었다.

경기장에 사천왕 탈과 달마 탈이 등장했다. 건너편 무대에서는 〈울램진 차나르〉에 맞춰 아이들이 아크로바틱 공연을 했다. 이것들 모두 단잔아라브자의 유산이다. 탈춤 의상은 단잔아라브자의 유물에서 나왔고, 〈울램진 차나르〉는 단잔아라브자의 시를 노래한 것이다. 이어서 부처의 상과 함께 큰스님이 무개차에 실려 들어오자 관중들이 열광적인 환호를 보냈다. 몽골이 청나라 지배 아래 있을 때부터 불교가 몽골인들을 이끄는 구심점이었다. 몽골이 청나라로부터 독립할 때도 불교 승려가 독립운동의 중심에 있었다. 그래서 몽골인들은 불교의 가르침을 우선으로 따랐다.

경기장에 말이 쌍쌍이 돼 달렸다. 말 위에는 커플 델을 입은 부부가 타고 있었다. 말을 타고 달리며 자태를 뽐내자, 사람들이 굉장히 좋아했다. 유목민의 패션쇼였다. 자신들의 삶을 진솔하게 담은 표현이 아름다웠다.

말 경주가 벌어지는 경기장은 나담 탈배에서 동쪽으로 5킬로미터 정도 떨어진 풍력발전소 근처에 있었다. 경기장 주변에 각 솜 캠프가 차려져 있었다. 롭슨과 함께 델그르 솜 캠프가 있는 곳으로 갔다. 그들은 캠프에 말을 묶어 둘 마장과 기거할 게르를 설치했다. 솜의 유목민들은 자신의 게르와 경주에 참가할 말을 싣고 가족과 함께 경기장에 모였다. 이처럼 나담은 일터를 떠나 가족과 함께 즐기는 휴가가 되기도 했다.

나담은 또 멀리 사는 친구를 1년에 한 번이라도 만날 수 있는 만남의 장이기도 하다. 여기에서 친구들의 소식도 전하고, 선배들의 유목 지식도 배우며 교류한다. 과거 정복 시대 때 초원의 유목민들이 모여 대집단을 이뤘던 흔적이 남아 있는 것이다.

작은 여자아이가 말을 능숙하게 타고 지나갔다. 반면에 우리와 같이 온 생샌드의 아이들은 말에 익숙하지 못했다. 어른들의 도움으로 간신히 말에 올라 기념 촬영을 하는 정도였다. 몽골 아이들도 도시에 사는 아이들은 유목민의 모습이 보이지 않는다. 같은 곳에 살아도 생활 정도에 따라 습성이 달라지는 것이다.

델그르 솜에서 온 세 살배기 아이가 말을 타고 돌아다녔다. 아이는 자기보다 훨씬 나이가 많은 말을 능숙하게 몰았다. 아이가 말에서 내리지 않으려 해서 아이 엄마가 애를 먹고 있었다. 몽골 아이는 걸음마보다 말 타는 것을 먼저 배운다더니 사실이었다.

사람들이 말 경주에 참가할 준비를 했다. 델을 점잖게 차려입은 할아버지가 대장정에 나가는 어린 손자가 걱정되는지 말을 꼼꼼하게 살폈다. 말을 살펴본 다음에 손자의 등을 두드리며 격려했다.

경주에 나가는 말들이 모였다. 솜 깃발을 앞세우고, 아이들은 노래를 합창하며 경기장을 돌았다. 마치 전투에 나가는 전사들처럼 사기가 하늘을 찌를 듯했다.

경기장 결승점 앞에 경주마들이 입장했다. 검색대에서 말의 나이와 기수인 아이를 확인했다. 이들은 여기에서 출발점까지 말을 몰고 이동한다. 그리고 결승점인 여기를 향해 질주하게 된다. 나이가 적은 말은 12킬로미터, 나이가 많은 말은 20킬로미터를 경주한다.

경주마들이 출발하고 서너 시간 정도 지나자 결승점에 가까운 곳에 있는 경기 참관자가 전화로 말들이 오고 있다고 알려 줬다. 멀리서 먼지가 보이고 나서 10여 분이 지나자 말들이 결승점에 들어왔다. 1등에서 5등까지의 팻말을 든 경기 심판이 해당 기수에게 팻말을 줬다. 그런데 말을 몰고 온 기수는 뒷전이었다. 사람들은 기수에게는 관심이 없었다. TV 카메라도 기수 아이는 거들떠보지도 않고, 말과 경주에 참가하지도 않은 말 주인을 조명하고 인터뷰했다.

이 경주는 말을 잘 타는 선수를 뽑는 대회가 아니었다. 긴 거리를 지치지 않고 잘 달리는 말을 뽑는 것이 이 대회를 하는 목적이었다. 초원의 유목민들은 우수한 종자의 말을 가려서 번식시킬 필요가 있었다. 이들의 다음 세대를 위한 준비는 우수한 유전자를 가진 말을 고르고 보존하는 것이다. 이와 더불어 자신들의 문화를 번성시키고 대동단결한다면 더할 나위가 없는 것이다. 이것이 초원의 축제 나담이었다.

경기에서 입상한 말에 기수인 아이를 태우고 수상식을 했다. 말 머리에 하닥을 묶었다. 이 말은 대단한 영광을 누리고 있는 것이다. 몽골인들에게 하닥은 최고의 경의를 표시하는 장식이기 때문이다. 수상식에는 집안의 어른들이 총출동한 듯 시끌벅적했다. 상패와 상금이 수여됐고, 기수인 아이에게는 선물로 가방을 줬다. 입상한 사람들은 말을 끌고 경기장을 돌며 환호했다. 이들에겐 오늘이 바로 가문의 영광이 되는 날이었다.

미래를 전망하다

_ 스승의 날

몽골의 스승의 날은 10월 첫째 주 일요일이다. 각 아이막별로 이날을 전후로 해서 기념을 한다. 더르너고비 아이막은 10월 6일 토요일에 기념식을 했다. 언젠가부터 우리나라 스승의 날은 아주 껄끄러운 날이 됐지만, 여기는 하루 종일 축제를 했다. 연달아 축제판을 쫓아다니느라 바쁘고 힘들면서도 마냥 부러운 하루였다.

기념식은 극장 테아트르에서 했다. 300석 정도의 극장에 더르너고비 아이막 내 14개 솜의 교사와 은퇴한 교사들이 초대됐다. 아이막의 전체 교사 수가 600명 조금 넘으니까 절반 정도가 초대된 셈이다.

시작 시간인 9시쯤 노인들이 하나둘 극장 앞에 나타났다. 이들은 모두 멋진 델 차림에 가슴에 메달을 주렁주렁 달고 있었다. 대기하고 있던 젊은 교사들이 이들을 부축해서 극장 맨 앞자리에 모셨다. 노인들이 자리하고 나자 후배 교사들이 몰려나와 수인사하고 얘기를 나눴다. 기관 사무실 동료가 나한테 이분들 사진을 잘 찍어달라고 특별히 부탁했다.

기념식은 사회주의 체제를 가졌던 국가답게 웅장하게 시작했다. 각 학교 깃발이 등장하고, 학생들이 도열해서 선생님에게 감사하다는 구호를 제창했다. 학생들의 감사의 노래 합창과 초청 가수 공연에 이어, 우리나라의 여느 기념식과 같이 각 기관 대표들의 지루한 연설이 이어졌다.

90세가 넘어 보이는 어느 노인 은퇴 교사에게 마이크가 전달됐다. 그는 힘겨운 목소리로 더듬거리며 말했다. 하지만 그의 한마디 한마디에 청중들은 열광적인 박수로 화답했다. 선배와 후배들이 교감하는 자리였다. 가진 것보다 경험을 중시하는 유목민들은 노인을 공경하고, 그에게서 삶의 지혜를 배우고자 하는 자세가 돼 있었다.

쉬는 시간이 되자, 극장 직원들이 수태채를 교사들에게 대접했다. 사회자는 수태채와 과자로 간식을 하고 나서 소욤보 건물에 마련된 교육 박물관 관람을 권유했다. 소욤보는 몽골 국기에 있는 문장(국가를 나타내기 위해 사용하는 상징적인 표지로, 도안한 그림으로 돼 있다)이다. 해와 달, 넓은 들판이 몽골인들을 지켜준다는 의미를 가진 문장이다. 몽골인들은 소욤보 문장을 사랑해서 여러 가지 장식에 사용한다. 남자들은 소욤보 문장을 팔뚝에 문신으로 새기기도 한다. 생샨드에서 전시관 역할을 하는 건물 이름이 소욤보다.

소욤보 건물 2층 전시실에 교육 박물관이 마련돼 있었는데, 이들이 근대 교육을 시작한 1930년대부터 지금까지 학교에서 사용했던 물건과 자료를 전시하고 있었다. 그중에서 오래전에 사용했던 책가방, 필기도구가 눈에 띄었다. 어릴 때 내 모습이 생각나서 추억에 잠깐 잠기기도 했다.

점심 식사는 교육 기관에서 준비했다. 은퇴한 원로들과 기관 식구들이 같이 모여서 즐거움을 나누는 자리였다. 이것도 한국에서 겪어보지 못한 광경이었다. 부러움의 연속이었다.

오후 3시에 어린이궁전에서 축하 공연과 시상식이 개최됐다. 현직 교원들에게 시상하는 자리였다. 공연은 2번 학교의 무용팀이 준비했다. '낙타 발걸음'이라는 공연 작품 이름이 눈에 띄었다. 전체 안무가 고비인들을 나타내는 것이어서 작품 이름을 그렇게 정한 것 같았다.

해가 뉘엿뉘엿해져서야 행사가 마무리됐다. 하루 종일 행사에 끌려다니면서 녹초가 됐지만, 한편으로 몽골의 교사들이 부러운 하루였다. 내가 현직 교사로 있을 때 30번도 넘는 스승의 날을 보냈지만, 한 번도 흐뭇했거나 고마움을 느껴본 적이 없었다. 비록 개발이 늦은 나라지만 여기 사람들은 훌륭하게 스승의 날을 기념하고 있었다. 이런 것은 배워야 한다고 생각했다. 한국에서 스승의 날은 그저 교사에게 선물이나 주는 날이었다가, 이마저도 서로 부담이 되니까 이러지도 저러지도 못하는 어정쩡한 날로 전락해버렸다. 우리도 과감하게 구습을 털어내고 이날 하루만이라도 서로 편하게 만나는 날을 만들었으면 좋겠다.

몽골의 스승의 날은 멋진 축제였고, 서로 소통하는 자리였다. 교육 현장의 과거를 되돌아보고, 미래를 전망하는 진정한 '스승의 날'이었다.

사막을 걸어 보자
_ 하이킹 대회

10월은 몽골의 체육대회 기간이다. 몽골 전국체육대회 예선 경기가 생산드에서 열렸는데 농구, 배구 같은 기존 스포츠 종목에다 줄다리기와 하이킹 같은 특별한 종목도 있었다.

8명이 한 팀을 이뤄서 15킬로미터를 걷는 하이킹 종목에 참여해보기로 했다. 체육국에서 근무하는 시즈레라는 친구에게 대회에 참여할 수 있게 해달라고 부탁했다. 10월 5일 아침 8시에 가족 광장에서 출발한다고 했다. 가족 광장은 올해 조성한 체육국 길 건너편에 있는 광장이다.

새벽잠 설쳐가며 부지런히 준비해서 광장에 나갔다. 스피커 하나가 윙윙거릴 뿐 사람은 별로 보이지 않았다. 좀 기다리니 제복 차림의 사람들이 몰려오기 시작했다. 하이킹 대회는 5개 솜의 팀이 참가했다.

준비체조가 끝나고 드디어 경기가 시작됐다. 그런데 이건 내가 생각한 하이킹 경기가 아니었다. 각 팀이 빠르게 걷기 경기를 하는 것이 아니라, 전체가 2열 종대로 열을 지어 함께 걸어갔다. 인솔자가 맨 앞에서 통제하고, 군대 행군처럼 걸었다. 언제쯤 경주하나 기다리는데, 1킬로미터쯤 가다가 선두를 맨 뒤로 보냈다. 기러기 떼의 비행처럼 선두를 바꿔가며 행진을 하는 것이다.

행렬이 생산드를 벗어나 사막으로 들어섰다. 사막은 발목 정도 올라오는 풀들이 누렇게 말라 있었다. 사막의 땅은 단단해서 걷기에 아주 좋았다. 사막에 바람만 없다면 더없이 좋은 하이킹 코스일 것 같았다. 하지만 겨울의 길목에서 부는 찬 바람은 매서웠다. 기수들도 바람을 이기지 못해 깃발을 말아서 들고 갔다.

사막 행군에 달갑지 않은 복병이 나타났는데, 그 주인공은 사막에서 말라가는 잡풀들이었다. 여름내 영근 씨앗을 가득 품은 사막의 잡풀들은 간만에 호재를 만났다. 씨앗을 날라다 줄 운반자들이 떼를 지어 지나가고 있었기 때문이다. 풀씨가 다리와 신발에 사정없이 들러붙기 시작했다. 가는 바늘처럼 날카로운 풀씨가 바지와 신발을 뚫고 들어가 살을 찌르기도 했다. 하이킹을 가볍게 생각하고 운동화를 신고 나왔다가 곤욕을 치르고 있었다. 참고 가는 수밖에 달리 방법이 없었다. 몽골인들이 장화를 신고 다니는 이유를 알 것 같았다.

생산드를 벗어나 10킬로미터쯤 가니 모래 강이 나타났다. 물이 흐르지는 않지만, 홍수 때 물이 흐른 흔적이 있었다. 여기에서 점심을 먹으라고 행렬을 쉬게 했다. 모래밭이 넓어서 모두 앉아 쉬기에 적당했다. 점심 식사 후 각 팀의 장비 검사를 했는데, 침 낭에서부터 취사도구, 의약품, 심지어 노트까지 구비 항목에 들어 있었다. 마치 군대처럼 야전에서 생존 가능하도록 장비를 갖추도록 한 것이다. 각 솜의 팀들은 복장과 장비를 통일해서 갖추고 다녔다. 육군의 보병 분대 같았다.

오후 3시쯤 드디어 결승점에 도착했다. 준비팀이 베이스캠프를 차려 놓고 있었다. 간단한 환영 행사를 하고 나서 팀별로 설치한 캠프에 들어가 휴식을 취했다.

들판은 평탄하고 바닥이 단단해서 깃발만 꽂으면 운동장이 됐다. 이런 데다 축구장이나 야구장 만드는 것은 일도 아니겠다 싶었다. 들판에 사각으로 기를 꽂아 게임 코스를 만들고, 하이킹 팀의 단결과 대응 능력을 측정하는 게임을 했다. 마지막으로 하이킹 대회인 만큼 지도 읽기 측정도 했다.

이 경기는 특별히 운동 능력이 출중한 선수들이 참가하는 시합이 아니었다. 그리고 겨루는 내용에 특별한 기술이 필요하지도 않았다. 평범하게 생활하는 사람들이 팀을 이뤄, 규정된 준비를 해서 참가하면 되는 경기였다. 경기를 하는 동안 순위에 대한 긴박감도 보이지 않았다. 즐겁게 걸으며 팀의 단합된 모습을 보여 주기만 하면 됐다.

그런데 재미있는 것은 이 하이킹 경기가 전국대회까지 있다는

것이다. 우리의 기준으로 보면, 체육대회는 전문적으로 육성된
선수들만의 시합이다. 그래서 전국체육대회와 같은 체육 행사를
그들만의 잔치로 치부하기도 한다. 그런데 이런 하이킹 종목은
보통 사람들이 아무나 마음만 먹으면 참가할 수 있는 경기였다.
전국체육대회에 이런 종목이 하나쯤 있는 것도 괜찮아 보였다.

7부

무조건 함께하기

Living in Mongolia.

재외 국민을
잘 보호할 수 있을까
_ 코이카 긴급 대피 훈련

코이카 봉사단원으로 몽골에 파견되고, 첫 긴급 대피 훈련을
한다는 공지가 왔다. 6월 21일에서 25일 사이에 긴급 대피 명령
이 떨어지면, 울란바토르로 모두 집결하라는 내용이었다. 이 내
용을 기관에서 같이 근무하는 몽골 동료들에게 얘기했더니, 몽
골에 안전 문제가 생길 여지가 없는데 무슨 대피 훈련이냐며 좀
황당해했다.

하지만 안전한 곳이라고 무방비로 있다가는 큰일이 났을 때
속수무책으로 당하는 경우가 많다. 그래서 비상 훈련은 항시 해
야 하고, 어떻게 해야 하는지 과정이 정해져야 한다. 요즘은 이런
걸 매뉴얼이라고 한다.

훈련 날짜가 다가오면서 지시 사항이 자주 내려왔다. 지시 사항은 한결같았다. 그중 교통편은 현지 단원이 직접 수배해서 타고 와야 하고, 교통비 지급을 위한 영수증과 운전자 신분증을 반드시 복사하라는 지시 사항은 언제나 강조하는 사항이었다.

생샨드에서 울란바토르로 가는 교통수단은 버스와 열차, 그리고 카풀 택시가 있다. 카풀 택시는 울란바토르로 이동하는 승용차에 편승하는 것이다. 이용 방법은 페이스북의 생샨드 광고 페이지에 광고한 다음, 서로 연락을 취해 이용한다. 24일에 페이스북 생샨드 광고 페이지에 생샨드에서 울란바토르로 가는 두 사람의 출발 시간과 전화번호를 올렸더니 한 군데에서 연락이 왔다. 가족이 이동하는데 두 사람은 탈 수 있다고 했다. 다행으로 여기며 응낙하고 기다렸다.

다음 날 조그만 승용차 한 대가 기관 앞에 서더니 나를 찾았다. 좀 더 자세하게 체크했어야 했다. 차에 올랐더니 더 가관이었다. 그쪽 가족은 어른 셋에 아이 셋이었다. 우리 쪽 둘과 합해서 어른 다섯, 아이 셋이 됐다. 이 작은 차를 타고 그 먼 길을 가야 한다고 생각하니 아득했다.

하지만 이왕 이렇게 된 거, 실제 상황도 아니고 하니 그냥 여행이라고 생각하기로 했다. 그리고 창밖에 펼쳐진 풍경을 보니 금세 마음이 가벼워지기도 했다. 몽골 평원은 거칠 것이 없었다. 보고 있으면 마음이 그냥 편했다. 몽골인들이 척박한 환경에서도 즐겁게 사는 이유를 알 것도 같았다.

가는 도중에 식당 앞에 차를 세웠다. 몽골의 길에는 휴게소라는 곳이 따로 있는 게 아니라 적당한 식당이 있는 곳이 휴게소다. 이 식당은 외국인들을 배려해서 메뉴를 사진으로 찍어 한쪽 벽에 걸어 놓았다. 몽골 음식에서 간편하고 부담 없이 먹을 수 있는 메뉴가 호쇼르여서 난 호쇼르를 주문했다.

우리는 울란바토르의 칭기즈칸 광장 근처에서 차를 세우고 내렸다. 여기에서 몇 분만 걸으면 되는 거리에 코이카 사무소가 있었기 때문이다. 차는 더르너드가 목적지여서 우리를 내려 주고도 울란바토르 시내를 지나 북으로 더 달려야 했다. 사무소에 가서 출석 점검을 하니 숙소를 알려 줬다. 이로써 우리는 임무를 완수했다.

그런데 여기까지의 과정을 생각하니 어이가 없었다. 외국에 사는 대한민국 국민이 비상사태에 빠지면 당연히 국가에서 그 안전을 책임져야 한다. 그런데 주재한 곳에서 여기 수도로 오는 동안 국가에서 관여한 게 전혀 없었다. 우리 스스로 광고해서 차를 구해 어렵게 왔다. 영수증을 첨부하라는 것을 보면 고맙게도 차비는 줄 모양이다. 알아서 수도까지 오면, 그다음엔 국가에서 보호하겠다는 것이다. 아무리 훈련 상황이라지만 이렇게 무책임할 수가 있나 싶었다. 국민 한 사람을 위해 군대를 파견하는 나라도 있는데 말이다.

안전 매뉴얼은 최악의 상황을 가정해서 과정 과정을 담아야 한다. 최악의 상황이 닥쳤을 때 페이스북 광고나 차량 수배 등을 주재원들이 일사천리로 진행하기는 불가능하다. 대한민국 정부와 계약된 교통수단이 주재원들이 상주한 곳에 미리 준비돼 있어야 한다. 방법이야 여러 가지가 있을 것이다.

'국가란 무엇인가?' 생각하며, 이래저래 뒤숭숭한 날이었다.

사막의 이방인들
_ 생샨드의 국제협력봉사단원

생샨드는 인구 2만 명도 채 안 되는 작은 곳이지만, 여러 나라
국제협력봉사단원들이 파견 나와 있다. 이 지역의 봉사단원들
모임이 있는데, 거기에서 각국의 봉사단원들을 만나 서로 교류
하며 지냈다.

OECD 나라들에는 각각 국제개발협력을 위한 정부 기구가
있는데, 거기서 파견한 사람들이 국제협력봉사단원들이다. 생샨
드에서 활동하는 봉사단원들이 소속된 기구를 보면 다음과 같
다.

대표적으로는 미국의 피스콥Peace Cops이 있다. 피스콥은 우
리에게도 이름이 익숙한 평화봉사단이다. 이 기구는 50여 년 전
에 설립돼 이미 141개국에 23만 명의 봉사단원을 파견한 미국

의 정부 기구다. (https://www.peacecorps.gov/)

다음으로 활동이 활발한 기구로는 일본의 자이카JICA가 있다. 자이카는 현재 20여 개의 프로그램을 활용하며 전 세계적으로 활동하고 있다. (https://www.jica.go.jp/english/indcx.html)

중국에는 항방HANBAN이 있다. 이 기구는 중국 교육부 소속으로 공자학원이라 불리는 국제언어진흥원이다. 2004년에 설립된 이 기구에서 중국어 교육만을 위해 봉사단원을 파견하고 있다. (http://english.hanban.org/)

그리고 한국의 코이카KOICA가 있다. 코이카는 한국의 국제협력단으로, 1990년에 시작해서 1만 명 정도 월드프랜즈 코이카 봉사단원을 파견했다. 현재는 1,400명 정도가 30여 개국에서 활동하고 있다. (https://www.koica.go.kr/koica_kr/index.do)

몽골에 파견돼 있는 미·중·일 봉사단원은 나라별로 100명 정도 된다. 우리나라는 그 절반 수준인 50명 정도다. 파견자들의 대부분은 자국 언어 강습 교사로 학교에서 활동하고 있다. 봉사자 대부분은 울란바토르에 거주한다. 생샨드와 같은 시골에서 활동하는 봉사자는 얼마 되지 않는다. 몽골 인구의 절반 이상이 울란바토르에 살고 있으니 그곳에 외국어 교사가 많이 필요한 것은 당연하다.

일본과 중국 단원의 영어 실력은 상당히 좋다. 아마 전문적으로 영어 교육을 받은 것으로 보인다. 각국의 단원들이 영어를 잘하니 덕을 보는 것은 미국 단원들이다. 그런데 좀 심할 정도로

미국 단원들의 몽골어 이해 수준이 낮다. 이들은 강대국의 특혜를 톡톡히 누리고 있는 셈이다.

아무튼 몽골 초원에서 동양의 3국(한·중·일)은 자국 언어 경쟁을 벌이고 있다. 그런데 현재 몽골인들이 가장 관심을 가지는 언어는 한국어다. 이는 한류의 영향이지만, 경제적인 이유도 한몫을 한다. 외국에 나가 일할 수 있는 나라 중 그래도 한국이 쉽고 편리하기 때문이다. 몽골의 공무원을 비롯한 지식층들의 월 평균 급여는 우리 돈 30만 원에 미치지 못한다. 이들이 한국에 와서 몇 개월만 일해도 몽골에서의 1년 벌이가 되는 셈이다. 그래서 이들은 한국어를 배우려고 애를 쓴다. 한국어 강습 공고를 내면 30명 이상이 모여 교실이 꽉 찬다. 그런데 여기 생샨드에서 한국어를 가르치는 교사는 나 혼자뿐이다. 아쉬운 부분이 아닐 수 없다.

지난 일요일 더르너고비 아이막 의회에서 봉사단원들을 격려한다는 명목으로 시골 나들이 행사를 마련했다. 말은 거창했지만, 생샨드에서 가까운 유목민 집을 방문하는 하루 나들이였다. 아침 10시 반에 아이막 청사 앞에 모였는데 피스콥 단원 3명, 자이카 단원 3명, 항방 단원 1명, 코이카 단원 1명이었다. 모두 교육 부문에서 활동하고 있는 국제협력단원들이었다.

우리는 자동차로 이동하며 아직 겨울 풍경이라 황량하기 그지없는 초원을 돌아봤다. 바람이 없어서 초원을 걷기 아주 좋은 날씨였다. 예전 러시아 전차 기지 앞을 지날 때, 사진 촬영을 위해

차를 세웠다. 마치 전쟁 시뮬레이션 게임 장면 같은 거대한 군사 기지가 눈앞에 펼쳐져 있었다. 러시아 군대와 전차는 모두 철수했지만 기지는 온전한 상태로 남아 있었다. 고비에는 이와 같은 전차 기지가 몇 군데 더 있다. 과거 60년대에 러시아는 고비사막에 수만 명의 군대와 전차를 주둔시켜 놓고 중국을 위협했다.

우리는 생샨드 근교에 있는 유목민 집을 방문했다. 이 집은 생샨드에 가까운 곳에 있어서인지 규모가 상당했다. 게르 한쪽에 주택이 있고, 가축우리도 잘 지어져 있었다. 알탄쉬레에서 봤던 유목민의 게르와는 비교가 안 될 정도로 부유한 집이었다. 이 집은 이동을 하지 않고, 여기에 정착해서 살고 있는 것 같았다.

가축우리에 태어난 지 얼마 안 돼 보이는 '양 새끼'가 여러 마리 있었다. 젊은 여자들이 어린 양을 보고 귀엽다며 좋아했다. 우리가 이 집에 있는 동안에 두 마리의 양이 새끼를 낳았다. 봄이 오는 길목인 지금이 한참 양과 염소의 출산 시기였다.

집주인은 소 내장 삶은 요리와 허르헉으로 식탁을 준비했다. 반주로는 보드카를 내놓았다. 주인은 손님들에게 술을 따라 차례로 돌렸다. 몽골에서는 집에 온 손님이 술 석 잔은 받아 마셔야 주인이 만족해한다. 젊은 여자들도 넙죽넙죽 잘 받아 마셨다. 거침이 없었고, 밝았고, 숫기가 좋았다.

이 청년들을 보니 복 받은 청춘들이라는 생각이 들었다. 이들의 윗대는 지난 전쟁 때 서로 총을 겨누고 피를 흘리며 싸웠다. 좋은 시절에 태어난 것이 얼마나 큰 복인가 싶었다. 시대가 허락

하지 않으면 이렇게 서로 어울리며 즐길 수 없는 법이다. 멀리 다른 나라에 와서 즐겁게 활동하고 있는 각국의 청년들이 아름다워 보였다.

서로 도우니
즐겁지 아니한가
_ 한·미·일 합동 김치 만들기

몽골 초원에서 자라는 들풀 중에 우리 미각을 자극할 만한 것이 두 가지 있다. 하나는 명이나물이라 불리는 '할리아르'고, 다른 하나는 부추보다 더 가는 '흐믈'이다. 둘 다 야생 파 종류로 몽골인들이 좋아하는 들판에서 나는 채소다.

체육국에서 근무하는 시즈레의 사막 출장길에 미국 피스콥의 피터, 일본 자이카의 에리코, 한국 코이카의 신입 단원과 함께 동행했다. 자밍우드 가는 길에 있는 들판에는 흐믈이 많이 자라고 있었다. 흐믈뿐만이 아니라 야생 파의 다른 종류인 '타나'도 흐믈과 섞여 있었다. 우리는 흐믈만 채취하기로 하고 각자 흩어져 작업을 시작했다. 1시간도 채 지나지 않아 각자 채취한 흐믈의 양이 상당했다. 이걸로 김치를 만들자고 하니 다들 좋아했다. 그래서 한·미·일 합동 김치 담그는 날을 일요일로 잡았다.

생샨드에서 가장 큰 상점인 '노민 마트' 앞에서 만난 우리는, 우선 가장 중요한 재료인 배추를 사러 갔다. 여기에서는 배추를 '김치 배차'라 하는데, 중국에서 수입하기 때문에 수입 채소를 파는 가게에만 있다. 마침 통이 제법 큰 김치 배차 3개가 있었다. 여기에서는 배추가 귀해서 좋고 나쁘고를 따질 겨를이 없다. 있으면 무조건 사야 한다. 그리고 이 근처 농장에서 나오는 오이를 샀다. 중국산 오이는 가늘고 길다. 몽골 오이는 짧고 통통하다. 이왕이면 몽골산으로 오이소박이를 해야 좋다. 최대한 작은 것으로 30개 정도 골랐다.

에리코와 코이카 신입 단원은 배추를 절이고, 피터는 김치 재료로 들어갈 채소들을 씻었다.

오이는 진한 소금물에 절였다. 생수 3리터 정도에 소금을 한 주먹 넣고 끓인 다음 불을 끄고 오이를 넣었다. 온도가 높은 소금물에 오이를 절이면 오이에서 수분이 빠르게 빠져나가 오이 질감이 단단해진다. 이렇게 절인 오이로 오이소박이를 하면 다 먹을 때까지 오이가 무르지 않고 사각사각하다.

기본 준비를 다 하고 나니 시간이 훌쩍 지나 있었다. 어느새 점심시간이었다. 점심을 먹고 나서는 본격적인 단계로 김칫소로 쓸 양념을 만들었다. 인터넷을 찾아가며 김칫소를 만드는데 각 재료의 양을 가늠하기가 어려웠다. 우여곡절을 겪으며 김칫소를 완성하고 나서 절인 오이와 배추를 씻었다. 둘 다 우선 수돗물로 씻은 다음, 생수로 다시 씻었다.

먼저 오이소박이를 했다. 길이가 10센티미터 정도 되는 절인 오이를 반으로 자른 다음, 세로로 두 번 칼집을 내고 네 조각으로 벌렸다. 에리코가 매운 것을 못 먹으니 에리코의 것에는 고춧가루를 뺐다. 흐믈이 들어간 양념을 넣어 에리코용 오이소박이를 완성해 통에 담았다. 붉은색이 없으니 그다지 예쁘지는 않았다. 나머지 3명 것은 고춧가루를 넣어 제대로 했다. 역시 붉은색이 가미되자 오이소박이의 아름다운 자태가 나왔다.

이제 드디어 배추 김치를 담글 차례였다. 각자의 김치는 각자가 담그기로 하고, 배춧잎 사이사이에 각자 입맛에 맞게 김칫소를 넣었다. 마무리 정리까지 다 하고 나니 어느새 저녁 시간이 됐다.

우리네 시골에서 김장할 때처럼 김치를 담그고 나서 뒤풀이는 수육으로 했다. 그래야 김치를 담갔다는 자부심이 완성될 것 같아서였다. 김치에 싸 먹는 수육 맛은 역시 최고였다. 피터가 가져온, 꿀에 이스트를 넣어 빚은 '허니 와인'을 곁들이니 그야말로 금상첨화였다. 이보다 더 좋을 수가 없었다.

행복이란 서로 손뼉을 마주쳐야 만들어진다고 했던가. 생전 처음 김치를 직접 담그느라 힘은 들었지만, 행복한 하루였다.

본분에 충실하다

_ 아이막 박물관 훈련 연구 센터

생산드에 '알탄고비 거리'가 있다. '알탄'은 황금이란 뜻이니까 황금 고비 거리다. 이 거리 중앙에 창고처럼 보이는 건물이 있는데, 현판은 '아이막 박물관 훈련 연구 센터'라고 돼 있다. 언젠가 그 앞을 지나가다가 혹시나 해서 문을 당겨 봤는데 열리지 않았다. 보수 공사를 하는 것 같았다.

겨우내 닫혀 있던 그 박물관이 드디어 문을 열었다. 기관 사무실 동료들과 일과를 마치자마자 부리나케 갔다. 박물관은 문을 다시 여는 기념으로 며칠간 무료 관람이었다.

첫 번째 방은 자연사 박물관이었는데, 학생 여럿이 현장 학습을 하고 있었다. 우리의 현장 학습은 아이들이 돌아다니기 바쁜데, 여기 아이들은 이곳이 교실이었다. 탁자에 앉아서 그림을 그리기도 하고, 고생물 화석 발굴 체험도 했다. 동반한 학부모도 그렇고 인솔 교사가 아이들을 지도하는 모습은 우리의 현장 학습 분위기와 비슷했다.

고비사막에 서식하거나 발견된 동물들의 박제가 있었고, 식물과 곤충 등의 표본이 있었다. 설명이 몽골어로만 돼 있어서 아쉬웠다. 고비사막은 세계적으로 희귀한 고생물 화석 발굴지다. 그리고 중생대 공룡의 완전한 골격 화석이 여기에서만 발견됐다. 그래서 더르너고비의 심벌도 공룡 모양으로 돼 있다.

그런데 울란바토르의 자연사 박물관에 보관돼 있던 공룡 화석이 지금은 어느 쇼핑몰의 장식품으로 전락해 있다. 울란바토르 자연사 박물관이 문을 닫아서, 공룡 화석을 훈누몰이라는 쇼핑몰에 임시로 보관시켜 놓은 것이다. 훈누몰은 공항에서 울란바토르 시내로 가다 보면 길 건너편의 왼쪽에 보이는 쇼핑몰이다.

2층은 구석기시대부터 시작하는 역사관이었다. 그런데 좀 아쉬운 부분이 보였다. 고비사막에서 발견된 미라가 아이스박스에 보관돼 전시되고 있었다. 경제 사정이 어려운 이곳에서 미라 보관과 전시의 최선책을 찾다가 이런 대안을 마련한 것 같았다. 보기야 민망하지만 이렇게라도 보관만 되면 그게 어딘가 싶기는 했다. 관리가 허술한 몽골에서는 유물들을 도둑질하고 밀반출하는 일이 다반사로 일어나고 있다.

2층 역사관에서 특이한 유물을 볼 수 있었다. 철기시대 유물이 전시된 곳에 뼈로 된 악기가 여러 점 전시돼 있었다. 같이 간

기관 사무실 동료가 사람의 뼈로 만든 것이라고 알려 줬다. 사람의 무릎 아래 정강이뼈로 만들어진 악기라 했다. 정확한 내용은 알 수 없었으나, 유목민들의 생활 방식을 보면 이해될 수도 있는 사안이었다. 유목민들은 생명체를 죽여야 자신들이 생존한다. 사람도 오축과 같은 생명체 중의 하나다. 인간이 오축을 지배하니까 그들을 죽여서 고기를 취할 수 있는 것이다. 죽은 생명체에서 얻은 것으로 새로운 생명을 이어 나가는 것이 자연에서의 물질 순환 방법이다. 그것으로 사는 그들이어서 그토록 전쟁을 잘했는지도 모른다. 그들의 입장에서 보면, 기르는 오축에서 얻은 물질이나 전쟁에 이겨서 약탈한 것이나 생명체의 관점에서는 별반 다르게 보이지 않을 것 같았다.

한쪽 벽에 마두금이 종류별로 걸려 있었다. 한국에 있을 때 몽골 역사를 공부하는 사람에게서 마두금이라 부르면 안 된다고 배웠다. '모린호루'라 해야 한다고 했다. 마두금은 중국인들이 악기 꼭대기에 말 머리 모양의 장식이 붙어 있다고 해서 붙인 이름이라면서, 몽골인들을 존중한다면 그들이 부르는 고유 이름으로 불러야 한다고 강조했다. '모루'는 승마가 가능한 수말을 가리킨다. '호루'는 악기다. 몽골인들은 말과 함께 생활하면서 즐기는 악기라고 해서 모린호루라 부른다. 말 머리 장식을 악기 위에 달았다.

아이들이 바닥에 흩트린 샤가이를 관리자가 정리하고 있었다. 박물관에 온 아이들이 여기에서 놀다가 어지럽힌 것들이었다.

박물관은 그냥 보기만 하는 곳이 아니라, 조상들과 같이 숨 쉬는 곳이라는 것을 알려 주고 있었다. 박물관은 이래야 한다고 생각했다.

더르너고비 현대사는 전쟁과 혁명의 물결 그 자체다. 중국과 가까운 이곳은 러시아, 일본, 중국이 대결했던 곳이다. 그래서 현대사를 장식하는 인물 대부분이 군인들이다. 한쪽에 구소련제 기관총이 탄띠를 길게 늘인 채 전시돼 있었다. 과거 일본 관동군 돌격대를 무력화시킨 공포의 무기다. 황량한 이 사막이 과거 격변기에 열강의 각축장이었음을 보여 주는 유물이다.

아래층에 박제 만드는 공방이 있었다. 들어가려는데 수염이 덥수룩한 직원이 제지했다. 기관 사무실 동료가 한국에서 온 봉사단원이라고 소개하자 입장을 허락했다. 이 작은 박물관에서 유물의 보존 처리와 생물 표본 제작을 자체적으로 운영하고 있었다. 인구나 경제 규모로 볼 때 상당히 놀라운 환경이 아닐 수 없었다.

아래층에는 레닌도 있었다. 최근의 이념 논쟁 속에서 구박받는 레닌이 여기에서는 버젓이 한자리를 차지하고 있었다. 세파에 휘둘리지 않고, 박물관의 기능만을 충실히 수행하는 여기 사람들의 순수한 마음을 읽을 수 있었다.

∧

사막의 현인을 만나다
_ 단잔아라브자

생샨드의 알탄고비 거리에서 가장 큰 건물은 박물관과 우체국
이다. 그리고 그 맞은편에 공원과 광장이 있다.

어느 날 주말, 무료하게 시간을 보내다가 산책 삼아 공원을 둘
러보러 나갔다. 공원 입구에 단잔아라브자라는 승려의 동상과
박물관이 있었다. 단잔아라브자 동상은 어깨에 전갈이 기어가
고, 공중 부양을 하고 있는 모습이었다. 모습을 보아 보통 사람
같아 보이지 않았다. 신선 같기도 하고, 도술을 부리는 도사 같기
도 했다. 어쨌든 대단한 내공의 소유자인 것만은 분명해 보였다.

박물관 2층에 단잔아라브자의 유물이 전시돼 있었다. 그런데
전시돼 있는 유물들이 불교 의식에 사용됐던 것으로 보이지 않
았다. 화려한 의상과 고서, 심지어 총과 칼까지 있었다. 알고 보

니 단잔아라브자는 그냥 승려만이 아니었다.

단잔아라브자는 연극 연출가이기도 했다. 그는 1832년 현재 '하마링 히드'가 있는 지역에 3층짜리 극장을 세우고, 연극을 공연했다. 여기에 전시된 책들은 그 당시 그가 집필한 연극 대본들이었다. 그리고 의상들은 당시 연극 공연할 때 사용했던 것들이었다. 단잔아라브자가 죽은 후 1930년대에 공산당원들이 사원과 극장을 모두 파괴했다. 이때 승려들이 단잔아라브자의 유물을 상자에 넣어 사막의 모래 속에 묻어 숨겼는데, 최근에 와서야 발굴됐다. 2층 전시관 입구에 있는 상자들이 당시 유물을 보관했던 상자들이었다.

단잔아라브자는 또 의사였고, 문학가였고, 예술가였다. 그는 생전에 이 황량한 사막에서 '샴발라'를 건설하려고 했다. 샴발라는 불교 이상 국가다. 샴발라는 현자가 다스리는, 슬픔과 번뇌가 없는 이상 세계를 말한다. 요즘에는 샴발라를 '샹그릴라'라 한다.

단잔아라브자 생존 당시 몽골은 만주국의 지배 아래 있었다. 만주의 여진족이 몽골을 지배하고, 스스로 대칸이라 칭했다. 여진족이 청나라를 세우고, 이후 몽골은 이들에게 예속됐다. 그는 외세의 지배 아래 있는 민족의 독립을 염원해 샴발라를 구현하려고 했고, 연극으로 사람을 모으고 의술을 연마해 중생을 고통에서 구하려고 했다. 그런데 그는 54세에 만주국 군주에 의해 암살되고, 그의 꿈은 사막의 모래 속에 묻혀버리게 됐다.

불교신문 2006년 9월 10일 자에 샴발라를 복원하고 여명 의식을 했다는 기사가 있다. 우리나라와 일본 불교 단체들이 지원해 당시 극장이 있던 곳에 사원을 복원한 것을 말한다. 이곳을 하마링 히드라 부른다. 여기가 전 세계에서 에너지가 가장 강하게 나오는 곳이라고 한다. 이 에너지가 어떤 것인지는 잘 모르지만, 주변에 화산석이 많은 것으로 봐서는 암석에 많이 포함된 금속 성분에서 뿜어져 나오는 에너지가 아닐까 싶다. 사람들이 여기에서 전화를 하면 그 에너지가 받는 사람에게도 전송된다고 한다. 그리고 일본 천황이 여기에서 에너지를 얻어서 아들을 낳았다고도 한다. 어쨌든 더르너고비에서 가장 인기 있는 관광지가 바로 하마링 히드다.

전시실 한쪽에 안내자의 설명을 듣는 학생들이 있었다. 한 학생이 말을 걸어왔는데, 한국말을 곧잘 했다. 이 아이의 설명으로 단잔아라브자의 이야기를 들었다. 그 보답으로 이 아이들에게 일주일에 두 번씩 한국어를 가르쳤다. 이 아이에게 단잔아라브자의 시를 읽고 싶다고 했지만, 아직 어린 학생이라 그런지 모른다고 했다. 할 수 없이 인터넷에 매달렸지만, 인터넷에서도 찾을 수가 없었다. 단잔아라브자를 자유 시인이라고 표현한 글이 있을 뿐이었다. 학교 선생들에게 물어도 대답은 시원찮았다. 다행히 6번 유치원 원장에게서 단잔아라브자의 책 한 권을 빌릴 수 있었다. 손바닥만 한 포켓 시집《올램진 차나르》였는데, 책이 낡고 글씨가 작아 잘 볼 수가 없었다. 할 수 없이 핸드폰으로 사진을 찍어 확대해서 판독했다. 시 한 편 읽어내는 데 일주일 넘게 걸렸다. 단어가 사전을 검색해도 없거나 엉뚱한 말만 나왔다. 내 기분대로, 내가 이해한 대로 번역한 단잔아라브자의 시 〈호르마스트 탱그르〉를 옮겨 본다. '탱그르'는 하늘이라는 뜻이다.

호르마스트 탱그르의 완벽함이여
여덟 마법 잔치로 하늘에 행복을 뿌려라

구름이 몰려와 비 들이치는 이 순간
문간과 상석은 무슨 차이가 있느냐
생을 다해 숨지는 이 순간
늙은이와 젊은이가 무슨 차이가 있느냐

버찌 나무를 심으면
뱀과 독충이 거기서 나온다
나쁜 사람과 해로하면
흉함과 사악함이 거기서 나온다

잎이 무성해지는 나무를 심으면
온갖 열매가 갈래에서 나온다
좋은 사람과 해로하면
빛과 지혜가 거기서 나온다

하늘에 수많은 별들로 가득 차 있지만
반짝반짝 빛나는 건 하나둘
세상에 중생이 수없이 많지만
진실로 깨달은 자는 하나둘

차디찬 허공에 바람만 흐르는구나
들풀이 풍성하게 자라고
만복을 누리고 있음에도 괴로움에 사로잡힌다면
번뇌는 그 안에 있는 것이다
어리석구나
삼성이여 용서하소서

사막의 만능 기술자
_ 대장장이 롭슨

알탄고비 거리 끝자락에 4층짜리 상가가 있다. 이 상가 지하에 '다르항'이라는 이름의 공방 비슷한 곳이 있다. 몽골 제2의 도시 이름도 다르항이다. 다르항은 대장간이나 대장장이를 일컫는 말이다. 쇠붙이로 연장을 만드는 곳, 대장간이 다르항인 것이다. 그런데 몽골인들은 공업 도시를 건설하고 나서 그 이름을 다르항이라고 붙였다. 이들은 용어를 단순하게 사용한다. 어떤 것이 들어왔을 때, 비슷한 말이 있으면 그냥 붙여서 사용한다. 덕분에 그들의 옛말이 더러 남아 있다.

휴일 오후 나른하게 늘어져 있는데, 누군가 문을 두드렸다. 기관에서 경비 일을 보는 롭슨이었다. 대뜸 자기 집에 가자고 했다. 식사 초대를 하러 온 것이다. 서울 인사동에서 사 온 풍경 하나

를 들고 따라나섰다,

식사를 마치고는 어디 좀 가자더니, 다름 아닌 다르항으로 들어갔다. 롭슨은 대장장이였다. 다르항에서 그는 여러 가지 장신구를 만들고 있었다. 말 안장, 재갈 등은 물론이고 여러 가지 금속 장식을 만드는 장인이었다. 그가 그동안 만든 장신구들을 보이며 자랑했다.

롭슨은 반지 샘플 책을 나에게 내밀며, 그중의 하나를 고르라 했다. 영문도 모르고 하나 골랐다. 그는 벽 선반에서 내가 고른 반지 번호에 해당하는 거푸집을 찾아 화로에 세웠다. 장신구 거푸집은 중국에서 들어온다고 했다. 은장식을 잘라 저울에 달더니 녹이기 시작했다. 토치에 불을 붙이자 토치에서 강한 불꽃이 나와 금속과 거푸집을 가열했다. 토치 연료는 휘발유 같았다. 5분 정도 열을 가하니 거푸집 위에 있던 금속이 녹아서 스며들기 시작했다. 금속이 모두 녹아 속으로 빨려 들어가자 불을 끄고 냉각제가 들어 있는 통으로 덮어 눌러 식혔다. 몇 분 후에 거푸집을 모루 위에 올려놓고 망치로 두드려 깨니, 거짓말처럼 예쁜 반지 하나가 혜성처럼 나타났다.

롭슨이 게이지로 내 손가락 굵기를 잰 다음, 반지를 가열해 손가락 굵기에 맞춰 모양을 잡기 시작했다. 열을 가하고, 망치로 두드리며, 접합 금속 실을 녹여 붙였다. 이런 작업을 몇 번 하자 내 손가락에 꼭 맞는 아주 멋진 반지가 완성됐다. 찬물에 식힌 후 가져와서 내 손에 끼워 주고는 항상 끼고 다니라 했다. 낯선 땅에서 이런 선물을 받으니 기분이 묘했다.

롭슨은 만능 기술자다. 기관 사무실의 시설, 가구, 집기 등이 조금이라도 삐걱거리거나 망가지면 그가 다 해결한다. 그는 다르항에서 장신구들을 만들며, 어쩌다가 한 번씩 나와서 기관의 경비 일을 본다. 4명이 교대로 하루씩 경비 근무를 하는 것이다.

롭슨이 이렇게 열심히 일해 버는 돈은 한 달에 60만 투그릭, 그러니까 우리 돈 30만 원도 채 되지 않는다. 그는 요즘 나에게 한국어를 배우고 있다. 한국에 가서 돈을 벌기 위해서다. 롭슨에게는 올해 고등학교를 졸업하는 둘째가 있는데, 이 아이를 울란바토르로 보내 공부시키려면 꽤 많은 돈이 필요하기 때문이다. 여기도 우리나라와 마찬가지로 자녀 교육이 부모의 등골을 빼먹는 것 중의 하나였다.

초원에 살면 많은 돈이 필요하지 않다. 도시가 문제다. 방 한 칸짜리 아파트 월세가 노동자 한 달 벌이에 해당하는 50만 투그릭이나 된다. 안락한 도시 생활을 위해서는 돈이 필요하다.

도시 생활과 자녀 교육이 이 착한 사람들에게 더 많은 일을 하라고 채찍을 휘두르고 있었다.

사막의 바다
_ 생샨드

울란바토르는 어느 정도 강수량이 있는 도시다. 겨울에도 가끔 눈이 내려서 울란바토르 인근 초원은 설원을 이룬다. 영하 30도 이하의 혹한에서 한 번 내린 눈은 봄까지 녹지 않는다. 하지만 울란바토르에서 남쪽으로 100킬로미터 정도만 벗어나면 들판에 눈이 보이지 않는다. 강수량이 적어 거의 눈이 내리지 않기 때문이다. 메마른 붉은 평원이 나타나기 시작하면 거기서부터가 고비사막이다.

고비는 사하라처럼 모래언덕이 있는 사막은 아니다. 강수량이 적어 목초가 자라지 못해 붉은 대지가 드러난 평원일 뿐이다. 이곳 사람들도 여느 몽골 촌락처럼 오축을 유목하며 산다. 이곳의 중심지인 생샨드는 사막 한가운데 분지에 자리 잡고 있다. 성벽 같은 언덕 아래 푹 파인 분지에 더르너고비의 주도인 생샨드가 있는 것이다.

생샨드에 들어오면 광장에 낙타 조형물을 제일 먼저 만난다. 낙타는 사막에서 가장 중요한 가축이고, 사막의 상징이다. 이 조형물 뒤로 제법 근사한 아파트가 있고, 이 아파트 1층과 지하에 몽골에서 가장 큰 유통 체인 '노민 마트'가 있다. 노민 마트는 생활에 필요한 거의 모든 물품을 판매하는 대형 마트다.

도시의 중심은 광장이다. 광장 주변에는 주요 시설들이 있다. 그래서 광장 주변만 돌아다녀도 그 도시를 어느 정도는 파악할 수 있다. 생샨드도 마찬가지다.

생샨드의 광장 입구에 있는 큰 건물은 몽골의 제1당인 인민당사다. 그리고 더르너고비 아이막 청사와 생샨드 시청이 차례로 있다. 생샨드에 살기 위해서 거주 허가를 받으려면 시청 2층에 있는 담당자에게 가야 한다.

내가 근무하는 교육문화예술국은 인민당사 뒤에 있다. 기관 이름이 좀 거창하지만, 규모는 약소하다. 직원이 10명밖에 되지 않는다. 기관에 들어가면 좁은 복도 양편에 사무실 몇 개가 있다. 사무실 문이 열려 있으면 담당자가 출근해서 일하고 있는 것을 나타낸다. 여기에서는 민원 업무를 따로 보는 부서가 없다. 담당자가 직접 취급하기 때문에 어떤 업무가 필요하면 담당자의 이름과 사무실 위치를 파악하고 찾아가야 한다.

중앙 광장 앞에 붙어 있는 공원에는 커다란 공룡 조형물이 있다. 귀엽게 만들기는 했는데 소재가 시멘트라서 부식돼 떨어져 나간 곳이 더러 있다. 더르너고비의 자랑거리는 공룡이다. 사막에서 공룡 화석이 많이 발견됐기 때문이다. 고비사막에서 발견된 공룡 화석이 새로운 종으로 판명돼 '타르보사우르스바타르'로 명명되기도 했다. 그런데 관리가 제대로 되지 않아 밀반출이 성행하고 있다. 미국에서 100만 달러면 몽골 공룡 화석을 살 수 있다고 한다. 우리나라에서도 밀반입된 공룡 화석 10점을 몽골에 돌려줬다는 기사를 본 적이 있다.

시 외곽을 둘러싼 언덕에 오르면 전쟁기념물이 있다. 다쉰 단 잔반치흐라는 이 전쟁 영웅은 전쟁 당시에 유명한 사격의 명수였다고 한다. 몽골은 제2차 세계대전의 전승국이다. 전쟁기념물 옆에 어워가 있다. 몽골에서 사람이 사는 곳 주변의 높은 언덕이나 산마루에는 으레 어워가 있다. 어워는 우리의 서낭당과 비슷한 토속 신앙 기도처다. 몽골인들은 명절이나 특별한 날에 어워에 가서 기도를 한다. 몽골은 티베트 불교가 전파돼 있어서 타르초가 어워 앞에 걸려 있다.

생산드에는 2만 명이 채 안 되는 사람들이 살고 있다. 여기에는 5층짜리 아파트가 대략 오륙십 동 정도 있다. 여기의 아파트 주소는 우리처럼 층을 나타내지 않는다. 좌측 1층의 첫 번째 가구부터 번호를 붙인다. 한 층에 3가구가 있으니까 맨 첫 번째 출입구는 15번까지 가구가 있다. 출입구가 4개 있는 아파트는 60호까지 있는 셈이다.

단독 가옥은 약 500평 정도의 대지에 판자로 담을 치고 집을 짓는다. 대부분의 집에는 몽골 전통 가옥인 게르가 같이 지어져 있다. 유목민인 이들은 게르가 마음의 고향이다. 우리에게 캠핑 문화가 유행하는 것처럼 이들은 마당에 게르를 짓고 거기서 생활하는 것을 즐긴다.

생샨드 외곽에는 허름하게 게르 한 동만 지어진 집들도 있다. 시골에서 게르를 가지고 와서 시의 외곽 빈 땅에 무작정 게르를 짓고 사는 사람들이다. 몽골은 기본 경제 체제가 사회주의다. 시골에서 올라와 빈 땅 차지하고, 게르 짓고 살아도 아무도 제지하지 않는다. 그래서 울란바토르가 인구 과밀이 되고, 공기 오염이 심각한 도시가 됐다. 생샨드 외곽에도 게르 빈민촌이 생기고 있다.

생샨드는 지금 성장하고 있는 중이다. 곳곳에 아파트와 상가가 신축되고 있다. 게르촌도 외곽에 점점 더 생기고 있다. 이유는 여기가 더르너고비의 경제와 교육 중심지기 때문이다. 이 도시는 더르너고비 아이막의 중앙에 자리 잡고 있다. 그리고 여기에서 200여 킬로미터만 가면 중국과 접경인 자밍우드가 있다. 몽골에 공급되는 생필품 대부분은 중국에서 온다. 공산품은 물론이고 오축 육류를 제외한 농축산물도 중국에서 온다. 중국에서 가까운 이 도시가 경제 중심지가 될 수밖에 없는 이유다. 또 고비사막에 흩어져 사는 유목민들도 생필품을 구하려면 생샨드로 와야 한다.

그런데 더르너고비는 대중교통이 상당히 불편하다. 그래서 어지간하면 기거할 집을 마련한다. 사막의 유목민들은 자식들을 도시인 생샨드로 보낸다. 여유가 있으면 아파트, 그렇지 못하면 게르를 가지고 온다. 내가 근무하는 기관의 직원 대부분도 부모나 형제가 시골에 살고 있다. 늙은 부모가 고향을 지키는 우리나라 현실과 비슷하다.

도로 한편에 버스 정류장처럼 생긴 것이 있는데, 버스 정류장이 아니라 카풀 정류장이다. 여기에는 각 솜을 연결하는 정기 버스 노선이 없다. 일을 보러 왔다가 집으로 돌아가는 사람들이 여기에서 행선지가 같은 차를 잡는다. 몽골은 모든 승용차가 택시 영업을 할 수 있다. 택시 간판을 달고 있지 않아도 사람들은 태워주는 차를 택시라 한다. 생샨드는 그렇지 않지만 울란바토르에서는 택시들이 바가지를 씌우는 경우가 종종 있다. 일반 택시를 이용하면 좋겠지만, 거의 볼 수가 없을 정도로 차 잡기가 어렵다.

이런 교통 시스템을 보면 위험할 수도 있겠다 생각하겠지만, 몽골인들은 순진하고 착해서 전혀 그렇지 않다. 타지에서 즐겁게 사는 방법은 그 동네 사람들을 믿는 것이다. 그리고 그들이 사는 방식으로 사는 것이다.

보다 많은 사람이
행복해지기
_ 광장에서의 학교 발표회

토요일 오전에 발표회가 있다는 말을 들었는데 창밖으로 보이는 2번 소르고일은 조용했다. 이상하다고 생각하며 화장실을 청소했다. 청소하던 중 물을 바닥에 조금 흘렸는데 물이 아래층 화장실에 뚝뚝 떨어진다는 항의가 들어왔다. 아래층에 가 보니 화장실 천장이 다 젖어서 회벽으로 물이 떨어지고 있었다. 집주인이 한국에 가 있어서 집주인의 엄마를 불러 일을 마무리했다.

기관 사무실 동료가 때마침 찾아와서 지금 2번 소르고일 발표회가 광장에서 열리고 있다고 알려 줬다. 서둘러 광장에 나가 보니 학생들이 열을 지어 서서 구호를 외치고 있었다. 발표회장 주변에 교육 자료들을 전시하고 있었는데 그림, 사진, 학생들이 수

행한 과제, 식물 모종, 서예 등 우리의 초등학교 발표회 때 나오
는 것들과 비슷했다.

학생들의 단체 무용에 〈울램진 차나르〉가 나왔다. '울램진 차
나르'는 고귀한 성품이란 뜻이다. 단잔아라브자의 대표적인 시
로, 단잔아라브자의 사원이 있는 에너지 센터 '하마링 히드'에
가면 이 노래를 불러야 한다. 이 노래 악보가 새겨진 비석도 있
다.

> 형형히 비치는 거울처럼
> 아름다운 당신의 얼굴을
> 보기만 해도 몸에 기운이 넘쳐 나고
> 마음속이 알알이 흔들리네
>
> 굳은 마음 녹여 주는
> 뻐꾸기 소리처럼
> 온화하고 아름다운 당신의 음성
> 마주 앉아 정담을 나누니 평안해지네
>
> 어여쁜 나의 선지자여
> 보기만 하면 마음이 환해지는
> 풍성한 강 같은 당신
> 처음처럼 변함이 없구나

붉은 백단의 향기처럼

점점 내 마음이 빨려 들어가네

연꽃 속에 피어나

꿀맛 같은

기쁨을 주는 당신의 성품

끝없는 당신의 자랑스러움

기쁨이 넘치네

사람이 생을 다하고

바라던 일 다 이루었네

소망하는 하늘의 천사처럼

끝없는 행복의 바다에

둥둥 떠서 다 같이 행복하세

아이들의 무용 수준은 상당했다. 여기에는 사교육이 없다. 아이들이 학교에서 오전에는 수업을 하고, 오후에는 동아리 활동을 한다. 나에게 한글을 배우러 오는 아이들도 무용팀에 소속돼 있다. 지난주에 아이들이 연습이 있다며 한글 교실에 나오지 않았다. 발표하는 작품들은 순수하게 학교 활동으로만 만들어진 것들이다.

우리나라에서는 대부분이 학교 내에서 전시회와 발표회를 한다. 이를 보려면 학교에 가야 하니 학교와 연관이 없으면 좀체 구경하기가 어렵다. 시내 광장에서 하는 행사는 주민들이 참여하기 쉬워 보였다. 델 차림의 노인들도 보였다.

10여 년 전 초등학교 운영위원을 할 때, 가을 운동회를 한강 공원에서 휴일인 토요일에 한 적이 있었다. 이때 마을 축제 마당이 됐다. 소풍 나오듯 가족 전체가 참석한 집들도 많았다. 참 좋았다. 이 행사를 마치고 나서 동네 주민들에게서 칭찬을 많이 들었다. 그런데 교사들에게서는 원망을 들었다. 휴일에 쉬지도 못하고, 생고생을 했다는 불평불만들이었다. 그리고 다음 해부터 운동회가 학교 안으로 들어가버렸다. 물론 평일에 실시됐다.

손해 보는 사람이 있어야, 보다 많은 사람이 행복해진다고 했던가. 특히 권력을 가진 사람이 손해를 보면 더 그런 것 같다.

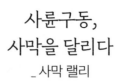

사륜구동,
사막을 달리다
_ 사막 랠리

토요일 점심 무렵에 롭슨에게서 전화가 왔다. 꽤 흥분해서 얘기하는데, 무슨 말을 하는지 정확히 알아들을 수는 없었다. 재미있는 일인 건 확실해 보여서 무조건 간다고 했다.

롭슨과 만나 마트에서 빵과 소시지 몇 개를 샀다. 시간이 좀 걸린다며 요기할 거리가 필요하다고 해서였다.

시 외곽을 벗어나자 풍력발전기가 있는 언덕이 보였고, 언덕 아래 저쪽에는 중국으로 이어지는 철길이 보였다. 언덕 위에 수백 대의 차량과 상당히 많은 사람이 모여 있었다.

분지 안에 있는 생샨드 시내는 바람 없이 잠잠할 때가 많다. 그런데 언덕 위에는 바람이 거세게 분다. 사막은 어지간하면 바람

302

이 분다. 바람의 방향도 거의 바뀌지 않는다. 요즘에는 바람이 북에서 남으로 지속적으로 불었다.

오프로드에 차가 달리면서 먼지를 일으켰다. 먼지가 자욱하면 앞이 보이지 않을 것 같았는데, 사막 바람이 이 먼지를 바로 날려버렸다. 여기에서 오프로드 자동차 랠리가 열리고 있었다.

고비사막은 오프로드 자동차 랠리를 하기에 안성맞춤이다. 경기장을 특별히 만들 필요도 없다. 고비사막은 모래땅이 아니다. 암석이 풍화된 흙이 단단하게 굳어 있는 땅이다. 그래서 사막 어디든 자동차가 쉽게 다닐 수 있다. 언덕 사면 굴곡진 지형에 깃발만 꽂으면 경기장 트랙이 된다. 그리고 언덕마루에 줄을 쳐두기만 하면 그 위가 관중석이 된다.

경계를 위해 쳐놓은 줄 앞에서 경찰들이 사람들을 통제했다. 대체로 말을 잘 들었지만, 노인들이 막무가내로 줄을 넘어가 앉는 경우가 가끔 있었다. 노인들이라 그런지 경찰도 그리 심하게 단속하지는 않았다. 작은 의자를 가지고 다니면서 구경하는 사람도 있었다. 몽골인들은 우리처럼 돗자리나 방석을 사용하지 않고, 의자를 가지고 다닌다.

이 오프로드 자동차 랠리는 흔히 지프라고 불리는 사륜구동의 소형 자동차 뒷좌석을 떼어 내고, 운전석만 남겨 둔 오픈카들의 랠리였다. 운전석 위는 단단한 프레임으로 덮어 차가 전복됐을 때 운전자를 보호하게 돼 있었다. 경기 중에 차 한 대가 코너를 돌다가 굴렀지만, 선수는 괜찮은 것 같았다.

이 오프로드 자동차 랠리는 각 아이막을 순회하면서 열리는데, 더르너고비에서는 5월에 생샨드, 6월에 자밍우드에서 열렸다. 이 랠리를 위해 여러 아이막에서 참가자가 오는데, 지금 이 랠리에는 사십여 대의 차가 경기에 참가하고 있었다.

한 번 경기에 열 대 정도의 차가 철길 앞 출발선에 모였다. 대회 진행은 깃발을 달고 있는 SUV에서 하고 있었다. 진행 본부 차량에서 대형 스피커로 참가 차량을 호출해 출발선에 세우고 경기를 진행했다. 대략 5킬로미터 정도로 돼 있는 지그재그 트랙을 열 번 도는 경기였다. 트랙 코너가 급격한 곳이 몇 군데 있었는데, 차들이 여기를 돌 때는 흙먼지가 물보라처럼 일어났다. 작은 언덕을 넘을 때는 차가 공중에 날기도 했다. 사람들은 이때 제일 열광했다. 또 뒤따르던 차가 앞차를 추월하면 그때도 제법 큰 환호성이 나왔다.

경기를 마친 차는 언덕 위로 올라가 정비를 했다. 대략 서너 명 정도의 정비원이 차에 달라붙어 정비했다. 운전하는 선수들은 TV에서 보던 세련되고 날씬한 사람들이 아니었다. 수염이 덥수룩하고 몸집이 있는 보통의 몽골인들이었다. 이들은 허리에 무리가 많이 가는 모양인지 경기복 위에 허리 보호 벨트를 감고 있었다.

5시쯤 랠리가 모두 끝났다. 먼지를 뒤집어쓰고 옷도 엉망이 됐지만 좋은 구경거리를 본 것 같아 기분은 나쁘지 않았다.

경기를 보면서 괜찮은 소재라는 생각이 들었다. 랠리 관람과 랠리 연습 주행을 적절히 묶으면 관광 자원의 소재가 될 수도 있겠다는 생각을 한 것이다. 어쨌든 단순한 몽골 지형을 보는 관광에 색다른 재미를 줄 수 있는 요소인 것만은 분명했다.

한마당의
문화 축제가 되다
_ 국가 수학 올림피아드

생샨드에서 지난 5월 11일부터 14일까지 몽골 국가 수학 올림피아드가 열렸다. 몽골의 21개 아이막에서 259명의 학생과 교사가 참여했다. 9~12학년까지 학년별로 치러졌고, 교사대회까지 있었다. 올림피아드 개최 시기는 한국과 비슷하지만 학기의 기준이 달라 한국은 학년 초에, 몽골은 학년 말에 열리는 셈이다.

사막 도시 생샨드에서는 수학 올림피아드가 상당히 큰 행사다. 이들은 어쩌다 한 번 있는 전국 행사를 즐겁게 치르고 싶어 한다. 물론 자기들이 가진 역량을 보여 주고 싶은 것도 있다. 우리나라처럼 시험을 치르는 하루 행사로 끝내는 게 아니라 나흘 동안 이어진다. 문화 공연, 체육대회, 문화재 관람 등의 행사가 있고 나서 참가자들이 시험을 치르는 순서다. 단순히 시험만 치르는 날이 아니라 축제 기간이라 할 만하다.

수학 올림피아드 개회식이 광장에서 12시 30분에 열리기 때문에 아침부터 기관 사람들이 분주했다. 광장에 무대가 설치되고, 내빈용 의자가 놓였다. 기관의 직원들과 젊은 교사들이 노인들을 부축하고 들어왔다. 은퇴한 원로 교사들을 초대했던 것이다. 전국에서 은퇴한 수학 교사 중 20여 명을 초대해 대접했다. 원로 교사들은 대회 기간 동안 생샨드 시내 호텔에서 숙식하면서 폐회식까지 참여했다. 그 원로 교사들을 보면서 조금은 부러웠다.

둘째 날 오후 테아트르에서 축하 공연을 했다. 맨 앞자리에는 원로 교사들을 앉혔다. 참가 학생들과 교사들을 위해 생샨드 소르고일의 무용팀 아이들이 총동원된 공연이었다. 행사 때마다 여기 아이들의 공연을 볼 수 있었는데, 아이들의 동작이 점점 세련돼 가고 있었다.

여기 아이들은 케이팝K-pop에 빠져 있다. 길을 가며 흥얼거리는 노래나 춤 대부분이 케이팝이다. 그런데 무대에는 케이팝에 연관된 작품이 전혀 올라오지 않는다. 소르고일의 무용팀에는 지도 교사가 있지만, 춤동작은 거의 선후배의 내림으로 배운다. 학교를 방문했을 때 체육관에서 케이팝을 틀어 놓고 무용 연습을 하는 수업을 참관한 적은 있다. 그런데 실제 무대에는 자기들

것만 올린다. 아직 자기들만의 전통 질서가 강하게 작용하고 있기 때문인 것 같다.

아이들 무용 중에 군복을 입고 러시아 군대 춤과 비슷한 군무도 있었다. 한 아이에게 러시아 군대 춤이냐고 물었더니 정색을 하며 반박했다. 옷은 몽골 군대의 옷이고 춤은 몽골 군대 춤이라며, 러시아 것은 절대 아니라고 열을 올렸다. 국가관 하나는 최고였다.

셋째 날은 참가 학생들이 4개 소르고일에 나뉘어서 농구와 배구 시합을 했다. 여기는 기온차가 심하고 바람이 많아 운동장에서 하는 운동은 거의 못 한다. 그래서 실내 운동인 배구와 농구를 즐긴다.

마지막 날, 참가자들은 오전에 하마링 히드를 구경하고, 어린 이궁전에서 폐회식 준비를 했다. 여기는 이벤트 업체가 없어서 무대 장식을 모두 교사들이 직접 꾸몄다. 무대를 장식하는 풍선 수백 개를 대여섯 명이 모두 입으로 불어서 달았다. 폐회식의 주요 내용은 시상과 축하 공연이었다.

시상식은 올림픽 메달 수여식처럼 단상에 올라가서 했다. 수상자 대부분은 울란바토르 학생들이었다. 몽골 인구의 절반 정도가 사는 도시고 교육 여건이 좋아 그럴 수밖에 없는 것 같았다. 이날 마지막 공연은 2번 소르고일의 낙타 춤이었다. 낙타가 고비의 상징이라 피날레에 잘 어울렸다.

도로망과 대중교통이 발달하지 않은 몽골에서는 사람들의 이동이 자유롭지 못하다. 사막의 작은 도시인 생산드에는 문화 인프라도 취약하다. 그래서 여기에 틀어박혀 사는 사람들은 문화적 욕구에 목말라 있다. 테아트르의 어지간한 공연도 항상 만원이고, 광장에서 작은 행사만 열려도 사람들이 몰려오는 이유다.

우리는 아이들 시험으로 간단하게 치르는 수학 올림피아드를 이들은 온 도시가 들썩이는 문화 축제로 일을 벌였다. 사람들이 나흘 동안 뛰고 춤추며 놀았다. 이것으로 이 사람들의 문화 갈증이 조금이라도 해소됐길 진심으로 바랐다.

꿈은 이루어진다
_ 어린이 권리 보호의 날

몽골의 어린이날은 6월 1일이다. 그런데 어린이들만의 날이 아니라 어머니들을 위한 날이기도 하다. 이날을 어떻게 부르는 지 궁금했는데, 행사장마다 조금씩 달랐다. '어린이 감사의 날' 이라 하기도 하고, '자손 감사의 날'이라고도 했다. 사람들은 '어린이 엄마 감사의 날'이라고 불렀다. 광장의 공식적인 행사장에 는 '어린이 권리 보호의 날'이라고 쓰여 있었다. 아무튼 이날은 축제의 날이다.

몽골에서는 18세까지가 어린이다. 이들은 보호받아야 할 대 상을 확실하게 어린이라 한다. 우리처럼 청소년이라는 애매한 표현을 쓰지 않는다. 어린이를 벗어난 19세부터의 청년은 '잘로 훈'이라 한다. '잘로'는 젊음이다.

축제는 우리보다 조금은 떠들썩했다. 일주일 전부터 가게마다 과자 상자가 진열대를 차지했다. 사람들이 과자 상자를 잔뜩 사 가는 모습이 보였다. 사회 분위기에 어울리게 우리 기관에서도 전날 과자 상자를 쌓아놓고 파티를 했다. 국장은 100만 투그릭 이나 써서 선물을 준비했다며 은근히 자랑했다. 직원들에게 각 각 아야그 하나씩 선물하고, 어린이가 있는 직원에게는 어린이 수만큼 과자 상자를 선물했다.

6월 1일 아침부터 시내가 떠들썩했다. 거리는 풍선으로 장식한 자동차들로 가득 찼고, 광장에는 무대가 차려졌다. 무대 주변에 장난감 같은 어린이 선물을 파는 좌판들이 늘어섰다. 광장은 생샨드 사람들이 다 모인 것처럼 붐볐다. 공원 가운데 분수대에 물이 채워지자 분수가 뿜어져 나왔다. 어린이들은 물총을 쏘며 물 잔치를 벌였다. 사막에서 물 잔치를 벌이는 호사를 누리는 것도 이날밖에 없다.

어린이날인 만큼 행사장의 주역은 아이들이었다. 소르고일 학생들의 단체 무용과 유치원 아이들의 깜찍한 전통 춤에 사람들이 탄성을 질렀다. 여기는 대부분의 행사를 광장과 테아트르에서 한다. 그만큼 시민들은 아이들의 행사를 자주 볼 수 있다. 사람들은 아이들이 자라는 모습을 보기도 하지만, 문화적 욕구를 해소하며 같이 즐긴다. 이러한 학교 교육의 자연스러운 공개가 시민 사회에 공감을 주는 기회가 되는 것 같다.

테아트르에는 특별한 행사가 벌어지고 있었다. '만데 에즈' 잔치라 했다. 만데 에즈는 많은 아이를 가진 엄마를 뜻한다. 보통 10명 이상이 돼야 만데 에즈라 한다. 우리는 아이가 네다섯만 돼도 다둥이라고 해서 특별히 취급하지만, 이곳 몽골의 만데 에즈는 차원이 다르다. 더르너고비에 만데 에즈가 100명이 넘게 있다고 한다. 인구 증가를 국가 우선 목표로 하고 있는 몽골에서 만데 에즈는 존경의 대상이다.

나이 든 어버이들이 점잖은 델 차림으로 나들이에 나선 모습도 눈에 띄었다. 이들은 가슴에 훈장 몇 개씩 달고 있었는데, 대부분 직장 생활 중에 받은 훈장이다. 우리는 국가에 특별히 공헌한 업적이 있어야만 훈장을 받지만, 여기는 일반적인 직장 생활을 하는 대부분의 사람이 훈장을 받는다. 그냥 보통 사람들이 훈장을 받는 것이다. 그러니까 여기 노인들 가슴의 훈장은 젊은 시절에 열심히 일했다는 증거다. 노동자의 삶 자체를 국가 발전에 공헌하는 것으로 보는 것이다.

알탄고비 거리는 차 없는 거리가 됐다. 도로 양 끝에 줄을 치고 차량 진입을 막았다. 여기에서는 아이들이 자전거 경주를 벌이고 있었다. 이곳은 야외 활동하기에 좋은 날이 얼마 안 되고, 바람도 세게 부는 날이 많다. 그래서 자전거를 타고 다니기 어렵다. 오늘 같은 어린이날 아니고는 자전거 타는 아이들을 보기 힘든 이유다.

어린이날을 즐기는 것은 우리나라와 비슷했다. 하지만 명칭이 '어린이 권리 보호의 날'이고, 어린이뿐만 아니라 어머니도 같이 대접받고 즐기는 것이 다르다면 달랐다.

메마른 사막에 단비를
_ 고비사막의 도서관

책을 보관하고 있는 도서관을 '노민상'이라 한다. 울란바토르의 평화의 거리에 커다란 노민상이 있다. 몽골국립도서관이다. 생샨드에도 알탄고비 거리에 노민상이 있다. 사회주의 시절에 지어진 건물이라 고풍스러운 느낌을 주는 2층 건물이다.

도서관 안에 들어가니 아래층에 컴퓨터 몇 대 있는 정보열람실이 있었고, 2층에 어린이 도서관과 열람실이 있었다. 열람실에 책장이 몇 개 있었는데 책은 많아 보이지 않았다. 책이 몇 권 있는지 직원에게 물어봤지만, 선뜻 대답하지 못했다. 도서 목록을 보니 대략 1,000권은 넘어 보였다. 책장들을 살펴보니 너무 빈약했다. 몽골 도서도 많아 보이지 않았다.

한국어로 된 책이 있는가 봤다. 구석진 곳에 한국어로 된 책이 몇 권 있었다. 한국어-몽골어 사전 한 권, 몽골에서 발행된 것으로 보이는 한국어 학습서 한 권이 있었다. 직원에게 한국 책을 가져다주면 관리하겠느냐고 물었더니 고개를 끄덕였다. 내가 서울 광남중에 있을 때 각 학급 교실에 있는 학급 문고의 책을 걷어서 전라남도의 섬 지역에 보낸 적이 있었다. 그때 거기 사람들이 무척 좋아했던 기억이 났다.

한국 책이 있는 다른 곳이 있다고 해서 가 봤다. 소욤보 건물에 있는 도서관이었는데, 열람실은 개방형으로 잘 꾸며놓고 있었다. 직원이 한국 책이 있다며 보여 줬다. 웅진에서 나온 그림 동화책 몇 권이었다. 한쪽에 영어 독해 시리즈가 몇 권 있었는데, 내가 중학교 때 보던 것들이었다. 50년 전 책을 여기에서 보다니 신기했다. 이 도서관은 그냥 버려도 괜찮을 만한 한국 책 열 몇 권을 소장하고 있었다.

내가 한글 교실을 하고 있는 어린이궁전 지하층 교실에 책장 몇 개가 있다. 여기에 영어로 된 책들이 가득 꽂혀 있다. 들여다보면 좀 어이가 없다. 미국의 중고등학교에서 교과서로 사용하는 두꺼운 책들이 자리를 차지하고 있어서다. 아마 미국 봉사단체인 피스콥에서 대형 출판사의 기증을 받아 가져다 놓은 것 같은데, 누가 본 흔적이 없는 새 책들이다.

요즘 몽골 학교에서 영어를 가르치고 있어서 이런 것들이 도움이 될 수 있다고 생각하겠지만 그렇지 않다. 이 정도 수준의 책들은 영어를 집중적으로 교육받는 한국의 영어 영재들에게나 필요한 책들이다. 영어 교육이 걸음마 상태인 여기 아이들에게 이런 책들은 사실 필요가 없다. 이곳의 아이들이 이런 책에 아예 관심을 두지 않는 것은 어쩌면 당연하다.

여기 아이들은 현재 한국어를 배우고 싶어 한다. 어쩌다 한두 명 배치되는 코이카 단원에게 배워 한글에 제법 눈을 뜬 아이들도 있다. 이 아이들이 한국 책을 읽고 싶다는 하소연을 한다. 그럴 때마다 인터넷을 뒤져 〈흥부와 놀부〉 같은 전래동화를 프린트해서 아이들에게 읽히고 있는데, 무언가 부족하고 힘이 든다. 아이들이 꼭 읽어야 하는 한국 책들을 읽히고 싶은데 기회가 없다.

몽골 아이들에게 한글을 가르치면서, 우리의 문화와 정서를 이해할 수 있는 책이 있었으면 좋겠다는 생각을 많이 했다. 지금 우리나라의 학교나 가정에 아이들이 커가면서 버려지는 책들이 쌓여 있을 것이다. 이런 것들을 조금만 가져와도 메마른 사막에 단비가 될 수 있겠다는 생각이 든다. 이런 일련의 도서 봉사 사업을 시행하고 싶은 바람도 있다.

바다 없는 항구를 가다
_ 몽골의 젖줄 자밍우드

　　몽골은 12월 말에 신질(신년) 파티를 직장이나 모임별로 거하게 치른다. 1년 동안 쌓인 스트레스를 한 방에 날릴 기세다. 내가 근무하는 기관도 신질 파티를 자밍우드와 인접한 중국 예린에 가서 치른다고 했다. 그래서 직원 모두 12월 25일 자밍우드에 가서 중국의 예린으로 들어갔다. 그런데 나는 비자 문제로 중국으로 들어가지 못하고 자밍우드에 남게 됐다. 덕분에 몽골의 물 없는 항구 도시를 돌아보는 기회를 가질 수 있었다.

　　생샨드 버스터미널 건물이 신축됐다. 얼마 전까지 사용하던 임시 건물을 철거하고, 아이막 중심 도시에 어울리는 깨끗한 건물로 탈바꿈했다. 자밍우드로 가는 버스는 하루에 한 번 아침 7시에 출발한다. 자밍우드까지의 거리는 200킬로미터 정도 되고, 버스로 3시간이면 갈 수 있다.

자밍우드행 버스는 제법 신형이었다. 운전석과 화물칸은 1층, 객실은 2층이었다. 짐이 많은 장거리 여행자를 위한 구조였다. 그리고 객실 내부의 창문과 벽에는 두꺼운 비닐이 씌워져 있었다. 영하 30도의 바깥 추위가 내부로 들어오는 것을 막기 위한 대비 같았다.

자밍우드로 가는 길은 왕복 2차선 포장도로로, 철도와 함께 몽골을 먹여 살리는 젖줄이다. 중국에서 들여오는 대부분의 생필품은 여기를 통해 들어온다.

10시쯤 자밍우드에 도착해 식사를 마치고, 나는 직원들과 헤어져 자밍우드에 남았다. 직원들은 중국 예린으로 갔다.

자밍우드 철도역은 항구로 치면 선적항이었다. 화물 열차들이 즐비하게 늘어서서 출발을 기다리고 있었다. 몽골에서 나가는 화물 열차에는 광석이 실려 있었고, 몽골로 들어오는 화물 열차에는 컨테이너가 실려 있었다. 화물 열차는 거의 10분 간격으로 하나씩 지나갔다. 그에 반해 여객 열차는 북경과 모스크바를 오가는 국제열차가 하루에 한 번씩 지나갈 뿐이었다. 몽골 철도는 화물 운송에 비중을 크게 두고 있었다.

울란바토르에서 밤 9시에 출발한 여객 열차는 자밍우드에 다음 날 아침 8시에 도착한다. 그리고 저녁 6시에 자밍우드에서 울란바토르로 출발한다. 철도역 주차장에는 항시 여러 종류의 택시들이 있다. 그중 군용차처럼 생긴 러시아제 '와스 두른 준 자리스'는 몽골 출국에서부터 중국 입국까지 책임지고 승객을 수송한다. 줄여서 '자리스'라 불리는 이 택시는 중국 입국까지의 요금을 열차 도착 시간인 오전에는 2만 투그릭, 오후 늦은 시간에는 1만 투그릭을 받는다. 그리고 현대 소나타 LPG 택시가 있는데, 이 택시는 자밍우드와 울란바토르를 오간다. 소나타 택시는 성능이 좋아 형편없는 도로에서도 시속 100킬로미터 이상 달릴 수 있어, 자밍우드에서 울란바토르까지 7시간이면 주파가 가능하다고 한다.

출입국 사무소 보세지역으로 들어가는 입구 주유소 근처에 자리스들이 길게 줄을 지어 서 있었다. 여기 자리스 운전사들은 3부제로 일하는데, 수입이 좋아 일자리 경쟁이 치열하다고 한다.

자리스를 타고 몽골 출국 게이트에 가면, 여행자는 짐을 검사대로 옮기고 출국 심사를 받는다. 운전사는 다른 게이트에서 출국 심사를 받고 자리스를 대기시킨다. 출국 심사를 완료한 여행자가 짐을 가지고 나오면 대기한 자리스에 짐을 싣고 중국 입국 심사장으로 간다. 중국에 갔다가 몽골로 다시 돌아올 때는 중국에서 몽골로 들어오는 화물을 싣고 온다.

몽골인들은 내몽골을 북한과 자주 비교했다. 이상해서 물었더니 여기도 이산가족이 있다고 했다. 1947년 내몽골 자치구가 생기고 나서 갑자기 국경을 치는 바람에 헤어져 사는 가족이 꽤 있다는 것이다. 그래도 비자 없이 수시로 왕래할 수 있어 우리보

단 나아 보인다 했더니 그렇지 않다고 했다. 내몽골인들이 몽골에 입국하는 절차가 까다로워서 통행이 자유롭지 않은 것이다. 여기에도 하나의 민족이 강대국에 의해 찢어진 채 있었다. 갈수록 두 지역 사람들의 문화적 유형이 달라지고 있었고, 말도 달라지고 있었다. 한 민족이 완전히 다른 둘로 갈라지고 있는 것이다. 문화적인 측면에서만 보면 여기가 한반도보다 더 심각한 것 같았다.

자밍우드는 인구가 2만 명 정도 되는데, 중국과의 접경지대라 일거리가 많다. 여기도 생샨드와 같이 학교가 4개 있다. 몽골은 아이를 2세까지 부모가 기르고, 3세부터 6세까지 유치원에 보낸다. 유치원은 2세 간격으로 아이들을 나누어 반을 편성한다. 철도회사인 '투무르 잠'에서 운영한다는 유치원을 찾아가 봤다.

'투무르'는 철이고 '잠'은 길이니, 철도회사의 이름이 철길인 셈이다. 투무르 잠은 몽골에서 가장 큰 회사다. 이 회사는 병원, 학교, 유치원 등 복지시설을 별도로 운영한다. 직원에게 주택도 공급하고, 퇴직하면 연금도 지급한다. 몽골 경제와는 따로 돌아가는 별도의 왕국과도 같다. 실제로 몽골인들은 투무르 잠을 왕국이라고 불렀다. 우리나라의 삼성 격이다.

투무르 잠의 직원 자녀만 다니는 유치원은 규모가 상당히 컸다. 아이들이 400명이 넘는다고 했다. 현대적인 급식 시설과 교실을 갖추고 있었다. 마침 식사 시간이었는데, 국과 볶음밥이 나왔다. 영양식으로 괜찮았고, 맛도 있었다. 몽골인들은 항상 어린이를 최상으로 여긴다. 내가 근무하는 기관의 몽골 직원들 말에 의하면 유치원 밥이 제일 맛있다고 한다.

유치원의 신년맞이 행사는 우리나라의 어린이집 재롱잔치와 비슷했다. 경비 아저씨가 산타로 분장해 어린이들을 즐겁게 했다. 이들은 기독교를 믿지 않았지만, 크리스마스와 산타는 좋아했다.

시내 구경을 하고 나서 3번 학교 강당에서 열리는 신년맞이 행사에 갔다. 시내 학교 교사들과 공무원들이 참석하는 중국 영사관 주최 행사라 했다. 참석자들은 모두 정장 차림이었다. 한쪽에 뷔페 음식이 차려져 있었다. 몽골인들은 신년맞이 행사 준비에 많은 정성을 들인다. 이날 하루 입으려고 드레스를 준비하고, 예쁜 몸매 자랑하려고 한 달 동안 헬스를 하며 살을 빼기도 한다.

중국 영사 등의 연설이 끝나자 식사와 함께 가무가 펼쳐졌다. 노래 한 곡 부르고 나서 경품 추첨을 했다. 나도 경품권을 두 장이나 받았지만, 하나도 맞지 않았다. 행사가 끝나자 선물이 담긴 쇼핑백을 나눠 줬다.

숙소로 마련해준 학교 기숙사에 가 보니, 마침 학교가 방학이라 아이들이 없었다. 방 하나에 4명이 쓰는 기숙사 방을 혼자 독차지하는 호강을 누렸다. 몽골의 남쪽 철도역은 밤새 시끄러웠다. 몽골의 젖줄다운 시끄러운 소리였다.

사막의 스나이퍼들
_ 남성의 날

3월 18일은 몽골 군인의 날이다. 사람들은 이날을 남성의 날이라 한다. 기관 사무실 동료들은 토요일에 하마링 히드 근처 캠프에서 남성의 날 파티를 한다며 신나서 퇴근했다.

토요일 아침에 나갈 준비를 하는데 롭슨한테서 전화가 왔다. '보(총)' 시합이 있는데, 총을 쏴봤느냐고 물었다. 젊었을 때 3년이나 군대 생활을 했으니 걱정하지 말라고 했다.

롭슨은 사격장을 간다면서 생샨드 교외 발전 단지 쪽으로 차를 몰았다. 거대한 태양광과 풍력발전 단지가 눈앞에 펼쳐졌다. 몇 헥타르에 달하는 면적에 태양광 패널이 깔려 있고, 언덕 위에는 풍차가 줄지어 서 있었다.

롭슨의 차는 너덜거리는 고물이었지만 주인을 잘 만나 별 고장 없이 잘 달렸다. 사막을 몇 킬로미터 정도 내달렸는데도 풍차 대열을 벗어나지 못했다. 풍차가 어림잡아 100개는 넘어 보였다. 태양발전과 합치면 이삼백 메가와트의 전력을 생산하는 대형 발전소였다.

몽골 정부는 생샨드에 공업단지를 구축하려는 계획을 세우고 있다. 더르너고비에 인접한 우문고비에는 세계에서 가장 큰 구리와 금 광산이 있다. 노천 광산이라 땅속으로 들어갈 필요가 없다. 땅 위에서 트럭에 광석을 퍼담으면 그만이다. 리비아사막처럼 대형 트럭이 광석을 싣고 질주하는 장면이 뉴스에 종종 등장한다. 여기에서 나온 광석이 지금은 그대로 열차에 실려 중국으로 들어간다. 몽골 정부는 이 광석을 제련해서 금속 제품으로 만들어 내보내려는 야심에 찬 꿈을 가지고 있다. 중국으로 가는 길목인 생샨드가 그래서 주목받는 차세대 산업 요충지다.

풍차 언덕 아래 하일라스(사막 버드나무)가 서 있는 골짜기에 사격장이 있었다. 사격장이라고 해야 별것도 없었다. 타깃 하나와 러시아제 소총 한 자루가 전부였다. 총 이름이 '토즈'였는데, 구경이 작아 실탄 굵기가 손가락 반밖에 안 됐다. 하지만 위력은 대단했다. 들판에서 늑대도 잡을 수 있다고 했다.

이들은 가진 것은 적지만 할 것은 제대로 했다. 의과대학교 교수가 대회장으로 나와 정식으로 명단을 작성하고 경기를 통제했다. 사격 통제관도 있었고, 탄약 관리원도 있었다. 사격 통제관은 롭슨의 친구인 귀금속 디자이너 고터였다.

연습 사격으로 한 발을 쏘게 했다. 엎드려 쏴 자세로 사격 자세에 들어가니, 탄약 관리원이 실탄 한 발을 떨어뜨려 줬다. 총은 영화에서만 봤던 딱콩총이었다. 50미터 앞에 있는 타깃의 영점이 눈에 가물거렸다. 거의 동그라미만 보일락 말락 했다. 거기다 총도 무거웠다.

연습 사격 후에 세 발씩 정식 사격에 들어갔다. 정신 바짝 차리고 애써 봤지만, 이번에도 몽땅 '배후꾸(없다)'였다. 젊은 시절 군대에서도 안 됐는데, 나이까지 먹은 지금 여기에서 잘될 리 없었다. 총이 나하고 안 맞는다고 변명만 늘어놨다.

모임에서 빠질 수 없는 것이 먹거리다. 몽골에서 축제 먹거리는 당연히 허르헉이다. 사막의 스나이퍼들이 허르헉을 금세 만들었다. 3월의 부드러운 햇살 아래 허르헉과 보드카는 환상의 짝꿍이었다.

오늘의 우승자는 롭슨이었다. 9점짜리 세 발을 쐈다. 사람들은 롭슨을 고비의 사나이라고 부른다. 이 친구는 거의 모든 일에 나선다. 금반지를 만드는 게 그의 주특기인데 소 잡고, 양 잡고, 파는 데도 동원된다. 심지어 내 컴퓨터실도 그가 다 만들었다. 이 사막에 와서 이런 친구를 만난 것은 정말이지 행운이다.

시상식 후 별식이 나왔다. 남성의 날이라 남자에게 좋은 음식을 준비했다면서 꺼내 놓은 게 몽골 초원에 사는 야생 설치류 '타르박'이었다. 사막의 스나이퍼들은 지방이 남자 몸에 좋은데 그중 타르박이 최고라 했다. 타르박은 야생에서 사는 놈이라 껍

질에 지방층이 두툼하게 잘 퍼져 있기는 하다.

맛을 보는가 싶었는데 롭슨이 가야 한다며 재촉했다. 하마링 히드의 직원 파티에 참석하기 위해서였다. 여기가 좋기는 했지만, 직원들의 눈도장도 중요했다. 아쉬웠지만 스나이퍼들을 뒤에 두고 자리를 떠날 수밖에 없었다.

사막에 꽃이 피는 날
_ 철도 개통

몽골의 산업화가 어려운 이유는 영토가 바다를 접해 있지 않기 때문이다. 몽골의 주요 경제는 석탄과 금속 원자재를 중국이나 러시아에 수출하는 것이다. 특히 중국에 대한 의존도가 높고, 원자재 시세 변동에 따라 몽골 경제가 들쭉날쭉한다. 타개책으로 몽골 정부는 고비사막에 금속 가공 기지를 세우려는 꿈을 가지고 있다. 더르너고비의 생샨드에서 남동쪽으로 100킬로미터 정도에 있는 알탄쉬레 솜에 정유 공장 건설을 시작해서 현재 기반 공사를 마쳤다고 한다. 그동안 이와 관련해 생샨드와 알탄쉬레 사이에 새로운 도로와 철도를 건설하고 있었다.

생샨드와 알탄쉬레 사이의 90킬로미터 구간 철도가 개통됐다. 항구가 없는 몽골에서 철도는 생명줄이나 다름없었다. 신규 철도 노선 개통은 보통 경사가 아니었다. 이 개통 경축 행사를 위해 생샨드의 5번 학교, 기술전문학교, 의과대학교 학생들이 축하 예술단으로 구성됐다.

도로와 철도 공사는 건설 회사가 아닌 몽골군의 공병대가 수행한다. 돈이 많이 들어가기 때문에 군에서 맡아 하는 것이다. 생샨드에서 20여 킬로미터 정도 떨어진 곳에 있는 군부대에 무대를 가설하고 공연 준비를 했다. 국방부에서 중령 계급을 단 군인이 나와 준비 상황을 점검했다. 대통령이 온다고 했다. 무대 한쪽에 사막에 흩어져 있는 건설 차량을 모아 정렬시키고, 건설 복장을 한 군인들이 의장 제식 훈련을 했다.

대통령 일행은 우문고비를 거쳐, 자밍우드에 갔다가, 생샨드에서 이곳으로 온다고 했다. 울란바토르에서 생샨드는 500킬로미터, 생샨드에서 자밍우드는 200킬로미터 정도 거리에 있다. 이 철도 건설 현장을 방문하기 위해 대통령이 거의 하루 종일 고비사막을 누비고 있었다.

멀리 사막 저쪽에서 30여 대의 차량 행렬이 보였다. 기자를 대동한 수행 행렬이 거창했다. 현장에 도착한 대통령은 군 막사를 둘러보고, 무대에 올라 격려 인사를 했다. 약 5분 정도의 격려사가 끝나자 무대에서 내려가 촬영 포즈를 취했다. 군인들은 줄을 서서 한 사람씩 차례로 대통령과 기념 촬영하는 영광을 누렸다. 그리고 대통령 일행은 축하 공연 행사에는 참석하지 않고 자리를 떴다.

공연의 첫 무대는 몽골 전통 가요인 〈아르딘 도〉였다. 높은음의 곡조로 오랜 수련을 해야 부를 수 있는 노래다. 어린 여학생이 기특하게도 잘 불렀다.

전문학교 학생 둘이 〈고빈 막달〉을 연주하며 노래했다. 〈고빈 막달〉은 축제에 모인 사람들을 환영하는 고비의 노래다. 나담을 비롯한 모든 축제에서 고비인들은 〈고빈 막달〉을 부르며 서로 인사하고 즐거워한다.

5번 학교 학생들로 구성된 연주단이 〈몽골 올신 막달〉을 연주했다. 아이들 기량이 전문 연주자에 비해 손색이 없을 정도로 훌륭했다. 고비 아이들은 유치원 때부터 노래나 춤 또는 악기를 배우기 시작하는데, 한 가지를 시작하면 소르고일을 졸업할 때까지 쭉 한다.

경제 상황이 안 좋다 보니 몽골 정부는 중국으로 양고기 등의 수출을 늘리고 있다. 이 때문에 몽골 국내의 고기 값이 천정부지로 올랐다. 생샨드에서 1킬로그램에 5,000투그릭 정도 하던 양고기 값이 9,000투그릭 정도로 올랐다. "월급은 오르지 않고, 물가만 오르니…… 이러다 우리 같은 사람은 고기 구경도 못 하지!" 내 주위의 몽골 친구들은 불만이 많았다. 대통령과 정부에 대한 불신도 컸다.

몽골 뉴스에서 이러다 베네수엘라 꼴이 난다고 걱정했다. 여기저기서 정치나 경제에 희망이 보이지 않는다고 불만을 터뜨렸다. 하지만 내가 볼 땐 그렇지 않았다. 몽골인들은 부지런하고 재주도 많아, 조건만 잘 갖춰지면 얼마든지 성공할 수 있을 것 같았다.

우리에게도 이런 때가 있었다. 많은 대가를 치르기는 했지만, 결국 이겨내고 경제적으로 성공한 나라가 됐다. 그리고 내일의 희망도 계속 기대하고 있다.

내 개인적인 바람이 섞이긴 했지만, 철도 개통식을 바라보며 사막에 꽃이 피는 날이 머지 않았음을 느꼈다.

다시 찾은 설렘
_ 새로운 것을 배우며 사는 삶

몽골에서 귀국을 준비하면서 이별을 생각했다. 2년의 체류 기간을 그리 길다고 할 순 없었지만, 그들과의 만남은 그보다 훨씬 길었다. 사람과의 만남은 그런 것이다. 결코 숫자나 햇수로 잴 수 없는.

사람이 죽으면 슬퍼하는 것은 더는 그를 볼 수 없기 때문이다. 이들과 헤어지면서 슬펐던 것은 다시 볼 수 없음에 있었다.

하지만 나 혼자만의 청승이었다. 초원 사람들에게 만남과 헤어짐은 삶에서 흔히 생기는 일상일 뿐이라는 듯 그들은 담담했고 쿨했다. 나중에 안 일지만, 그들은 그들만의 방식으로 이별을 대하고 있었다.

몽골인들은 SNS로 페이스북을 주로 사용한다. 인구가 300만 명 정도밖에 안 되다 보니 독자적인 어플은 없다. 이들은 페이스 북 영상 통화를 즐긴다. 몽골을 떠나온 지 1년이 훨씬 넘었는데 아직도 수시로 영상 통화로 나를 불러낸다. 특히 모임할 때 떼거리로 나타나 "강 박샤!" 하며 손을 흔든다. 몽골어로 선생을 '박스'라 하는데, 애칭을 붙여 '박샤' 하는 것이다. 나는 그들을 수시로 잊고 지냈지만, 그들은 나를 잊지 않고 수시로 기억했다.

사람의 만남은 이런 것이다. 알고 보니 이별도 이런 것이었다. 슬퍼할 일이 아니었다. 몽골인들의 담담하고 쿨한 모습에는 이런 게 있었다.

예전엔 몽골을 칭기즈칸의 나라, 초원, 유목민…… 그저 그렇게 단순하게만 생각했다. 하지만 몽골의 고비사막에 살면서 초원 문화의 골짜기를 깊이 들여다보게 되자, 내 생각에 많은 변화가 일어났다. 유목하며 고기를 주식으로 살면서도 생명을 소중하게 여기는 몽골인들의 순수한 마음에서 생명의 경외감을 느꼈다. 경쾌하고 활달한 몽골인들의 춤과 노래를 보고 들으면서는 그들의 꿈과 이상을 발견하기도 했다. 그리고 사오십 년 전의 우리네 사는 것과 비슷한 모습을 볼 때는 신기하면서도 가슴 한 귀퉁이에 왠지 모를 슬픔이 밀려왔다.

"몽골은 첫사랑의 설렘 같은 곳이다!"

몽골에 다녀온 뒤로 내가 자주 하는 말이다.

무언가를 배우기 좋아하는 내 입장에서 아쉬운 점이 몇 가지 있다. 정신없이 시간을 보낸 탓에 귀국이 다가와서야 시작한 것들이 있어서다.

몽골 악기 '모린호루'를 손댔었다. 우리나라 사람들이 악기 꼭대기에 말머리 장식이 있어서 '마두금'이라고 부르는 악기다. 실은 내몽골이 중국에 편입돼 있어서 중국인들이 몽골인들의 악기인 모린호루를 중국식으로 마두금이라고 부른 것이다. 몽골어로 '모루'는 타고 다니는 말이고, '호루'는 악기다. 즉, 말을 타고 다니면서 즐기는 악기라는 뜻이다. 몽골인들은 전통대로 모린호루로 부르기를 좋아한다. 하지만 우리나라에서 모린호루를 연주하는 사람들조차도 거리낌 없이 마두금이라 한다. 전문 연주자라는 사람과 그 일 때문에 논쟁을 벌인 적도 있었다. 그 사람에게 도시락을 '벤또'라 하면 좋겠냐고 따졌다.

이렇게 좋아하고 애정이 가는, 멋진 악기를 배우다 말고 와서 서운하다.

몽골에 키릴문자 이전에 몽골어를 표현하는 고문자가 있었다. 붓으로 서예를 하면 상당히 아름답다. 몽골에서는 캘리그래피식으로 고문자 서예를 즐기는 사람들이 많다. 현재도 이 문자의 맥은 이어져 신문도 나오고 책도 출판되고 있다. 키릴문자를 버리고 고문자로 돌아가야 한다고 주장하는 몽골 학자들도 많다. 현재 내몽골에서는 키릴문자를 사용하지 않고 고문자와 중국 한자를 쓰고 있다. 이 문자는 칭기즈칸이 몽골의 통일전쟁의 마지막 전투인 나이만과의 전투에서 이기고 나서 1204년에 타타르인 통가에게 지시해 만든 것이라 한다. 한글보다 무려 200년이 앞서는 것이다. 몽골 학교 고문자 선생에게서 쓰는 방법을 배우며 놀랐다. 한글처럼 초성, 중성, 종성이 있어서였다. 우리의 집현전 학자들이 이걸 배워 갔을 수도 있었겠다 싶었다. 물론 나만의 생각이다.

어쨌든 이 역시 배우다 말고 와서 서운하다.

몽골에서 많은 것을 보고, 듣고, 깨닫고 돌아왔다. 인생 2막을 시작하면서 참으로 소중하고 보람 있는 경험이었다. 몽골살이 덕분에 다시 설렐 수 있어서, 다시 시작할 수 있어서, 너무 좋다. 지금의 나는 예전의 나보다 훨씬 더 새로움을 추구하는 사람이 됐다. 언제나 설레는 삶을 살며, 끊임없이 배우는 삶을 살고 있다.

몽골의 모든 것에 감사한 마음이다.

삶이, 그곳에 있었다

1판 1쇄 인쇄 2022년 4월 15일
1판 1쇄 발행 2022년 4월 22일

지은이 강성욱
펴낸이 김병우
펴낸곳 생각의창
주소 서울 서대문구 거북골로 120, 204-1202
등록 2020년 4월 1일 제2020-000044호

전화 031)947-8505
팩스 031)947-8506
이메일 saengchang@naver.com

ISBN 979-11-977311-1-2 (03810)
© 2022 강성욱